향적사를 찾아가다
過香積寺

향적사 어딘지 알지 못하여
구름 봉우리 속으로 몇 리나 들어간다
고목 우거져 사람 다니는 걸 없건만
깊은 산 속 어딘가의 종소리
샘물 소리 가파른 바위에서 흐느끼고
햇살은 푸른 소나무를 차갑게 비치고 있네
해질녘 고요한 연못 굽이어 앉아
편안히 참선하며 잡념을 걸어 낸다네

不知香積寺　數里入雲峰
古木無人徑　深山何處鍾
泉聲咽危石　日色冷青松
薄暮空潭曲　安禪制毒龍

황백

황벽 1

허담자 新무협 판타지 소설

초판 1쇄 찍은 날 § 2005년 3월 5일
초판 1쇄 펴낸 날 § 2005년 3월 15일

지은이 § 허담자
펴낸이 § 서경석

편집장 § 문혜영
편집책임 § 김율
편집 § 장상수 · 유경화 · 서지현

펴낸곳 § 도서출판 청어람
등록번호 § 제1081-1-89호
등록일자 § 1999. 5. 31
어람번호 § 제2-0542호

주소 § 경기도 부천시 원미구 심곡1동 350-1 남성B/D 3F (우) 420-011
전화 § 032-656-4452 팩스 § 032-656-4453
http://www.chungeoram.com
E-mail § eoram99@chollian.net

ⓒ 허담자, 2005

ISBN 89-5831-455-9 04810
ISBN 89-5831-454-0 (세트)

허담자 新무협 판타지 소설

Fantastic Oriental Heroes

황벽

1

구룡해협(九龍海峽)

도서출판 청어람

목차

십 년을 끌어온 패천맹과 정의맹 간의 무림대전은 누구에게도 승리의 영광을 안겨주지 못한 채 무기한 휴전으로 막을 내렸다. 십 년간의 전쟁으로 입은 각 문파의 피해는 향후 십 년으로 회복될 수 없을 정도로 심각하였다.

양 진영은 서로에 대한 처절한 핏빛 원한만을 가슴에 안은 채 세력 회복에 전력을 기울이게 되었다.

무림의 종말까지 언급되었던 무림대전이 최악의 파국을 피하고 휴전으로 종결지어진 것은 양 진영이 더 이상의 무력 충돌이 가져올 피해를 감당할 수 없을 만큼 피폐해진 것이 결정적인 이유였다.

하지만 그 이면에는 중원 상계를 대표하는 상련의 막후 조정에 힘입은 바가 컸다.

전쟁 초기 상련은 양 진영의 전면전을 유도하여 막대한 부를 축적할 수 있었다. 그러나 십 년간 이어진 전쟁으로 인해 무림이라는 커다란 시장 자체가 사라질 위기에 이르게 되자, 무림을 대상으로 부를 축적해 온 상계 또한 무림이라는 시장의 상실과 함께 공멸이라는 심각한 위기에 직면하게 되었던 것이다.

이에 상련의 련주인 낙양거상 금적산은 휴전의 매파로서 양 진영을 설득하였다. 그는 향후 각 문파의 재건에 필요한 일정 부분의 재정 지원을 약속함으로써 양 진영에서 극적으로 휴전을 이끌어낼 수가 있게 되었다.

그러나 무림은 숙명적으로 평화가 존재할 수 없는 세계…….

양 진영은 불안한 휴전 상태에서 향후 언젠가 다시 일어날 제이차 무림대전에 대한 대비에 들어갔다. 이제 각파는 스스로의 전력 보강에 문파의 사활을 걸게 되었던 것이다.

*　　　　*　　　　*

무림의 역사는 정사양도 상쟁의 역사이다.

무림은 정사양도의 대치 속에 끊임없이 발전해 왔다. 양측은 서로 견제와 타협을 적절히 병행하여 무림이라는 자신들만의 세계를 만들어 왔다.

따라서 정사 양 진영은 서로 간의 극한 무력 충돌은 가급적 회피하고 있었다.

정사가 나뉘어진 것은 무림의 태동과 함께 세력을 형성하게 된 전통의 구파일방과 오대세가에서 그 자신들 이외의 문파나 무공에 대한 선입견을 가지기 시작한 때부터였다.

이들은 자신들 세력의 영향력에서 벗어나 있거나 그들과 다른 무리(武理)를 따라 무공을 수련하는 이들을 업신여겨, 그들을 사(邪) 또는 마(魔)라 칭하며 배격하였다. 하지만 사(邪)라 칭해진 무림인들이 결코 정파에서 말하듯 인면수심의 마인들은 아니었다.

단지 전통적인 규범이 적용되는 정파에 비하여 그 행동이 자유분방하며, 무공 또한 이러한 자율성에 기인하여 특이한 형태의 무공이 간혹 생겨 나오는 면은 있었다. 하지만 그것이 도덕적 지탄의 대상이 될 수는 없었다.

때문에 정파에서도 대외적인 표현과는 다르게 사(邪)에 대해 극단적인 제재는 가하지 않고 공존의 상대로서 그 존재성을 인정해 주고 있었던 것이다.

*　　　*　　　*

간혹 발발되는 사소한 분규 이외에 나름대로 보이지 않는 서로 간의 규칙에 의하여 안정을 유지하던 정사가 전면전으로 치닫게 된 것은 사도 거파 장강수로연맹에 대한 정파의 대대적인 공격에 의해서였다.

평소 장강의 통행을 규제하여 이익을 취하고 있던 수로연맹이 강남의 명문 남궁세가가 호위하던 상선에 대한 통행세를 시비하다 유혈 사태가 일어났던 것이다.

그리고 항상 장강의 이익에 눈독을 들이던 상계에서 이를 빌미로 정파를 추궁, 장강수로연맹에 대한 대대적인 공격을 시작하게 되었던 것이다. 장강수로연맹을 향한 이 공격에 오대세가와 구파일방 중 일부 문파가 참여하였다.

그동안 별다른 구심점 없이 흩어져 있던 사파 세력들은 장강수로연맹에 대한 정파의 연합 공격에 놀라, 이에 대항하고자 사파연합인 패천맹을 결성하였다.

패천맹은 천마궁과 녹림, 장강수로연맹, 남만의 천독림, 지하무림의 흑막을 주축으로 사마대소 오십여 문파로 구성되었으며, 그 맹주에 천마궁의 절대패존 양청길을 옹립하였다.

패천맹에 대항하여 결성된 정의맹은 구파일방과 오대세가를 중심으로 대소 칠십여 개 문파로 구성되었고, 그 맹주에 무당의 현무 진인 장의현이 추대되었다.

바야흐로 사상 초유의 무림대전의 서막이 오른 것이었다.

양 맹의 전쟁이 십 년을 끌 것이라고 예상한 무림인은 거의 없었다. 개전 초기 양측은 모두 적당한 선에서 타협이 이루어질 것이라 판단하였다.

하지만 상황은 무림대전을 통해 부의 축적을 원하는 상련의 보이지 않는 암계에 의해 십 년간의 장기전으로 이어졌고, 양측은 결국 돌이킬 수 없는 파국에 직면하고서야 휴전을 이루어냈던 것이다.

십 년 전쟁으로 인한 패천맹과 정의맹의 손실은 실로 무림의 근간을 뒤흔들 만하였다. 예를 들어 전쟁 전 무당과 천마궁에는 각각 십여 명 이상의 절정고수들이 은거해 있었으나, 휴전 당시 양 파는 은거한 절정고수까지 대부분 소진, 두세 명의 절정고수들만이 남아 있는 상태였다.

양 진영 맹주 문파가 이 지경이었으니 여타 중소 규모 문파의 피해는 언급할 필요조차 없었다.

전쟁 초기 양 진영을 통틀어 백이십여 개의 문파가 참전했으나, 십 년 뒤 남아 있는 문파는 양 진영을 통틀어 겨우 칠십여 개였다.

그중에서도 중소문파의 경우 겨우 십여 명의 인원으로 문파의 명맥을 잇고 있는 곳도 있었다. 전쟁이 일 년만 더 지속되었어도 무림은 괴멸을 면키 어려운 상태였던 것이다.

휴전은 불완전하였다.

휴전 후에도 양 진영에 흐르는 긴장감은 줄어들지 않았고, 아주 작은 불씨조차도 제이의 무림대전을 일으킬 수 있을 정도였다. 그리고 이러한 잠재된 위험을 알고 있던 양 진영은 절정고수 양성에 총력을 기울이기 시작하였다.

무재가 인정된 후기지수들은 각파의 진산절학과 영단을 가지고 폐관에 들어갔다.

무림에 떠도는 모든 전설과 비전무공에 대한 단서들은 추적의 대상이 되었다. 무림은 바야흐로 전설과 신화를 찾기 위한 보이지 않는 전쟁에 돌입하고 있었다.

무림대전 휴전 후 일 년이 지난 어느 봄날 노룡촌…….

제1장
황벽(黃碧)

　　노룡촌 황벽은 절강성의 대도(大都) 상해 인근에서
그 이름이 꽤 알려진 사내였다.

　　그는 비록 명문세가의 인물도 아니었고, 이름난 협객은 더 더욱 아
니었지만 그래도 근방에서 노룡촌 황벽을 물었을 때 모르는 사람이 없
었다.

　　만약 누군가가 그를 모른다고 한다면 그 사람은 그 고장 사람이 아
닌 것이 확실했다.

　　황벽은 뱃사람이었다.

　　처음 그를 본 사람은 유명세에 비해 무척이나 젊다는 것에 놀란다.
그는 이름난 노련한 뱃사람이었지만 젊었다.

　　집안 대대로 어업을 해온 까닭에 황벽은 어려서부터 배를 타기 시작
하였다. 그의 나이 십오 세 때 아비가 풍랑 속에 불귀의 객이 된 후, 가

업을 이어받은 그는 나이 십팔 세부터 최고의 뱃사람으로 이름을 날리기 시작하였다.

황벽의 이름은 상해 인근의 관리에서부터 몇몇의 명문세가와 상해를 거점으로 멀리 조선, 동영과의 무역을 업으로 삼는 상인들에게도 적지 않게 알려져 있었다.

그것은 황벽이 가업인 고기잡이뿐만 아니라 가끔씩 상선이나 관선의 운행을 대리해 주었기 때문이다.

그의 조타 솜씨는 귀신같아서 그가 운행을 맡은 선박 중 지금까지 단 한 건의 좌초도 없었던 것이다.

때문에 중요한 물품의 수송이 필요할 경우나 험난한 해로를 운행해야 할 경우 황벽을 찾는 이가 많았던 것이다.

그러나 황벽에게 선박을 맡기는 것은 상당히 어려운 일에 속했다. 황벽은 자신만의 독특한 규칙을 정해놓고 있었다.

그는 자신의 배로 인근 바다에서 고기잡이할 때를 빼고는 일 년에 한 번 이상 다른 선박을 맡지 않았다. 고기잡이에 비해 그 수입이 상당히 좋음에도 불구하고 선박의 대리 운행을 맡지 않는 황벽에게 누군가가 그 이유를 물었을 때 황벽은,

"내가 어릴 때 꿈을 꾸었는데 그 꿈에 해신이 나타나서 고기잡이배 말고는 일 년에 한 달 이상 배를 몰지 말라고 했단 말이지. 그 꿈 이후 물길이 눈에 잡히기 시작하였으니 내 어찌 해신의 당부를 잊을까?"

라고 답하였다.

그러나 실상은 그렇지 않았다.

어느 날 친구들과 술잔을 기울이다 거나하게 취해서는 취중에 그 본심이 드러났던 것이다.

"아아, 배를 모는 일은 사실 상당히 귀찮은 일이야. 나는 그저 배 안 주리고 노모를 봉양할 약간의 금전만이 필요할 뿐이네. 일 년에 한 번 정도 수고하면 나에게 필요한 돈은 벌 수가 있어. 하지만 인정상 여기 저기서 부탁해 오면 거절하기 어려우니 나에게도 핑곗거리는 있어야 하지 않겠는가?"

황벽은 사실 그렇게 부지런하거나 착실한 성격의 사내는 아니었다. 그는 일 년 중 대리 운행을 끝낸 나머지 시간에는 심심풀이로 하는 고기잡이 외에는 주로 주루에서 술병을 끼고 시간을 보냈다.

이제 나이 스물둘밖에 되지 않은 황벽이 대낮부터 주루에서 술병을 끼고 있는 모습이 가히 보기 좋지는 않았지만 노룡촌에서 황벽의 평판은 예상외로 나쁜 것이 아니었다. 아니, 오히려 상당히 좋은 평판을 받고 있었다.

황벽은 체구가 그리 큰 편은 아니지만 어려서부터 뱃일로 단단해진 체격은 누구든 쉽게 볼 수 없는 것이었고, 평소 그의 성격이 화통해서 매사에 맺고 끊음이 확실하였다.

또한 황벽은 미숙하나마 어깨 너머로 배운 문리도 있어, 대부분이 글을 모르는 작은 마을 노룡촌에서 그런대로 대필을 해주는 정도는 가능했다. 따라서 그는 노룡촌 사람들에게 상당히 필요한 존재였던 것이다.

거기다 마을에 무슨 일이 있으면 항상 앞장서서 거드는 편이라 의외로 노룡촌에서 평판이 좋았다.

그래서 몇몇 나이가 찬 딸을 가진 괜찮은 집안에서 매파가 들어온 적도 있었지만 황벽은 혼사에 대해선 별 관심이 없는지 항상 정중하게 거절을 하곤 했었다.

그의 노모가 가끔 혼사 문제로 그와 이야기를 나눌라 치면 그는 금세 집을 나와 주루로 도망가곤 했던 것이다.

오늘도 황벽은 노룡촌의 유일한 주루 겸 음식점인 노룡반점 이층에서 죽마고우인 엽강, 허승과 함께 한창 술판을 벌이고 있었다.

엽강은 훤칠한 키에 마른 체구를 가지고 있었다. 그는 얼굴이 긴 편이었는데 어려서부터 작살질에 능해 작살 하나만 들고 바다에 들어가면 황벽이 배 위에서 낚아 올리는 고기보다 훨씬 많은 양의 고기를 잡아 올렸다.

황벽이 뱃몰이로 생활을 유지하는 데 비해 엽강은 순수하게 어업을 통해 생활을 유지하고 있었다.

허승은 보통보다 작은 키에 동글동글한 인상을 가진 청년이었는데 눈이 가늘고 입술은 얄팍하여 그 속을 짐작하기 어려운 사람이었다.

그는 어려서부터 셈에 밝아 진즉에 몇몇 상단을 따라다니며 어린 나이에 제법 큰 돈을 만지고 있었다.

허승 나이 스물에 동영에 한번 다녀온 적이 있었는데, 동영에 다녀온 후 허승이 만진 돈은 황벽이 지난 사 년간 뱃몰이로 번 돈의 열 배에 달하였다.

그 돈을 밑천으로 허승은 노룡촌에 포구를 드나드는 상인을 고객으로 하는 조그만 해상 물품 도매상을 내었는데, 노룡촌이 상해와 인접해 있고 상선들의 포구로 이용되는 덕택에 일이 년이 지나자 제법 그 규모가 커져 노룡촌에서 손꼽히는 알부자가 되어 있었다.

"그러니까 진씨 집안 첫째 딸도 싫다고 했단 말인가? 아, 정말 너무 아쉽군. 진씨 집안이면 제법 그 재력도 있고 첫째 딸도 괜찮은 미모를 갖추었다고 하던데… 황벽 자네는 정말 장가갈 생각이 없는 건가?"

엽강이 구운 오리 다리를 뜯으며 황벽을 바라보고 말했다.

"글쎄, 그게 좀… 나로서는 이 좁아 터진 노룡촌에서 썩고 싶지는 않다네. 나는 언젠가는 세상을 한번 돌아볼 생각이라니까? 비록 대리 운행을 하면서 몇몇 곳을 다녀보기는 했지만 그건 어디까지나 일이고, 나는 아직 내가 가보지 못한 세상을 여행해 보고 싶어. 그래서인지 아직 혼인은 생각이 없네."

황벽이 화홍주 한 잔을 한 입에 털어 넣으며 대답했다.

그러자 조용히 술잔을 기울이던 허승이 황벽을 보며 말하였다.

"글쎄, 내가 아직 많은 곳을 돌아본 것은 아니지만 그래도 이 노룡촌만한 곳이 없더군. 이곳에서 가정을 꾸리고 한평생 사는 것도 그리 나쁜 일은 아니지."

"뭐, 자네가 그렇다면 그럴지도 모르지만… 그래도 나는 세상을 한번 보고 싶네. 노룡촌에 정착하는 것이야 뭐, 그리 급한 일은 아니지 않은가."

황벽은 허승의 말에 대답하며 주루 창문을 통해 멀리 끝없이 펼쳐진 바다를 아득한 눈길로 바라보았다.

"하긴 나부터도 언젠가는 이 벽지에서 벗어나 중원에서 한번 승부를 겨뤄보려 하네만."

허승이 황벽의 빈 잔에 술병을 기울이고 있을 때, 이층 계단으로 한 무리의 사람들이 올라오고 있었다.

그리고 그중 한 명이 반갑게 황벽을 부르며 다가섰다.

"아이고, 황벽 이 사람. 여기 있었구만. 자네 집을 들렀다 오느라 한참 걸렸네그려. 바로 지척에 있는 줄도 모르고.”

“아니, 촌장님께서 웬일이십니까? 저를 다 찾으시고, 마을에 무슨 일이 있습니까?”

황벽과 그 친구들은 마을에서 그래도 꽤 알려진 인물들이라 무슨 일이 있으면 촌장은 항상 그들을 찾아 마을 일을 의논하곤 하였다.

“아닐세. 내 오늘은 손님을 몇 분 모시고 왔다네. 자네에게 배를 좀 몰아달라는군.”

“허허, 촌장님이 어느새 이렇게 연세를 드셨나? 요즘 정신이 혼미하신가 봅니다. 제가 올 배몰이를 이미 마쳤다는 것을 잘 알고 있지 않으십니까?”

황벽이 눈을 슬며시 들어 촌장 뒤에서 두 사람의 대화를 듣고 있는 몇몇 인물들을 스치듯 지나치며 말했다.

“글쎄, 내 자네 사정을 모르는 바는 아니지만 손님이 손님인지라……”

촌장이 말꼬리를 흐리며 슬쩍 뒤에 서 있는 이들을 바라보았다.

황벽 또한 그때서야 촌장과 함께 온 이들을 정면으로 바라보았다.

그들은 모두 사남 삼녀의 젊은이와 비단 화의를 화려하게 차려입은 한 명의 중년인이었다. 그들은 한눈에 보기에도 신분이 상당히 높은 사람들이라는 것을 알 수 있었다.

거기다 그들 중 몇몇은 허리에 장검을 차고 있었다.

네 명의 젊은이는 명문세가의 자제들이나 입는 좋은 옷감으로 지은 옷을 입고 있었고, 세 명의 여인은 그 미모가 뛰어나 황벽과 그 친구들의 시선을 모으기에 충분하였다.

촌장은 그들을 상당히 어려워하는 눈치였다.

촌장이 황벽의 말에 잠시 말하기를 주저하자, 그들 중 화의를 입은 중년인이 황벽과 촌장의 대화를 자르며 앞으로 나섰다.

"나는 진가장의 장주 진무외라 하네. 내 자네의 이야기는 익히 들어 알고 있다네. 하지만 이번에는 자네가 우리의 편의를 좀 봐주었으면 하는데… 내 보수는 섭섭치 않게 주겠네."

진가장이라는 말에 황벽과 그의 친구들은 상당히 놀란 듯 그들을 다시 한 번 바라보았다. 그것도 그럴 것이 상해 진가장은 일반 세가가 아니었다.

상해의 진가장은 일반인들이 경원시하는 무림문파였던 것이다. 일반적으로 무림에 속한 문파는 일반인들 앞에는 잘 나서지 않았는데 그것은 무림에 속한 사람들은 세속적인 일반인들의 일상에 크게 관여하지 않았기 때문이다.

그래도 서민의 입장에서 보자면 가끔씩 들려오는 무림인들 간의 싸움이나 그들의 무공에 대한 믿지 못할 얘기들로 항상 그들을 동경해 마지않았다.

그런 무림문파 중에서도 진가장 하면 상해 일대에서는 일반인들에게도 잘 알려진 문파였다.

상해는 중원에서 멀리 떨어져 있어 무림의 거대 문파가 없었다. 아니, 오히려 무림문파라고는 진가장이 유일하다 할 수 있었다. 그러므로 진가장은 상해 일대에서는 제법 그 위세가 대단했던 것이다.

그런 진가장의 장주라는 사람이 직접 황벽을 찾아왔으니 황벽에게는 뜻밖의 일이 아닐 수 없었다.

잠시 진가장주 진무외를 바라보던 황벽이 입을 열었다.

"어떤 급한 사정이 있는지는 모르겠으나, 제가 올해의 일을 마감하였으니 다른 사람을 구해보시는 것이 좋을 듯합니다."

진무외는 황벽의 대답에 눈살을 살짝 찌푸렸다. 진가장주인 자신이 직접 부탁하는데 일개 뱃사람이 대놓고 면전에서 거절하니, 자신의 체면을 생각할 때 불쾌한 일이 아닐 수 없었던 것이다.

진가장주가 낯빛을 굳히며 다시 입을 열려는 순간 젊은 무리 중 청의를 입은 한 청년이 앞으로 나서며 진가장주를 막았다.

"장주님, 제가 직접 말해 보도록 하겠으니 제게 맡기시지요."

그러자 진무외는 공손히 옆으로 비켜서며 말하였다.

"그리하시겠소이까? 남궁 공자가 직접 말해 보겠다니 본인은 그럼 물러나 있겠소이다."

황벽은 청의인을 대하는 진무외의 태도에서 진무외가 청의인을 어려워한다는 것을 알 수 있었다.

청의인은 나이가 스물다섯쯤 되어 보이는데 생김새가 곱상하여 명문세가 출신 귀공자의 풍모를 풍겼으며, 그 행동 하나하나에서 귀하게 자란 티가 자연스럽게 배어 나왔다.

'도대체 저자의 신분이 무엇이기에 진가장주나 되는 사람이 어려워할까?'

황벽은 속으로 생각하며 자연스럽게 그에게 시선을 주었다.

"나는 남궁세가의 남궁인이라 하네. 잠시 시간을 내어주면 내 자초지종을 설명할 테니 이야기를 듣고 결정을 해주게나."

황벽과 그 친구들은 청의청년의 말에 모두 깜짝 놀랐다.

남궁세가라면 오대세가의 수장으로 군림하는 문파가 아닌가. 비록 황벽 등이 무림에 문외한인 일반인이라 할지라도 남궁세가를 모를 수는 없는 일이었다.

비록 자신과 비슷한 나이의 청년에게 하대를 당했으나 황벽은 미처 그걸 신경 쓸 정신이 없이 바로 앞의 의자를 권하며 남궁인에게 앉기를 청하였다.

남궁인이 자리를 잡고 앉자 그와 같이 온 나머지 삼남 삼녀도 옆 탁자에 자리를 잡고 앉았다.

"이번에 아주 중요한 일이 있어 우리 일곱 사람이 바다로 나가야 한다네. 그런데 우리가 찾는 곳은 한 장의 지도에 의지해 찾아가야 하는데, 우리로서는 우선 지도만으로도 대충 우리의 목적지를 짐작할 수 있는 바다에 정통한 사람이 필요하네."

남궁인이 잠시 말을 멈추고 황벽을 바라보았다.

"그리고 목적지에 도달할 때까지 어떤 황급한 상황에서도 안전하게 배를 책임질 사람이 필요하다네. 내 이곳에 도착해서 뱃사람을 수소문해 보니 자네만이 그 일을 해낼 수 있을 것이라 하더군."

남궁인이 이야기를 하는 동안 같이 온 일행은 별다른 관심이 없는 듯 객점 안의 이곳저곳을 돌아보거나 이미 어두워진 창밖을 바라보고 있었다.

"물론 오는 길에 진 장주께 자네가 일 년에 한 번만 일을 한다는 이야기를 들었네만, 이번에는 우리 사정이 급박하니 자네가 좀 도와주어야겠네. 진 장주께서도 말했지만 보수는 섭섭치 않게 주겠네. 사실 우리로서는 자네의 사정을 고려할 만큼 여유가 있지 못하다네."

남궁인은 말을 하면서 의식적으로 자신의 허리를 만졌다.

그곳에는 화려한 문양으로 장식되어진 장검이 있었는데 이는 무력을 써서라도 황벽을 데려가겠다는 무언의 압력이었던 것이다.

황벽은 어차피 지금 상황에서 이들의 부탁을 거절할 수가 없다는 것을 이미 알아차렸다.

　그렇다면 일은 이미 결정된 것, 이제는 흥정이 필요했다.

　최대한 자신에게 유리한 조건을 내세우기 위해 잠시 뜸을 들인 후 천천히 입을 열었다.

　"좋습니다. 사정이 그러하다면 어쩔 수 없지요. 하지만 일은 일이니 조건을 말씀드리겠습니다. 일단 정확한 목적지를 모른다는 것은 항해 기간을 확정지을 수 없다는 말이므로 일단 보수는 항해 일수에 따라 받도록 하겠습니다. 한 달을 기준으로 월 금 한 냥은 주셔야겠습니다만……."

　황벽은 슬쩍 남궁인을 바라보며 말꼬리를 흐렸다.

　진무외는 황벽이 한 달에 금 한 냥을 부르자 눈을 크게 뜨며 대뜸 자리에서 일어섰다.

　"자네 정신이 있나? 지금 금 한 냥이라고 했나? 자네가 정말 따끔한 맛을 보아야 정신을 차리겠군!"

　"아, 됐습니다. 한 달에 금 한 냥으로 하죠."

　남궁인이 진무외를 제지했다.

　진무외는 비록 남궁인의 제지로 자리에 앉았으나 황벽을 노려보는 것을 잊지 않았다.

　황벽은 한편으로는 뜨끔하였으나 내친김에 계속 말을 이었다.

　"그리고 한 가지 더 있습니다만, 일행의 행선지나 귀환의 결정은 물론 공자님께서 하시겠지만 배를 운행하는 면에 있어서는 제가 전권을 가지겠습니다. 그것이 공자님 일행 분들이나 제가 안전하게 항해하는 방법입니다. 어떻습니까?"

　"그렇게 하게나. 어차피 우리 일행은 배에 대해서는 아는 사람이 없으니. 그럼 언제 떠날 수 있겠나? 배는 이미 준비되어 있다네. 우리는 한시가 급한 상황이네만."

황벽은 일단 일을 맡기로 하였으므로 시원시원하게 대답하였다.

"내일 정오에 포구에서 뵙도록 하겠습니다."

"알겠네. 그럼 내일 보도록 하지."

남궁인 일행은 대화가 끝나자 바로 일어서서 주루를 나섰다.

주루를 나서면서 일행 중 흑의를 입은 청년이 아니꼽다는 듯이 남궁인에게 말을 건넸다.

"남궁 형은 그깟 뱃몰이꾼에게 뭘 그리 잘 대해주나? 그냥 끌고 가면 될 것을."

그러자 남궁인이 빙긋 웃으며 대꾸하였다.

"당 형은 너무 성급한 게 흠이야. 강제로 데려가는 것보다야 이렇게 잘 구슬리는 게 좋지. 우리가 가려는 곳은 저자의 능력이 반드시 필요한 곳이니 스스로 최선을 다하도록 하는 것이 좋지 않겠나."

"그래도 뱃몰이 주제에 너무 건방지지 않나? 조건을 달다니 말이야."

"아무려나, 나는 이번 일이 잘되기만 하면 좋겠네. 하하."

남궁인 일행이 모두 사라지자 허승이 입을 열었다.

"이번 일은 왠지 기분이 별로야. 황벽, 나도 옆에 있었으니 이번 항해를 안 할 수 없는 사정이란 것은 알겠으나 가급적이면 저들에게 고분고분하도록 해. 저들은 무림인이야. 사람의 목숨을 귀하게 생각지 않는 족속들이라고."

황벽이 고개를 끄덕여 허승의 말을 받았다.

“나도 알고 있어. 그러니 이번 일을 맡지 않았나. 그리고 너무 걱정하지 말게. 그들이라고 어쩌겠나. 바다에 나가면 내가 꼭 필요할걸.”

허승은 황벽의 말에 고개를 끄덕이면서도 사뭇 불안한 듯 얼굴을 찡그렸다.

“그래도 조심하게. 일이란 항상 사후를 생각해야 해. 항해를 마치고 해꼬지라도 할 수 있지 않겠나.”

“듣고 보니 그렇군. 알겠네. 내 조심하도록 하지. 그나저나 한동안 보지 못하게 되었으니 우리 오늘은 거하게 한잔하도록 하세나.”

황벽이 술병을 들어 허승과 엽강에게 술을 따라주었다. 허승과 엽강은 사양하지 않고 한입에 술을 털어 넣었다.

비록 자신이 원해서 하는 일은 아니었으나 일단 맡기로 한 일은 다른 생각을 하지 않는 황벽이었다.

그날 노룡반점에서는 밤이 깊도록 황벽과 그 친구들의 목소리가 들렸다. 세 친구는 새벽녘 달이 모습을 감출 때가 되어서야 객잔을 나서 각자의 집으로 향했다.

제2장
출항(出港)

황벽은 다음날 약속보다 일찍 포구로 나섰다.

포구에 도착한 황벽은 바다로부터 불어오는 바다 내음을 한껏 가슴 속으로 들이켰다. 바다는 항상 황벽에게 무한한 자유를 느끼게 해주었다. 어려서부터 바다에서 생활해서인지 황벽에게 바다는 마치 어머니의 품처럼 포근한 안정감을 주었다.

황벽은 항해 전 항상 바다를 향해 자신이 돌아왔음을 이렇게 한동안 바다의 내음을 받아들임으로써 알렸다.

황벽이 포구를 어슬렁거리며 바다와의 동화에 한동안 시간을 보내고 있을 무렵 멀리 노룡촌에서 포구로 이어진 대로에 몇몇의 인영이 나타났다.

그들은 일반인들처럼 천천히 걸음을 옮기는가 싶었는데 어느새 황벽이 있는 곳으로 순식간에 다가왔다. 바로 진가장주와 어제 황벽을 찾아왔던 일곱 명의 젊은이들이었다.

그리고 오십대 중반의 흑의인과 삼십대에서 사십대로 보이는 네 명이 더해져 있었는데, 이 흑의인들은 일행의 뒤쪽에서 두 마리의 말 위에 짐을 싣고 따라오고 있었다.

"일찍 나와 있었구만?"

진무외는 황벽에게 의례적인 말을 건네며 일행을 포구 남단으로 이끌었다.

포구 남단은 일반적으로 어선이 많이 사용하는 포구 북쪽과 중앙에 비해 배의 출입이 그리 많지 않은 곳이었다. 남쪽이 포구가 잘 이용되지 않는 것은 노룡촌과 이어진 관도가 포구의 북쪽에 위치해 있기 때문이었다.

그러나 포구 남단은 장강의 하구와 이어진 곳이라 장강을 따라 내려온 선박이나 장강을 거슬러 오르려는 배들은 이 포구 남단을 이용하였다.

"자, 저 배가 이번에 항해할 배라네. 자네가 한번 살펴보겠는가?"

진무외가 황벽을 바라보며 입을 열었다. 진무외가 가리킨 곳에는 대략 이십 인 정도를 수용할 수 있는 흑선이 서 있었다.

흑선에는 이미 진가장에서 나온 인부들이 항해에 필요한 짐을 부리고 있었다.

황벽은 별다른 대답 없이 고개를 끄덕이고는 배에 이어진 작은 사다리를 통해 배에 올라 이곳저곳을 살피기 시작하였다.

배를 살피던 황벽은 이 배가 일반적인 어선이나 상선과는 상당히 다른 특수한 목적을 위하여 만들어진 배라는 것을 알 수 있었다.

일반적으로 어선이나 상선은 작업 공간이나 물건을 싣기 위한 공간이 배의 대부분을 차지하였다. 배의 재질 또한 많은 짐을 싣기 위해 되도록 가벼운 원목을 사용하였다.

하지만 이 흑선은 주로 사람이 이용하는 공간의 편리함을 극대화하였으며, 몇 개의 침실과 주방, 그리고 모두가 모일 수 있는 커다란 거실이 준비되어 있었다. 또한 배의 여러 곳을 철을 이용하여 덧씌웠는데, 이것은 외부의 충격을 효과적으로 감소시키기 위한 목적으로 보였다.

황벽은 이 배가 무림세가에서 이용하는 특수한 배임을 알 수 있었다. 아마도 진가장이나 남궁세가에서 이용하는 배를 바다에서 여러 날 항해할 수 있도록 고친 것으로 보였다.

황벽이 배를 살피는 동안 남궁인 일행도 배에 올라 각자 하나씩의 침실에 자신의 짐을 푼 후 갑판으로 나와 바다를 보거나 서로 이야기를 나누고 있었다.

다섯 명의 흑의 중년인 역시 가져온 짐을 모두 배에 옮겨 실었다.

황벽이 배를 다 점검한 듯하자 진무외가 다가왔다.

"괜찮겠나? 이 배는 저기 남궁세가에서 특별히 준비한 것으로 주로 장강에서 사용하던 것을 바다에서도 사용할 수 있도록 약간 개조한 것이네. 비록 강에서 사용하던 것이기는 해도 여러 날 바다에서 항해하는 데 큰 무리가 없을 것으로 보이네만?"

"네, 어르신. 아주 좋은 배이군요. 이 정도라면 몇 년이고 바다에 떠 있을 수 있겠습니다. 단지, 수통이 너무 작은 게 아닌가 합니다. 아마도 바다에서 항해를 해본 적이 없기 때문에 준비가 안 된 것 같습니다. 아쉬우나마 몇 개의 커다란 통에 비를 받을 수 있게 준비해 주십시오."

"알겠네. 바로 준비하도록 하지."

진무외는 인부를 불러 황벽이 부탁한 수통을 마련하도록 지시를 내렸다. 진무외의 지시가 끝나기를 기다린 황벽이 진무외에게 물었다.

"어르신도 이번 항해에 참여하시는지요?"

"아닐세. 이번 항해는 저기 일곱 분하고, 저기 저 다섯 명만이 참여할 것이네. 물론 몇몇의 인부를 보태고 싶었으나, 나도 자세한 내막은 모르겠네만 이번 항해를 가급적이면 비밀로 하려 하는 것 같더군. 인부들 대신 저 사람들이 자네를 도와줄 것이네."

진무외는 손짓을 하며 흑의인들 중 한 명을 불렀다.

그러자 이미 짐을 다 부린 흑의인 중 오십대 중반으로 보이는 초로인이 다가왔다.

다가온 흑의인에게 진무외가 황벽을 가리키며 입을 열었다.

"이번에 배를 몰게 될 황벽일세. 바다에 능숙하니 그리 큰 어려움은 없을 것이네. 그래도 혼자서 배를 여러 날 모는 것은 무리한 일이니 막 집사께서 많이 도와주셔야 할 것 같네."

"알겠습니다, 진 장주님."

가볍게 고개를 숙인 오십대 중년인은 시선을 황벽에게 돌리며 사람 좋은 낯으로 자신을 소개하였다.

"나는 막여라 하네. 중간중간 나에게 키를 맡겨도 될 것이네. 잘 지내보도록 하세."

"황벽이라 합니다."

황벽이 가볍게 고개를 숙여 인사를 하였다.

"그나저나 이제 거의 짐 정리도 끝난 것 같으니 출항을 서두르게나. 막 집사가 공자 분들과 소저 분들에 대해서는 차차 소개하도록 하시게나."

"네, 그리하도록 하지요."

진무외가 말을 마치고 남궁인 쪽으로 가자 황벽도 본격적으로 출항 준비를 하기 시작하였다.

진무외와 남궁인 일행 간의 짧은 인사말이 끝나자 남궁인이 황벽에게 출항을 지시하였다.

황벽은 빠르게 닻을 올리고, 검은색 돛을 올렸다. 흑선은 바람을 타고 빠르게 바다를 향해 미끄러져 나갔다. 멀리서 진무외가 손을 흔들어 일행을 전송하고 있었다.

항해는 순조롭게 진행되었다.

바다는 잠잠했고, 순풍이 한껏 배를 밀어내고 있었다. 황벽과 막여는 번갈아 배를 몰아가면서 점차 친숙한 사이가 되었다.

막여는 남궁세가의 여러 집사 중 하나로 주로 남궁세가가 장강에서 운행하는 선박들을 총괄하여 관리하고 있는 인물이었다.

대개 무가에서 집사는 무공을 익히지 않고 행정적인 업무를 총괄하는 직책이었지만, 그래도 남궁세가의 선박을 총괄한다는 것은 막여가 그리 호락호락한 인물이 아니라는 증거였다.

거기다 말은 안 했지만 막여는 어느 정도의 무공도 익히고 있는 듯하였다.

지난 무림대전에서 장강은 주요 전투 지역이었다.

정의맹의 중추인 남궁세가의 선박은 이때 정의맹에 있어서 아주 중요한 수상 전력이었다. 휴전에 들어간 지금도 남궁세가의 선박은 정의맹 입장에서는 반드시 유지해야 할 전력이었다.

그래서 일반적인 관례와 다르게 무공을 익힌 막여가 집사를 맡고 있었던 것이다.

그런 중요한 위치에 있는 막여가 이런 젊은이들과 함께 항해에 따라온 것은 의외의 일이 아닐 수 없었다.

막여와 함께 온 나머지 사 인의 중년인은 남궁세가 소속의 인부들로서 뱃길에 능한 사람들이었다.

막여의 소개로 그들과 안면을 튼 황벽으로서는 잘 몰랐지만 그들도 일정한 정도의 무공을 익히고 있었다.

그중 노일, 노이 형제는 이제 사십대를 넘어 보였고, 진승과 오삼은 이제 막 삼십대에 접어든 것으로 보였다.

막여는 이번 항해의 주역들인 젊은 무인들에 대해 소개하는 것도 잊지 않았다.

그들은 무림에서 사룡삼봉으로 불리는 정의맹의 널리 알려진 후기지수들이었다.

무림에서 사룡삼봉은 비록 절대의 고수라고는 할 수 없었으나 후기지수들 중에서는 발군의 실력으로 무림에 그 이름이 높았다.

사룡은 남궁세가의 소가주인 운중일룡 남궁인, 개방의 소방주인 풍룡 능소개, 사천당문의 묵룡 당정, 그리고 화산파의 검룡 고봉정으로 구성되어 있었다.

삼봉은 남궁인의 동생인 남궁세가의 남궁지인과 아미파의 아미일화 임혜련, 그리고 검룡 고봉정의 사매인 빙화 설연을 일컬어 말하고 있었다.

무림대전의 급박한 외중에도 각 문파는 자기 문파의 미래를 위해 다음 세대의 후기지수들을 위험한 전투에는 참여시키지 않았는데, 사룡삼봉은 그중에서도 그나마 몇몇의 주요 전투에 얼굴을 내밀어 후기지수들 중 우두머리로서의 위치를 점하고 있었다.

황벽과 막여가 이런 저런 이야기를 나누며 첫 항해를 순조롭게 이끌어가고 있을 때, 사룡삼봉은 거의 매일을 배의 중앙에 마련된 거실의 둥근 탁자에 모여 앉아 무엇인가를 상의하고 있었다.

오늘도 그들은 한 군데 모여 앞으로의 일에 대해 의견을 나누고 있었다.

"남궁 형, 언제쯤 저 황가에게 지도를 보여줄 생각이신가?"

개방의 소방주인 능소개가 남궁인을 바라보며 입을 열자 모두들 궁금하다는 듯이 남궁인에게로 시선이 모아졌다.

남궁인은 일행 중 가장 연장자였다. 그리고 사룡 중에서도 가장 먼저 이름이 거론되는 위치에 올라 있는 만큼 이들 중에서 남궁인이 자연히 우두머리 행세를 하고 있었다.

"일단은 막 집사가 구룡해협까지 길을 안내할 것이네. 이 지도가 구룡해협을 기준으로 그려졌다는 것은 분명하니 일단 구룡해협에 도착해서 이 지도를 보일 생각이네."

"그런데 오라버니, 굳이 저 황벽이라는 사람을 데려갈 필요가 있었나요? 막 집사와 나머지 네 명의 인부로도 지도만 있다면 그곳을 찾아갈 수 있지 않나요?"

남궁지인이 황벽을 데려가는 이유가 궁금한지 묻자, 남궁인이 미소를 지으면서 대답했다.

"지인아, 그건 그렇지가 않단다. 일단 이 지도의 기준이 구룡해협이라는 것은 알고 있으나 정확히 구룡해협의 어디인지를 모르니 구룡해협에 대해 자세히 알고 있는 사람이 필요하다. 그리고 구룡해협은 그

물길이 사납고 암초가 많기로 유명해서 웬만한 뱃사람들도 돌아가는 곳이라 뛰어난 뱃사람이 필요한 것이지. 막 집사도 배에는 능숙하나 그건 어디까지나 장강에서의 얘기란다. 이곳은 바다이고, 바다에서는 바다에 익숙한 사람이 필요한 것이지.”

남궁인의 설명에 남궁지인은 고개를 끄덕이며 천천히 찻잔을 들어 올렸다.

“그런데 남궁 형, 만약에 우리가 그곳을 찾을 수 있다면, 그 이후에는 어떻게 하라는 지시가 있었소?”

화산의 고봉정이 조용한 목소리로 남궁인에게 물었다.

“이곳으로 출발하기 전 정의맹 군사이신 제갈 의숙께서 향후의 일을 일러주셨네. 이제 바다로 나왔으니 말하도록 하지.”

남궁인이 잠시 뜸을 들인 후 입을 열었다.

“지금 우리들이 찾아가는 곳은 오제도네. 그 실체가 불분명하기는 하나 현재 무림의 상황이 불확실한 것을 포함해서 무림의 전설은 모두 조사 대상에 포함되는 상황인지라 오제지비(五帝之秘)를 우리가 맡게 된 것이지. 물론 자네들도 다 알겠지만, 여기 있는 인원이 우리 남궁세가를 포함 개방, 화산, 아미, 당문 이렇게 다섯 문파로 된 이유가 오제의 출신 문파이기 때문 아닌가. 가문의 비전이 있을 수도 있으므로 타문파 인원을 참석시킨다는 것은 무리이지.”

현 무림은 무림대전 이후 정사 양 진영의 모든 전설과 신비들을 추적하여 절정고수의 숫자를 늘리는 데 온 전력이 기울어져 있었다.

휴전은 일시적이며 언젠가는 다시 한 번 제이차 정사 무림대전이 있을 것이라는 것은 누구나 알고 있는 사실이었다.

오제지비(五帝之秘)는 정의맹이 단서를 가지고 있는 근거있는 전설의 하나였고, 예로부터 그 실체에 대한 논란이 무성했다.

지난날 오제의 출신 문파들은 오제도에 대한 비밀을 굳이 풀려 하지 않았었다.

그것은 과거 이백 년 전, 오제들이 각각 자신의 문파에 자신의 진신절학을 남겼으므로 굳이 불확실한 오제지비를 풀려 하지 않았던 것이다.

거기다 오제지비가 있을 것으로 추측되는 오제도에 대한 지도도 오제의 출신 문파 다섯 군데에서 한 부분씩 소유하고 있었으므로 각 문파의 이해가 엇갈려 하나로 합쳐지지 못했던 것이다.

그러던 것이 무림대전의 휴전 이후, 각 문파가 각파의 전설을 열고 젊은 후기지수를 절정고수로 만들기 위한 비전과 신약을 모두 쏟아 붓는 와중에 남궁세가, 화산, 당문, 아미, 개방 이 다섯 문파도 정의맹의 군사인 제갈의현의 중재로 이렇게 오제지비를 향해 떠나게 된 것이었다.

오제라 함은 이백 년 전 천하제일을 구가하던 다섯 명의 절대무인을 말한다.

천하제일검으로 이름을 날린 남궁세가의 검제 님궁황, 임기와 독술로 천하를 질타한 사천당문의 흑제 당웅, 고금제일 경공의 소유자로 알려진 개방의 풍제 방구신, 화산제일무인으로 추앙받는 화산의 현제 고력신, 그리고 여중제일인 아미의 검후 냉가상, 이렇게 오 인을 세인들은 오제라 부르고 있었다.

오제는 이백 년 전에 천하제일고수를 다투던 인물들로 그들 사이에는 상당한 친분을 가지고 있었던 것으로 알려졌다.

각각 한 분야에서 그 끝을 보려던 인물들이었으므로 무에 대한 열정도 대단하였다. 각각 천하제일인이 될 수 있었지만 절대의 경지에 다다르기 위한 수련을 계속하였던 그들은 말년에 더 이상 개인적인 수련으로는 진척이 없자 한 군데 모여 무에 대한 서로의 의견을 주고받고 이를 토대로 절대의 경지에 도전키로 하였던 것으로 알려졌다.

그들은 각각의 자신의 문파에 자신들의 진신절학을 남겨두고 동해의 한 섬으로 떠났는데, 그 이후 이들의 행적은 세간에 알려지지 않고 있었다.

"우리 다섯 문파에 오제와 같은 분들이 있었다는 것은 큰 복이야. 작금의 무림 상황을 보면 물론 크게는 정과 사, 양쪽으로 나뉘어져 있지만, 각 문파 간의 경쟁도 무시할 수 없는 상태이니."

화산의 검룡 고봉정이 말하자 임혜련이 말을 받았다.

"정말 그래요. 물론 제이차 무림대전을 준비한다는 이유이지만 소림은 달마동을 개방하였고, 무당도 장삼풍 조사의 최후 비전이 있는 현천동을 열었다지요?"

"그렇습니다. 이 상황에서 우리 다섯 가문이 오제지비를 얻지 못한다면 다른 문파에 크게 뒤떨어지게 될 겁니다. 그러니 이번 일은 반드시 성공해야겠지요."

남궁인이 모두를 바라보며 입을 열었다.

"이번 길을 떠나기 전 제갈 의숙께서 우리 다섯 문파의 어르신들과 상의하신 내용을 알려주었습니다. 먼저 오제도를 찾는 것이 중요하지요. 그리고 그 오제도에 오제 분들이 연구하신 무학이 있다면 오제도에서 그것을 익히라는 말씀이셨습니다."

"아니, 오라버니. 그럼 그 오제도에서 앞으로 몇 년을 살아야 한다는 말이에요?"

남궁지인이 얼굴을 찡그리며 끔찍하다는 듯이 말하였다.

"그렇다. 일단 오제의 최후 절학이 있다는 것을 전제로 그것이 오제도를 벗어났을 때 사파의 여러 무리에게 당연히 노림을 받을 것이고 어차피 그 무공이 오제 분들이 모여 만든 것이라면 그것을 익히는 것도 한곳에서 하는 것이 효율적이라는 말씀이셨다."

남궁인의 말에 모두들 고개를 끄덕였다.

현 무림에서 비록 대규모의 전쟁은 휴전으로 인해 끝이 났지만, 신공절학 및 무림비기의 탈취전은 그 상상을 불허했다.

어느 한 가문에 신공절학이 있다는 소식이 있으면 작은 문파의 경우 한 달을 넘기지 못하고 멸망하는 경우가 종종 있었다.

이러한 상황에서 오제지비가 드러나면 무림은 한바탕 피 바람을 피할 수 없을 것이었다.

"흠, 그러면 저기 막 집사와 인부 네 명이야 그렇다 치고, 저 황가는 어찌할 생각인가?"

당정이 눈을 가늘게 뜨며 입을 열었다.

"그렇네요. 저희가 오제지비를 열고 무공을 익히는 동안 오제도에 함께 있어야 하나요? 돌려보낼 수는 없잖아요."

아미의 임혜련이 궁금한 듯 입을 열었다.

"굳이 데리고 있을 필요까지야… 죽은 자는 말이 없는 법이지."

당정의 살기 띤 말투가 선실에 조용히 퍼져 나갔다.

모두 움찔하며 당정을 바라보았다.

"지금 살인멸구를 말하는 건가요. 어떻게 정파인의 입으로 그런 말을 할 수 있죠?"

그동안 말이 없던 빙화 설연이 차가운 한마디를 뱉어내었다.

"아, 꼭 그렇다는 것은 아니고… 뭐, 무림이라는 곳에 발을 담근 그의 운도 썩 좋은 것은 못 되는군."

당정이 은근슬쩍 말꼬리를 돌렸다.

"그 문제는 나중에 상황에 따라 처리하도록 하고, 어쨌든 우리는 오제도에서 오제지비를 얻으면 몇 년을 그곳에서 생활해야 할 것입니다. 물론 제갈 군사와의 전서구 연락을 통해 각자의 가문과 급한 경우 연락을 취할 수 있으나, 되도록이면 그마저도 삼가해야겠지요."

남궁인의 말을 마지막으로 선실에 있던 사람들은 모두 조용히 자신만의 생각에 빠져들었다.

오제지비를 풀었을 때 자신이 가지게 될 무림에서의 절대 위치가 각자의 마음을 들뜨게 하였으며 언뜻언뜻 탐욕의 빛이 눈가를 스쳐 지나갔다.

*   *   *

황벽 일행이 노룡포구를 멀리 벗어나고 있을 무렵, 노룡포구 북쪽에 일단의 흑의인들이 모습을 드러냈다.

십여 명의 모습이 포구 북쪽에 소리없이 다가들자 기다렸다는 듯이 쾌속선 한 척이 그들에게 다가왔다.

"대주, 지금 바로 출발하셔야 따라잡을 수 있습니다."

쾌속선을 몰고 다가온 사내가 흑의인들 중 가장 앞에 선 사십대 중반의 사내를 재촉하였다.

"비마일호는 제대로 잠입했는가?"

"예, 대주. 오래전부터 남궁세가에 근거를 잡아 별 무리 없이 일행에 포함되었습니다."

"연락은?"

"낮에는 작은 거울을 이용하도록 되어 있고, 밤에는 선미에 불을 밝히기로 하였습니다."

"알겠네. 그럼 자네는 이곳에 남아 맹에 혈사대의 추적을 알리고, 향후 지시를 전서구를 통해 보내주게."

"예, 대주. 그럼 출항하시지요."

"전원 승선하라!"

대주라 불린 사내의 지시에 따라 열 명의 흑의인이 기척도 없이 빠르게 쾌속선에 올라탔다.

그리고 그중 한 명이 재빠르게 키를 잡고 돛을 세웠다.

"출발하라!"

대주의 낮지만 강한 명령에 쾌속선은 빠르게 바다를 향해 질주했다.

이들은 지난날 무림대전에서 정의맹 소속 무사들에게 가장 두려운 존재로 인식되었던 패천맹의 혈사대였다.

패천맹 내에서 혈사대는 추적과 암살을 전문적으로 맡고 있었다. 정사대전에서 이들에게 목숨을 잃은 정의맹의 고수는 백여 명에 이르렀다.

물론 수천 명의 목숨이 사라진 대전에서 백여 명은 작은 숫자일 수도 있으나, 그 암살당한 백여 명이 정의맹에서 중추적인 위치를 차지하고 있던 절정고수들이었으므로 혈사대의 움직임은 항상 정의맹에게는 공포와 두려움을 가져다주었던 것이다.

또한 고수의 손실도 손실이지만 정의맹의 젊은 무인들이 가지는 막연한 공포감 역시 혈사대가 정의맹에 주는 중요한 타격이었다.

이 혈사대를 맡고 있는 대주는 귀혈검 진회였다. 귀혈검 진회는 지하무림의 지배자 흑막의 절대고수로서 정사대전 이전에도 흑막의 살수로서 수많은 암살을 시행한 적이 있었다.

현 무림에서 귀혈검 진회를 능가하는 살수는 없었기에 사람들은 진회를 살수지왕이라 부르기도 하였다.

귀혈검 진회는 가늘고 긴 검을 사용하였는데, 주로 찌르기가 용이하게 만들어진 이 검은 적을 향해 날아갈 때 귀곡성을 내며, 살인 후 그 끝에 몇 방울의 피가 맺혀졌기 때문에 사람들은 그를 귀혈검이라 불렀던 것이다.

오제도의 존재는 이미 무림에 널리 알려져 있었으나 실상 그곳을 찾아가는 장보도의 존재 여부가 불분명하였으므로 무림에서는 오제지비의 실존에 대해서는 억측이 분분하였다.

하지만 정사대전 이후 각파가 각파의 비전을 찾기 위해 총력을 기울이는 시점에서 정의맹과 패천맹은 상대편에서 비전을 얻지 못하도록 최대한 경계를 하고 있었고 따라서 현재의 무림은 양 진영 간자들의 활동이 그 어느 때보다도 활발한 시기였다.

당연히 패천맹의 정보 조직에 오제지비를 찾아 떠나는 오대문파의 움직임이 걸려들었고, 패천맹으로서는 순순히 오대문파가 오제지비를 얻도록 두고 볼 수 없는 일이었다.

오제지비는 여러 무림 전설 중에서도 최상에 속하는 것으로서 그것을 정의맹에서 얻을 경우 패천맹에게는 상당히 두려운 전력을 정의맹은 얻게 될 것이었다. 따라서 패천맹에서는 최고의 암살조인 혈사대를 이번 일에 투입하게 되었다.

그렇게 노룡포구에서 그 누구도 신경 쓰지 않는 사이에 두 개의 거대한 세력이 바다를 향해 배를 띄웠던 것이다.

제3장
무공 입문

노룡포구에서 동쪽으로 순풍을 타고 사흘을 달리면 이름 모를 섬들의 군락이 나오고 그 사이를 빠른 물살이 흐르는 구룡해협이 나온다. 옛부터 구룡해협은 바닷사람들이 접근하기를 꺼려하는 곳이었다.

빠른 해류는 능숙한 바닷사람에게도 쉽게 길을 열지 않았고, 섬들 사이사이에는 안초와 소용돌이치는 소기 수없이 많이 존재하였다.

또한 날이 좋은 날에도 항상 구룡해협 입구는 안개에 싸여 있어 물길을 알기 어려웠다.

폭풍우가 치는 날이면 영락없이 파도의 거친 울음이 들려오고 구룡해협 입구는 자욱한 안개와 낮게 깔린 구름으로 그 속이 보이지 않았는데, 단지 섬들 중 아홉 개의 큰 섬 봉우리만이 벼락을 뚫고 하늘로 승천하는 용처럼 머리를 들고 있어 사람들은 이곳을 구룡해협이라 불렀던 것이다.

구룡해협의 외곽을 따라 한 바퀴 도는 데는 날씨가 좋을 경우 대략 한 달의 시간이 걸릴 정도로 넓은 면적을 차지하고 있었다.

해협 내에는 수많은 무인도가 흩어져 있었는데 멀리서 보이는 아홉 개의 섬만이 사람들에게 알려져 있을 뿐이었다. 많은 뱃사람들이 해협을 가로질러 반대편으로 나오는 데는 며칠 걸리지 않음에도 불구하고 해협 외곽을 돌아 항해하는 것은 구룡해협을 횡단하는 것은 곧 목숨을 거는 일이었기 때문이다.

지금껏 몇 차례에 걸쳐 구룡해협을 횡단하려 하는 사람들이 없었던 것은 아니나 무사히 횡단을 마친 이가 손에 꼽을 정도였고, 그것도 아주 먼 옛날의 이야기로 근 수십 년 내에는 구룡해협 안으로 들어가 본 뱃사람이 있다는 이야기는 들려오고 있지 않았다.

황벽 일행의 항해는 순조로웠다.

일행은 첫날이 지나자 황벽의 진가를 알기 시작하였다. 황벽은 해류의 흐름을 완벽하게 느끼고 배를 몰고 있었다.

막여와 나머지 네 명의 인부 또한 남궁세가에서는 이름난 뱃사람들이었지만 장강의 물결은 대해의 파도에 비할 바가 아니었다.

사람들은 막여나 나머지 인부가 키를 잡았을 때의 배의 흔들림과 황벽이 키를 잡았을 때의 배의 흔들림의 차이에 황벽이 뛰어난 뱃사람임을 알 수 있었던 것이다.

황벽 일행이 탄 배가 그리 큰 규모가 아니어서 대해의 파도에는 쉽게 흔들렸고, 하루가 지나자 대부분의 시간을 황벽이 키를 잡게 되었다.

황벽이 키를 잡는 동안 사람들은 선실 밖으로 나와 광활하게 펼쳐진 바다를 바라보거나 몇몇이 모여 이야기를 나누곤 하였다. 하지만 모두 무인들이라 편한 시간을 골라 운기를 하거나 몇몇 초식을 연습하며 수련을 거르지 않았다.

그런 일행에게 가장 즐거운 시간은 뭐니 뭐니 해도 식사 시간이었는데, 그것은 순전히 황벽 때문이었다.

처음에는 뭍에서 실어온 재료로 음식을 만들었으나 황벽이 바다에서 낚아 올린 싱싱한 생선으로 회를 뜨거나 여러 가지 요리를 만들어 내자 사람들은 식사 시간만을 기다리게 되었던 것이다.

특히 남궁지인과 개방의 능소개는 끼니 때가 되기도 전에 황벽에게 이것저것 요리거리를 부탁하곤 하였다.

사람들은 처음에 황벽을 그저 일개 뱃사람으로 취급하여 아랫사람 부리듯 하였으나, 시간이 지나자 떠나기 전 황벽이 운항의 전권을 달라고 한 말을 이해하게 되었다. 그래서 시간이 조금 흐르자 남자들은 '황형', 여자들은 '황 공자' 라 부르며 제법 예를 차리게 되었다.

아무려나 황벽은 절로 신이 나 있었는데, 그것은 흑선 때문이었다.

주로 상선을 운행하던 황벽은 이 흑선이 정말 마음에 들었다. 크기가 작은 만큼 작은 손짓에도 바로 반응하여 황벽과 같이 노련한 뱃사람에게는 배를 몰 맛이 나게 하는 것이었다.

황벽은 끝없이 펼쳐진 바다를 마음껏 요리하며 오랜만의 항해를 즐기고 있었다.

막여와 함께 온 인부들인 노일, 노이 형제와 진승, 오삼 등은 제법 배에 익숙하여 바다가 잔잔할 때는 키를 맡길 만하여 황벽은 충분한 여유를 가지고 항해를 하고 있었다.

큰 무리 없이 바다를 질러온 흑선은 어느덧 구룡해협의 남서쪽 부근에 다다랐다.

그제야 남궁인 등 칠 인은 황벽과 막여를 선실로 불러들여 그들이 가지고 있던 장보도를 보여주었다.

"황 형, 우리가 가고자 하는 곳은 이 장보도에 표시된 섬일세. 이 장보도로 대략 위치를 알 수 있겠는가?"

황벽은 남궁인에게서 다섯 조각의 낡은 양피지를 붙여서 만든 한 장의 장보도를 건네받아 자세히 살펴보았다.

양피지에는 여러 개의 섬과 섬과 섬 사이를 잇는 수많은 선들이 그려져 있었다.

한참을 들여다보던 황벽이 입을 열었다.

"이 지도가 가리키는 곳이 구룡해협에 있는 것은 맞는 것 같습니다. 여기 섬들과 섬들 사이에 그어진 선들은 해류의 흐름을 나타낸 것인데, 여태까지 구룡해협의 해류를 이렇게 정확하게 설명한 지도는 처음 봅니다. 단지 이 지도가 오래전에 만들어진 것인지라 해류의 흐름이 이 지도가 만들어질 당시와는 많이 달라져 있을 겁니다."

모두들 황벽의 말에 귀를 기울이자, 황벽은 약간 어색한 듯 큰기침을 한 번 하고는 다시 입을 열었다.

"이 지도상에 위치한 섬으로 가자면 구룡해협의 북쪽에서부터 물길을 타고 들어가 한 사흘 정도면 당도할 수 있을 것 같습니다."

황벽이 말을 마치자 남궁인이 웃으면서 황벽에게 대답했다.

"알았네. 자네가 동행해 주어서 정말 다행일세. 그럼 우선 구룡해협의 북쪽으로 배를 몰아가세. 구룡해협 북단으로 가자면 며칠이나 소요되겠는가?"

"지금까지와 같이 날씨가 좋다면 넉넉잡아 칠 일 정도면 되겠습니다."

황벽이 대답하자 남궁인은 고개를 끄덕이며 말했다.

"그럼 순조롭다면 넉넉잡아 보름이면 섬에 도착하겠군. 수고했네. 그만 나가보게나."

"그럼 저는 이만."

황벽이 선실을 나가자 당정이 막여를 보며 말했다.

"막 집사께서도 이제 그 양피지에 표시된 섬으로 배를 모실 수 있겠는지요?"

"글쎄요. 바다의 해류가 장보도에 있는 상태대로라면 크게 무리는 없겠으나, 만약 해류의 흐름이 변했거나 또는 악천우를 만난다면 자신할 수 없습니다."

"흐음. 그럼 어쩔 수 없이 저 황가를 오제도까지 데려갈 수밖에는 없겠군."

당정의 말에 그동안 황벽과 음식 문제로 약간의 얼굴을 익힌 능소개가 다행이라는 듯이 말했다.

"이제 어차피 오제도까지 함께해야 할 사람이니 동료로서 잘 대해주세나그려. 덕분에 내 입이 호강하겠구만."

"정말요. 황 공자의 음식 솜씨를 계속 맛볼 수 있다니 정말 다행이에요."

남궁지인이 능소개의 말을 이었다.

"공자는 무슨. 뱃놈 주제에……."

당정은 남궁지인이 황벽을 공자라 칭하자 기분이 나쁜 듯 한마디 하였다.

"어쨌든 이제 보름 후면 오제도에 당도할 수 있을 것 같으니 다행이군. 어서 빨리 오제의 비전을 보고 싶네. 그때까지는 바다 구경이나 하며 편히들 움직이세나."

남궁인이 한껏 기대에 부푼 얼굴로 일행에게 말하고는 먼저 일어나 갑판으로 나갔다.

그 뒤를 따라 일행도 갑판으로 나갔다.

일행을 따라 선실에서 나온 막여가 황벽이 있는 배 앞머리로 다가오자 황벽이 낮은 목소리로 물었다.

"아니, 어르신. 그런데 그 험한 구룡해협의 한가운데에 있는 섬은 왜 가려는 거요?"

막여는 그런 황벽을 바라보며 '이놈아, 넌 정말 운이 좋은 줄 알아라. 내가 말 한마디 잘못했으면 다시는 땅을 밟아보지 못할 뻔한 것을 알기나 하냐?' 라고 속으로 생각하며 대답을 했다.

"이제 좀 알아도 상관없으니 대충 얘기해 주겠네만, 자세한 것은 나도 모르니 이해하게나. 자네, 이 배에 탄 일행이 무림세가의 일행이라는 것은 알고 있지?"

"참나, 어르신이 첫날 소개해 주시지 않았습니까?"

"음, 그렇지. 내가 잠시 그걸 깜박했구만."

막여는 머쓱하게 자신의 뒷머리를 치며 말을 이었다.

"어쨌든 자네는 잘 모르겠지만 지난 십 년 동안 무림이라는 곳에서는 엄청난 전쟁이 있었다네. 대단한 전쟁이었지."

막여는 황벽에게 무림대전에 대해 이야기하면서 무림이라는 곳을 자연스럽게 설명하였다.

황벽은 막연히 하늘을 날고 손에서 바람이 나오는 무인들에 대한 애기를 바람결에 들은 적은 있었지만 이렇게 무림에 속해 있는 사람에게서 자세한 이야기를 듣는 것은 처음이었다.

수많은 기인이사와 절세가인들이 속한 무림의 이야기를 들으며 황벽에게 지금 자신이 속해 있는 삶과는 다른 또 다른 세계가 있다는 것을 알게 되었다.

"그럼 저기 저 일행도 모두 하늘을 날고 손에서 바람이 나옵니까?"

황벽이 막여의 이야기가 어느 정도 정리되자 갑판 위에 나와 있는 몇몇을 보면서 물었다.

"흠, 하늘을 난다는 것은 사실 사람으로서는 있을 수 없는 일이네. 아무리 내공을 쌓고 경공을 익혀도 아직 하늘을 날았다는 무인의 얘기는 들은 적이 없어. 하지만 심후한 내공을 쌓고 극도로 경공술을 익힌 사람 중에는 내공과 경공을 조화롭게 사용하여 물 위나 풀 위를 가볍게 달릴 수 있거나 한번 도약에 몇십 장의 거리를 갈 수 있는 사람은 있다네. 능공허도란 말이 있지만 그것도 결국은 도약의 다른 형태가 아닐까 하는데… 손에서 바람이 나온다는 것은 장풍이나 지공을 연마하면 가능하네만, 그것도 상대를 격살할 목적이라면 보통의 내공으로는 어렵지. 저 일행은 사실 무림에서 가장 좋은 조건을 가지고 무공을 익힌 젊은이들이라네. 사실 나도 저들의 능력을 정확히는 모르겠으나 몇몇은 충분히 기력을 발출하는 수준에 이르러 있겠지."

막여의 말을 들으며 황벽은 새삼스레 일행을 돌아보았다.

"왜, 자네 무공에 관심이 생기는가?"

막여가 은근한 목소리로 황벽에게 묻자 황벽이 얼굴을 붉히며 대답했다.

"언감생심 제가 어찌 무공을 익히겠습니까? 말씀하신 대로라면 내공이라는 것도 어려서부터 쌓고 검이니 도니 하는 것도 뛰어난 사부 밑에서 오랫동안 수련해야 할 것 아닙니까? 제 나이가 벌써 스물둘이니 너무 늦기도 했거니와, 저 같은 놈에게 어디에서 무공을 가르쳐 주기나 하겠습니까? 그저 배몰이로 기른 근력으로 노룡촌에서 누구에게 맞지 않고 살아가는 정도로 만족해야지요."

황벽이 한편으로는 아쉬운 눈빛을 보이며 대답했다.

"그래, 사실 무림이라는 곳은 자네가 생각하듯이 그렇게 좋은 곳만은 아니네. 물론 무림이 무공을 익힌 사람들의 세상이고, 그들의 특성상 일반인의 삶과는 또 다른 세계. 어디엔가 얽매이지 않고 자유롭다는 면에서는 좋은 점이 없다 아니 할 수 없으나, 지금의 무림은 초기 순수한 무도(武道)에의 열정이 살아 있는 무인은 극히 드무네. 소림이나 무당조차도 무림대전에 깊숙이 관여하였으니, 무림도 결국에는 사람의 욕심에서 벗어날 수 없는 추악한 곳이 되었다고 할 수 있지. 그러니 자네는 쓸데없이 무림이라는 곳에 기웃거리지 말게나."

황벽은 막여의 말에 고개를 끄덕이면서도 아쉬움이 가득한 눈빛으로 멀리 바다를 응시하였다.

황벽의 뇌리 속에는 막여가 말한 얽매이지 않는 자유로움에 대한 욕구가 한없이 끓어올랐던 것이다.

황벽은 어려서부터 어디에 얽매이거나 소속되어서 일하는 것을 싫어했고, 틈만 나면 엽강이나 허승에게 먼 곳으로의 여행과 자유로운 삶에 대한 자기의 바람을 넋두리처럼 늘어놓곤 하였었다.

따라서 황벽에게 무림인이 되어 자유롭게 세상을 활보한다라는 것은 정말 달콤한 유혹이었던 것이다.

"어쨌든 저 일행은 지금 중요한 무공을 익히기 위해 장보도의 그 장소로 이동하는 것이라네. 만약 계획대로만 된다면 저들 중 당금 무림의 천하제일인이 나올 수도 있겠지.”

막여는 일행의 목적에 대해서는 간단하게 말을 마쳤다.

무림에 대해 어느 정도 알게 되고 자신이 속하기에는 너무 먼 세계라는 생각을 하게 된 황벽은 해가 바다 너머로 사라질 때까지 우울한 기분에 잠겨 있었다.

평소와 다르게 요리에도 신경 쓰지 않아 남궁지인과 능소개가 원망의 눈초리를 보내는 것도 모른 채 일종의 허탈감에 빠져 있던 황벽은 대충 저녁 식사를 마치고 어두워진 밤 바다를 향해 배를 몰고 있었다.

오후 내내 황벽의 낙담한 모습을 살펴보던 막여가 밤이 깊어가자 키를 잡고 있는 황벽에게 다가와 엷은 웃음을 띠며 말을 건넸다.

“어째 그리 힘이 없어 보이는가, 젊은 사람이?”

“힘이 없기는요. 괜찮습니다.”

황벽이 짐짓 쾌활한 웃음을 지으며 대답하였다.

“자네, 많이 아쉬운가 보구만?”

“아쉽기는 해도 어쩌겠습니까? 타고난 태생이 그런 것을.”

“쯧쯧, 젊은 사람이 그깐 일로……. 자네 그럼 나한테라도 몇 수 배워보겠나?”

“예? 막 노야께요?”

황벽이 놀란 듯이 막 노인을 바라보았다.

“그래. 내 뭐 그리 대단하지는 않지만 그래도 무인이라고 몇 가지 재주는 익히고 있지. 물론 자네도 알다시피 나야 남궁세가의 집사이니 대단한 무공을 가르쳐 줄 수는 없네. 그래도 익혀두면 한평생 감기 걸정 없고 무인이 아니라면 남에게 맞을 일은 없을 거네만. 어찌 생각있는가?"

"아이고, 영감님. 생각이 있다마다요. 평생 그 은혜를 잊지 않겠습니다. 아니, 사부님으로 모셔야죠."

황벽은 바로 바닥에 엎드려 절을 하려 하였다.

그런 황벽을 잡아 일으키며 막여가 작은 소리로 입을 열었다.

"그런 소리 말게. 내가 누구에게 사부 소리를 듣는다면 지나가는 개가 웃을 일이야. 사실 무도의 세계에 발을 들여놓고서 한 경지에 이르지 못해 남의 문파에서 집사 일이나 맡아보는 나도 한심한 인생일세. 그러니 자네는 너무 대단한 걸 기대하지 말라구. 나는 그저 자네에게 기초적인 무공을 가르쳐 줄 것이니. 내가 가르치는 것은 무림인이라면 누구나 알고 있는 것들일세."

"어르신, 감사합니다요."

황벽은 막여의 만류에도 무릅쓰고 넙죽 큰절을 하였다.

막여는 그런 황벽을 흐뭇하게 바라보며 입을 열었다.

"무공이라는 것이 각각 그 사람의 타고난 체질에 따라 익히는 종류가 다른 법인데, 일반적으로 사람의 체형에 따라 검, 도, 권, 장 등의 무공을 선택하여 익히게 되고 그 사람의 체질에 따라 심법을 달리하게 되는 게 일반적인 이치이네. 물론 일부 아주 뛰어난 심법의 경우 체질에 상관없이 익혀도 별 무리가 없는 것도 있고, 또 몇몇 과거 무의 한 봉우리에 올랐던 사람들 중에 자신의 신체와 상관없이 검이나 도를 선택하여 익힌 사람이 없는 것은 아니나 어쨌든 나는 그렇게 뛰어난 무인이 아니니 자네의 체질과 신체를 좀 살펴보아야겠네."

말과는 다르게 막여는 무공의 원리를 깊게 깨닫고 있는 듯 일반 무인들이 대수롭게 생각하지는 않지만 사실은 무공 입문에 가장 기본이고 중요한 요소인 체질과 근골에 대한 이야기를 하고 있었다.

말을 마친 막여는 황벽을 돌려세우고는 황벽의 근골을 하나하나 살펴보기 시작하였다. 뼈의 마디마디와 근육의 생김생김을 살펴보던 막여는 고개를 갸웃거리며 황벽의 몸 중 몇 군데의 혈을 살펴보기도 하였다. 또한 의원처럼 황벽의 진맥을 한동안 보기도 하였다.

처음에 간단하게 생각했던 막여는 웬일인지 황벽의 몸 전체를 골고루 살펴보기 시작하였다.

막여는 근 한 시진 동안이나 황벽을 살펴본 후 한숨을 내쉬며 입을 열었다.

"나는 고아로 태어났네. 어려서는 이곳저곳을 돌아다니며 밥을 빌어먹었고, 어느 정도 커서는 막일을 하며 살았지. 그러다 열다섯인가에 사부라 할 수 있는 노인네를 만났네. 내가 낙양에서 점소이 일을 할 때 좀 불쌍해 보이는 노인네에게 만두 몇 개를 공짜로 준 적이 있는데 그 노인네가 내 사부일세. 무림인이란 하늘을 나는 무공은 알아도 동전 한 푼 버는 법을 모르는 법이니 참 알 수 없는 족속이지. 나도 가족이 없던 터라 그 노인네가 불쌍하여 집으로 데려가 함께 지내게 되었는데, 어느 날 그 노인네가 나에게 무공을 가르쳐 주겠다지 않던가? 나는 그 비렁뱅이 같은 노인네가 무슨 노망이 들었나 했지만 그날부터 사부는 나에게 정말로 무공을 가르치기 시작하였다네. 어찌 되었든 사부가 시키는 몇 가지 동작과 호흡법을 익히게 된 나는 사부가 보통 노인이 아니라는 것을 곧 깨달았지. 몸에 변화가 생기기 시작했거든. 사부가 가르쳐 준 호흡법을 익혀 나갈수록 온몸에 활기가 넘치고 몸이 날아갈 듯한 기분을 느끼게 되었네. 처음 일 년은 호흡법과 권각술만 익혔지.

한 일 년 수행하자 단전에 기가 모이기 시작하고, 그때부터 사부는 나에게 도를 가르치기 시작하였네. 오 년이 지날 무렵 나는 무림에 나설 수 있을 정도로 수련할 수 있었네. 하지만 그 당시만 해도 내 무공 수준을 알 리가 없었지. 무림인이라고는 늙고 병든 사부 하나였으니까. 사부를 모시고 무공을 익힌 지 오 년째에 사부가 숨을 거두었네. 숨을 거두기 전 사부가 나에게 마지막으로 남긴 말이 있네. 내 이제 그 말을 자네에게 하려고 하는 것일세.”

황벽은 의아한 듯 막여를 쳐다보았다.

죽은 노인네의 말을 왜 자신에게 하려는가 하는 의문이 얼굴에 묻어났다.

“하하. 그래, 궁금하겠지. 하지만 내 말을 잘 들어보게나. 사부가 어느 날 저녁 식사를 마치고는 다시 객잔에 일을 하러 나가려는 나를 붙잡았네.”

막여는 천천히 아주 작은 것도 기억해 내려는 듯 아주 천천히 사부의 말을 전하였다.

“그동안 나의 말년을 함께해 주어 고맙다는 말과 함께 다음과 같은 말을 하셨다네.”

“내 너에게 몇 수의 무공을 전한 것으로 네가 늙고 병든 나를 봉양한 은혜를 대신할까마는 어쨌든 이제 너도 네 한 몸 지킬 정도의 무공은 익혔다고 보아야겠지. 나는 네가 너의 무공을 드러내는 일 없이 그냥 지금처럼 평범하게 살아가기를 바란다. 하지만 삶이란 언제나 자신이 의도한 것과는 다른 길로 인생을 끌어가게 마련이니, 네가 강호에 나갈 수도 있을 것이다. 어쩌면 네가 나에게 무공을 배우는 순간부터 이미 강호에 발을 담갔다고 보아야겠지. 내 혹시 네가 무림의 대소사에 관여될까 봐 몇 마디 일러두겠다. 지금까지 네가 익힌 무공 수준은 강호에 나서면 일류 소리를 들을 수 있을 것이다. 다시 말해 표국에 가면 표두 자리 하나는 무난할 것이고, 좀 더 수련하면 구대문파의 장로들에게도 쉽게 밀리지는 않겠지. 하지만 무림강호란 것은 독불장군이 있을 수 없는 곳이다. 예전에는 개인이 지닌 무공에 의해 승패가 가름되었지만, 이제 무림은 순수한 무도를 추구하는 곳이 아니다. 그러니 네가 익힌 무공이 비록 일류의 수준에 이르렀고 또 앞으로 많은 수련을 통해 그 이상을 바라볼 수 있다 하더라도 절대 네가 익힌 것의 삼 푼 이상을 드러내지 말거라. 숨겨진 나머지 칠 푼이 너를 지켜줄 것이다. 일반적으로 무림에 삼 푼을 숨긴다라는 말이 있지만, 너는 칠 푼을 숨겨라. 모난 돌이 정 맞는 법이니라—"

말을 하며 막여는 아득히 사부를 추억하듯 목소리가 낮아져 왠지 모를 처량한 기운이 느껴졌다.
막여는 한참 동안 가만히 눈을 감고 있다가 다시 말을 이었다.
"그리고는 한참을 망설이시다가 품속에서 얇은 양피지를 꺼내시며 말을 이으셨네."

"이것은 내가 우연한 기회에 습득한 것이다. 간단히 말하자면 아마도 내공심법이 아닌가 한다. 내가 이것을 내공심법이라고 확실히 말하지 못하는 것은 내가 이것을 익히지 않았기 때문이다. 물론 너도 이 무공을 익히지 않았다. 그 이유는 이것에 기록된 바에 따르면 이 심법은 아주 특이한 체질만이 익힐 수 있는 것이기 때문이다. 사람이란 보통 태어나는 곳과 시에 따라 오행의 기운 중 어느 하나의 기운을 타고 태어나기 마련이다. 보통 무공을 익힐 때 가급적이면 자신이 타고난 기질에 따라 무공을 선택해야 하는 것은 이 때문이다. 네가 지금까지 익힌 무공은 이 사부의 집안에서 대대로 전해져 내려오던 지원공(地元功)이라는 것으로 토에 기반을 둔 내공심법이다. 일반적으로 구대문파의 절세신공은 아무나 익혀도 큰 무리는 없지만 그래도 익히는 자의 체질에 따라 그 성취에서 차이가 나는 것은 신공의 성질에 맞는 체질을 가지느냐 아니느냐의 몫도 상당한 부분을 차지한다. 그래서 각 문파에서는 근골이 좋은 제자를 받아들인 후 그의 체질에 맞는 무공을 전수하기 마련이지. 그것에서 벗어난 신공이라 봐야 알려진 것은 소림의 역근과 세수에 바탕한 금강심공과 무당의 태극심공 정도일까. 나머지 문파는 각기 자신들의 신공에 맞는 아이들을 제자로 들이지. 물론 오대문파의 경우는 핏줄에 의해 이어지니 자연스럽게 자파의 무공에 맞는 후손이 태어나는 것이고……. 어쨌든 네가 익힌 지원공 또한 토의 기운이 있는 사람에게 적합한 무공이다. 네가 토의 기운이 강해 지원공을 빠른 시간 내에 익힐 수 있었으니 다행이랄까. 그런데 이 책자에 기록된 무공은 오행의 체질을 모두 균형되게 타고난 사람만이 익힐 수 있게 되어 있는 것이다. 내가 평생 살면서 오행의 기운을 모두 균일하게 타고난 사람은 만나본 적이 없다. 따라서 이것은 사람이 익힐 수 없는 것이라 봐야 한다. 그리고 기록된 바에 따르면 이 심법은 하단전과 동시에 중단전과 상단전을 함께 단련시키는 것으로 되어 있다. 일반적인 무공은 하단전에 진기를 쌓아 익히게 되어 있는데… 일류를 넘어서면 중단전을 이용할 수 있다. 중단전을 이용하는 것만으로도 이미 자연의 기와 교통하는 단계라 할 수 있다. 현 무림에 중단전을 연 고수는 아마도 손에 꼽을 정도가 아닐까. 하물며 상단전의 수행은 득도를 위해 고승대덕들이나 하는 지고한 것이지. 일반적인 무공 수련과는 차이가 있는 것이다. 한데 양피지에는 그 상단전의 수행을 함께 진행할 수 있는 수행법이 적혀 있으니, 이를 무공서라 해야 할지 일종의 경전이라 해야 할지 모르겠구나. 어쨌거나 이것을 없앨 수는 없으니 내 너에게 넘겨주긴 하되 절대 네가 익히지는 말거라. 혹 주화입마가 찾아올 수도 있을 것이니. 아니, 백이면 백 주화입마에 빠질 것이다. 그러니 가지고만 있다가 혹 인연이 있어 오행의 기운을 품은 아이를 만나면 그에게 주거라. 만약 그것을 익히는 사람이 있다면 어쩌면 그는 지금까지와는 다른 전혀 새로운 경지를 이룰 수도 있을 것이다.”

“말을 마친 사부가 건넨 책자가 이것일세.”
막여는 가슴에서 얇은 책자를 꺼내 황벽에게 건넸다.
책자는 양피지에 기름을 먹여 물에 젖지 않게 하였으며 그 장수가 채 스무 장이 되지 않았다.
“그것에는 오직 하나의 심법만이 적혀 있네. 내 처음에는 자네에게 간단한 호흡법과 권각술만을 전해줄 요량이었지. 자네가 무공을 못 익히는 것을 너무 아쉬워하기에……. 아하, 이래서 보물의 임자는 따로 있는 것인가. 사부가 눈을 감은 후 나는 우연한 기회에 남궁세가에 들어가게 되었으니 나도 무림에서 벗어나지 못했네만. 어쨌든 남궁세가에서 나는 무인으로서보다는 집사로서의 역할에 만족하고 있다네. 물론 그동안 그 책자의 심법을 익힐 사람을 찾아보았으나 인세에 그런 사람이 없는 듯 거의 포기하고 있었는데 오늘날 내가 눈앞에서 그런 사람을 보는구만.”
막여가 황벽을 정면으로 응시하자 황벽은 당황하였다.
“아니, 제가 그 오행인지가 균일한 사람이란 말씀이시오?”
“그렇다네. 그러니 보물의 주인은 따로 있다는 것이지. 천하의 절대

심공이 한낱 작은 어촌의 뱃사람에게 연이 전해질 줄이야. 허허허. 어쨌든 내 자네에게 이 책자의 무공을 자세히 해석해서 알려주겠네. 단, 지금부터 내가 하는 말을 명심하게나.”

황벽은 심각한 어조로 말하는 막여의 말에 내심 긴장하며 자세를 바로 하였다.

“일단 사부가 말한 것을 그대로 말하지. 자네가 무공을 익히더라도 가급적이면 무림과 관계를 맺지 말게. 무림이라는 곳은 어떤 면에서 인생의 행복과는 거리가 먼 곳이라네. 거미줄 같은 은원에 몸담다 보면 어느 날 길 위에서 한줄기 검광에 생을 마감하는 곳이 무림이라네. 둘째로 절대로 자네가 이 무공을 대성하기 전에는 이것을 익히고 있다는 것을 누구에게도 알리지 말게. 무림에 이런 말이 있네. ‘사람은 죄가 없다. 오직 보물이 죄다’. 무림인들은 자신이 익히지 못하는 것이라도 신공이기라면 목숨을 거는 족속이라네. 자네는 지금부터 그 무공을 익히되 내가 그저 심심하여 몇 가지 권각술과 호흡법만을 가르치는 것으로 행동하게나. 내 말 알겠나?”

“예, 어르신. 명심하겠습니다.”

막여의 설명에 따라 황벽은 그날부터 정체 모를 책자에 쓰여진 무공을 익히기 시작하였다.

책자에는 별다른 제목이 없어 황벽과 막여는 책 첫머리가 건곤으로 시작하므로 ‘건곤신공’ 이라 부르기로 하였다.

황벽에게 있어 막여는 상당히 좋은 스승이라 할 수 있었다. 건곤신공을 익히기로 결정한 순간부터 막여에게 황벽은 그저 권각술이나 장난으로 가르쳐 보려던 청년이 아니었다.

막여 자신이 비천한 출신으로 무공에 입문해서 겪었던 시행착오를 알고 있었으므로 황벽에게 기의 흐름이나 혈의 위치, 각 무기의 장단점 등에 대하여 세세히 알려주었고, 황벽은 하나하나 짚어가며 가르치는 막여의 정성에 빠르게 무공에 대한 이해를 넓힐 수 있었다.

건곤신공은 무기나 권각을 사용하는 무공은 단 일 초식도 없이 오직 심법에 관한 내용으로 가득했다.

막여조차도 해석하지 못한 몇 구절의 문구를 제외하고는 거의 모든 구절이 해석된 상태라 황벽은 빠른 시간에 건곤신공의 세계로 들어갈 수 있었다.

건곤신공은 특이하게도 일상적인 사람의 움직임에 약간의 변형을 주고 그에 따른 호흡법을 통해 하단전에 진기를 축적하게 하였는데, 이는 일반적으로 좌선 후 복식 호흡을 통해 익히는 일반적인 내공심법보다 빠른 진기 축적을 가능하게 하였다. 움직이는 와중에 진기를 축적한다는 것은 일반 무림인 입장에서는 생각할 수 없는 것이었다.

건곤신공에서도 좌선을 통한 수행이 없는 것은 아니었는데 중단전과 상단전의 단련을 위해서는 좌선을 통한 호흡 및 명상을 필요로 하였다. 특히 명상은 상단전 수련을 위해 반드시 필요한 것으로 어찌 보면 불가의 수행과도 같아 막여의 사부가 이를 무공인지 아닌지를 고민했던 것이다.

막여는 황벽에게 무공을 가르치면서 몇 번을 놀라거나 감탄하게 되었다. 황벽은 덜렁거리던 평소의 모습과는 다르게 무공에 대한 이해력이나 집중력이 상당히 뛰어났다. 또한 건곤신공의 수련과 함께 시작한 권각술 수련에서 막여는 황벽의 몸이 무공을 익히기에는 더없이 잘 준비되어 있다는 것을 알 수 있었다.

　황벽은 어려서부터 바다에서 자라 그 몸이 균형있게 발달해 있었으
며 배를 몰거나 물에서의 생활이 익숙해서인지 균형 감각과 유연성이
뛰어났다.

　막여는 일단 황벽에게 건곤신공을 모두 외우게 한 후 양피지를 불에
태워 버렸다. 그리고는 한밤중에 다른 일행이 잠들었을 때에만 건곤신
공에 대한 해석과 수련을 하였고, 낮 시간에는 주로 권각술을 가르쳤
다.

　황벽이 무공을 배우기 시작한 이후 남궁인과 그 일행은 처음에는 의
아한 눈빛을 보냈으나 막여가 황벽에게 권각술만을 가르치는 것을 보
고는 막 노인도 참 심심한가 보다 하며 농을 하고 무심하게 지나갔다.

제4장
추격(追擊)

어둠이 가장 깊어지고 서서히 새벽의 기운이 찾아
드는 시각, 건곤신공의 수련을 마친 황벽이 키를 노일, 노이 형제에게
맡기고 갑판으로 나서 빛보다 먼저 찾아드는 새벽의 내음을 가슴 깊이
들이마실 때였다.

황벽은 배의 뒷갑판에서 이상한 소리가 나는 것을 듣고는 뒷갑판으
로 발걸음을 돌렸다.

짙은 어둠 속, 밤하늘에는 수많은 별들이 마지막 빛을 쏟아내고 있
었다. 그 별들 사이로 유성과 같은 푸른 빛줄기가 쏟아져 내려왔다.

그리고 그 빛줄기의 중앙에는 한 명의 여인이 검을 들고 있었다.

그 여인은 한 편의 춤사위를 선보이듯 가볍게 허공을 밟으며 검을
휘둘렀다. 하지만 가볍게 휘두른 검에서 뻗어 나온 수십 갈래의 검기
는 적막한 밤공기를 찢듯이 별들을 향해 퍼져 나갔고 검기에서 뿜어지

는 푸른 빛은 보는 이로 하여금 서늘한 한기를 느끼게 하였다.

깊은 밤 한바탕 검무를 추는 이는 화산파 빙화 설연이었다.

무림에서 빙화 설연의 검법은 이미 일절로 소문이 나 있었다.

여인으로서 약관의 나이에 검기를 뿜어내는 일류고수의 반열에 오른 것은 무림에서도 드문 일이었다. 그만큼 그녀의 검에 대한 열정은 대단하였다. 무림에서 빙화 설연은 이백 년 전의 여중제일인 아미 검후 냉가상 이후 여인으로서는 최고의 무에 도전할 재원으로 아미일화 임혜련과 함께 손꼽고 있었다.

황벽은 빙화 설연의 검법을 보며 무에 대한 새로운 감정에 빠져들었다. 그것은 아름다움이었다.

남들은 빙화 설연의 검이 매섭고 차며 날카롭다는 평을 하지만 빙화 설연의 검을 처음 본 황벽의 느낌은 아름답다는 것이었다.

황벽은 지금까지 무공은 강하고 거칠며 사나운 것으로 인식하고 있었다. 하지만 빙화 설연의 검무에서 그는 아름다움을 느꼈다.

그것이 검법에서 느낀 것인지 빙화 설연이라는 여인에게서 느낀 것인지는 모르지만…….

하늘로 뻗어가는 유성우를 정신없이 바라보던 황벽의 눈에 한줄기의 유성우가 이상한 각도로 휘어지는 것이 보인다 싶은 순간, 그 휘어진 한줄기의 유성우가 어느새 황벽을 향해 쇄도했다.

그것은 갓 무공을 익힌 황벽으로서는 도저히 피하고 말고 할 성질의 것이 아니었다. 황벽은 얼어붙은 듯 온몸을 정지시켰고, 순간 그의 목 한 치 앞에 어느새 설연의 검끝이 겨누어졌다.

"무림에서 타인의 수련을 엿보는 것은 금기라는 것을 모르나요?"

설연이 차가운 음성으로 말문을 열었다.

순간 당황한 황벽은 무슨 말을 해야 할지 모르고 한참을 넋 나간 사람처럼 있다가 무심결에 입을 열었다.

"죄… 죄송합니다, 소저. 난… 그저 우연히……."

당황한 황벽은 스스로를 자책하며 시선을 바닥으로 내렸다.

빙화 설연은 차가운 눈으로 황벽을 한참 바라보다 입을 열었다.

"무림에 대해 잘 모르고 일어난 일이니 이번 일은 그냥 넘어가도록 하지요. 하지만 이곳의 일행은 대부분 무림인이고 그들이 수련하는 장면을 보는 것은 금기입니다. 황 공자가 누군가의 수련 장면을 일부러 본 것이 아니라 할지라도 오해를 사면 목숨으로 대신해야 할 수도 있습니다. 앞으로는 조심해야 할 거예요."

말을 마친 설연은 몸을 돌려 객실 안으로 들어갔다.

황벽은 그녀의 모습이 보이지 않자 크게 한숨을 내쉬며 배의 난간을 잡았다. 그리고는 고개를 숙여 어두운 바다를 바라보면서 뛰는 가슴을 진정시켰다.

그의 머리 속에는 그녀의 검, 그녀의 모습, 그녀의 체취가 남겨져 있어 좀처럼 마음의 안정을 찾을 수 없었다.

어느덧 새벽이 멀리서 찾아들고 있었다.

황벽이 다시 허리를 펴고 먼 수평선을 바라보며 어느 정도 마음을 진정시켜 가고 있을 때 검은 무엇인가가 수평선 끝으로부터 황벽의 눈에 들어왔다.

수평선 멀리 작은 점이 보였고, 황벽은 곧 그것이 배라는 것을 알 수 있었다. 그것은 뱃사람으로서의 오래된 경험으로 알 수 있는 것인데 점의 모양으로 그것이 배라는 것을 알 수 있는 사람들은 오래된 뱃사람들밖에 없을 것이었다. 황벽은 이 구룡해협을 돌아가는 배라고 생각하면서도 속으로 고개를 갸웃거렸다.

보통 구룡해협을 지나는 배들은 구룡해협 남단 외곽을 돌게 되어 있었다. 해류의 흐름상 북단으로 오르는 것은 거슬러 오르는 길로서 황벽 일행은 특별히 장보도에 있는 위치를 가려고 북상한 것이지만, 일반적인 배라면 남단을 외곽으로 돌아야 정상이었던 것이다.

황벽이 새벽에 검은 배를 발견한 이후 일행이 구룡해협 북단 입구에 도달한 정오 무렵, 황벽은 그 배가 자신들을 따라오고 있는 것이 아닌가 하는 의심을 하게 되었다.

그것은 구룡해협 북단을 따라 도는 배일지라도 황벽이 들어선 해협 입구보다는 보다 먼 쪽으로 돌아야 하는데 그 배는 황벽 일행과 마찬가지로 해협 입구로 들어서고 있었던 것이다.

"좀 이상하군요."

한곳에 모여 요기를 하던 일행은 황벽을 쳐다보았다.

황벽이 고개를 갸웃거리자 막여가 입을 열었다.

"무엇이 이상하다는 것인가?"

황벽은 멀리 배의 후미 먼 곳을 손으로 가리키며 말했다.

"저기 저 수평선 끝에 보이는 것은 배입니다. 뱃사람의 눈으로 알 수 있지요. 한데 오늘 새벽부터 계속 보았는데 우리 배를 따르고 있는 것 같습니다. 구룡해협을 외곽으로 지나는 배라면 이미 훨씬 이전에 다른 방향으로 배를 돌려야 했습니다. 그렇다고 일반적인 선박이 직접 구룡해협을 횡단할 리는 없을 테구요. 새벽부터 저희 배와 거리도 일정하게 유지하고 있습니다."

순간 일행의 눈가에 불꽃이 일며 긴장감이 선실을 휘돌았다. 누가 먼저랄 것도 없이 모두가 선실을 뛰쳐나와 배의 뒷갑판으로 몰려갔다.

그리곤 아주 먼 수평선에서 하나의 검은 점을 발견할 수 있었다. 남궁인이 심각한 어조로 황벽을 돌아보며 입을 열었다.

"황 형, 저 배의 모습을 보아 어떤 배인지 알 수 있겠소?"

"글쎄요. 지금은 좀 어렵습니다. 어찌 됐든 우리 배와 동일한 거리를 유지한다는 것은 속도에 있어서는 우리 배에 뒤지지 않는다고 해야겠지요. 자세한 것은 좀 더 가까워야 확인할 수 있겠습니다만."

황벽의 말을 들은 일행의 안색이 어두워졌다.

말이 동일한 속도이지 일행이 타고 있는 흑선은 바다에서 최고의 속도와 안정성을 유지하도록 개조된 배이고, 황벽의 능숙한 조타 솜씨로 볼 때 평범한 속도로 운행하고 있는 것이 아니었다.

그런 흑선과 동일한 간격의 속도를 유지한다는 것은 심상치 않은 일인 것이다.

'추격.'

일행의 머리 속에 동시에 떠오른 단어였다.

그리고 바로 뒤를 이어 떠오른 단어.

'패천맹.'

일행은 무의식적으로 허리춤에 있는 검을 꽉 움켜잡았다.

"따돌릴 수 있겠는가?"

막여가 황벽을 보았다.

막여는 황벽에게 무공을 전수한 이후 자연스레 말을 편히 하고 있었다.

"글쎄요. 저 선박을 자세히 알 수 없으니 뭐라 말씀드리기가… 단지 구룡해협에 일단 들어서면 따돌릴 수 있습니다. 우리는 어느 정도 장보도에 의한 해류의 흐름을 알고 있으므로 해류를 잘 이용하면 충분히 따돌릴 수 있습니다."

"어느 정도 시간이면 해류를 탈 수 있겠는가?"

"앞으로 다섯 시진 정도면 가능합니다."

"흠…다섯 시진이라. 일단 전속력으로 항해하게."

황벽은 급히 조타실로 몸을 옮겼다. 황벽의 지시에 의해 노일, 노이 형제가 모든 돛을 펴자 배는 바람을 타고 빠른 속도로 이동하기 시작하였다.

그동안은 처음 배를 타는 일행을 위해 배의 흔들림을 가능한 적게 하며 항해하느라 흑선의 돛을 모두 사용하지 않고 있었으나 일단 모든 돛을 올리자 작은 흑선은 요동을 치면서 급히 앞으로 나아갔다.

온통 먹칠을 한 듯한 검은 배 위에 그보다 더한 검은빛의 흑의를 입은 십여 명의 사내들이 멀리 황벽 일행의 흑선을 바라보며 서 있었다. 일행의 약간 앞쪽에 팔짱을 낀 채 황벽 일행의 배를 바라보는 사람은 패천맹 혈사대주 귀혈검 진회였다.

"대주, 저들이 눈치를 챈 모양입니다. 비마일호로부터의 신호입니다."

열 명의 흑의인 중 한 명이 앞으로 한 걸음 나서며 진회를 보며 말했다. 혈사대 부대주 염장이었다.

"따라잡을 수 있겠는가?"

진회가 낮은 음성으로 물었다.

"명령만 내리시면 늦어도 두 시진 이내에 따라잡을 수 있습니다. 속하의 판단으로는 저들이 구룡해협으로 들어서기 전에 따라잡아야 할 것 같습니다. 일단 구룡해협에 들어서면 강한 해류의 흐름 때문에 추격에 어려움이 있습니다."

염장이 눈을 빛내며 대답하자 진회가 단호한 어조로 명령을 내렸다.

"전속 항진, 추격하라. 접근 즉시 적과 교전한다."

순간 혈사대원들의 눈빛이 흉흉하게 변하며 갑판이 순식간에 싸늘한 살기로 뒤덮였다.

"제일목표는 척살이다. 물론 오제지비를 손에 넣으면 좋겠으나 그것은 부차적인 문제. 이번 혈사대 출정 목표는 저들의 척살이니 단 한 명의 생존자도 허락치 않는다."

명령이 떨어지자 혈사대를 실은 배가 빠른 속도로 앞으로 전진해 나갔다.

"저들이 속도를 내는군."

선실에 난 창을 통해 멀리 보이는 흑선을 바라보던 능소개가 남궁인을 돌아보며 입을 열었다.

"우리가 눈치챈 것을 알았나 보네. 접전은 피할 수 없을 것 같군."

"패천맹에서 누구를 보냈을 것 같나?"

이번에는 화산의 검룡 고봉정이 입을 열었다.

고봉정은 화산의 미래를 이끌어갈 인물로 알려져 있는 만큼 그 무공이 뛰어남은 물론 언행이 무거워 사람들에게 자연스럽게 신뢰감을 주는 인물이었다.

고봉정은 과묵한 성격으로 누가 그에게 말을 걸기 전에는 거의 입을 여는 때가 없었는데 그런 고봉정이 스스로 먼저 말을 꺼낸 것은 그만큼 지금의 상황이 급박하다는 것을 말해 주는 것이다.

"글쎄, 아무래도 그들이 아닐까 하네만."

개방의 능소개가 걱정스러운 표정으로 대답했다.

"그들이라니요? 능 대협, 누구를 말하는 거지요?"

아미의 임혜련이 능소개를 돌아보았다.

"현 상황에서 패천맹도 대외적으로 드러난 움직임을 보일 수는 없을 것입니다. 아직 휴전을 깰 만한 전력은 패천맹이나 우리 정의맹이나 모두 회복하지 못했으니까요. 이런 상황에서 그들이 오제지비와 같이 중요한 사안에 움직일 만한 전력은 하나이지요."

"혈사대."

남궁인이 능소개의 말을 받아 낮게 웅얼거렸다.

그러나 그 낮은 남궁인의 음성은 주위의 모든 사람의 몸을 얼어붙게 만들었다.

"혈사대라……."

고봉정이 나지막이 중얼거리며 조금씩 커져 가는 추격자들의 배를 향해 고개를 들었다.

혈사대라는 이름은 일행 중 누구도 쉽게 생각할 수 없는 이름이었다. 지난 무림대전에서 혈사대의 이름 아래 목숨을 잃은 고수가 얼마이던가? 그 고수들 중에는 일행 중 누구도 상대할 수 없는 이름도 수없이 많았다.

그러나 더욱 무서운 것은 혈사대의 이름은 많이 알려져 있지만 그들의 정확한 실체는 거의 알려지지 않았다는 것이다.

혈사대주 진회의 이름과 명성이야 무림대전 이전부터 강호에 알려져 있었으나 그 외 조직원의 구성 등에 대한 사항은 거의 전무하다시피 했다.

"개방에서는 혈사대에 대해 무언가 알아낸 게 있지 않은가?"

남궁인이 능소개를 보며 물었다.

"글쎄, 휴전 이후 혈사대에 대한 조사는 정의맹 차원에서나 개방 자체 내에서 많은 노력을 기울인 것이 사실이네. 하지만 별 성과가 없었지. 대략 알아낸 거라고는 혈사대가 흑막의 살수들 중 최고 수준의 인물들로 구성되었다는 것과 그 인원이 생각보다는 많지 않다는 사실이야. 파악된 것으로는 대략 열 명 안팎이라더군. 단지 그 혈사대를 지원하기 위한 별도의 정보 조직이나 보급 조직이 있다는군. 뭐, 그 정도일세."

"그들의 무공은 어느 정도인가?"

남궁인의 물음에 모두의 시선이 능소개에게로 모여졌다.

혈사대는 전문적인 척살 조직이었으므로 그들에 대한 두려움은 무공에 의한 것이라기보다 어떤 보이지 않는 적에 대한 공포심이라는 심리적인 면이 강하다는 것을 모두 알고 있었다. 그렇기 때문에 바다와 같은 공개된 장소에서의 정면 대결이 예상되는 이때 혈사대 전력은 현 시점에서 가장 중요한 관심사였기 때문이다.

"정확히는 알 수 없네. 단지 혈사대주 진회가 과거 무당의 이장로이셨던 무허자를 상대할 때 암습이 아니었다고 하더군."

일행의 인색이 어두워졌다. 무당 장로 무허자 심극유는 강호에서 기볍게 입에 올릴 수 있는 인물이 아니었다.

현 무당 장문인 무양 진인 여절파의 사제인 무허자는 무당제일인이자 정의맹 맹주인 현무 진인 장의현의 사질로서 현무 진인이 정의맹을 맡기 위해 무양 진인에게 장문인 직을 물려주고 정의맹에 투신할 때, 무림에 나서 패천맹의 여러 마두를 물리침으로써 사형인 무양 진인과 함께 무당이선이라 불리는 인물이었다.

　무림대전이 거의 끝나갈 무렵, 정의맹에서 무슨 일인지 장의현과 사이가 멀어진 그가 무당으로 귀환 도중 혈사대에 의해 암살됨으로써 당시 성사 일보 직전이었던 휴전이 파기될 위기에 처하기도 했었던 것이다.

　당시 무림에는 혈사대의 기습에 의한 암살로 소문난 이 사건이 혈사대주 진회의 정면 승부로서 이루어졌다는 사실은 결코 가볍게 생각할 문제가 아니었던 것이다.

　"그렇다면 정말 큰일이 아닌가. 우리 중 누가 있어 무허자를 상대한 진회를 맞을 것인가?"

　탄식하듯 당정이 입을 열고 주위를 돌아보았다.

　사람들의 시선은 은연중에 남궁인에게 향하였다. 일행 중 남궁인의 무공이 그중 제일이라는 것이 그들의 공통적인 의견이었던 것이다.

　"불초가 어찌 무허자 어른에 비하겠습니까?"

　남궁인이 얼굴을 붉히며 고개를 옆으로 돌렸다.

　"그러면 어찌해야 한단 말인가? 인원으로도 우리 측이 적은 상황에서 진회와 같은 고수를 맞을 인물이 없다면… 이거 문제가 아닌가?"

　당정이 불안한 듯 남궁인에게 재차 물었다. 남궁인은 잠시 생각하는 듯하다가 고봉정을 보면서 입을 열었다.

　"고 형께서는 어떠하실지?"

　남궁인의 갑작스런 질문에 사람들은 의아한 듯 고봉정을 바라보았다.

　"제가 보기에 우리 일행 중 가장 무공이 강한 사람은 고 형이라 생각되는데… 제 생각이 잘못된 것인지?"

　고봉정은 묵묵히 사람들의 시선을 받다가 남궁인을 보며 입을 열었다.

"제가 어찌 무허자 어른을 입에 올리겠소? 저 또한 진회를 상대키는 어럽소이다."

일순간 기대를 걸었던 중인들의 실망한 표정이 얼굴에 나타날 때였다.

"하나… 사매라면……."

"아니, 설 사매를 말하시는 건가?"

"설 언니가요?"

사람들은 놀랍다는 듯이 설연에게 시선을 주었다.

하지만 설연은 고개를 가로저었다.

"사형은 저를 너무 높게 평가하시는군요. 제가 어찌 무허자 어른을 넘어설 수 있겠어요."

"하지만 사매, 그래도 우리 일행 중 사매의 무공이 가장 높지 않을까 하는데."

"사형, 다른 분들이 우리 사형제를 어떻게 보시겠어요. 너무 저를 앞세우지 마세요."

"아닙니다, 설 낭자. 언젠가 가친께서 후기지수 중 일검으로 설 낭자를 언급하신 적이 있었습니다. 그때는 그냥 흘러들었는데 고 형께서 말씀하시는 것을 들어보니 설 낭자의 출중한 무예를 알아보지 못한 저희들이 부끄럽군요. 현 상황이 자신을 낮추기에는 너무 급박하니 설 낭자께서는 너무 사양하지 말아주시기 바랍니다."

남궁인이 설연에게 미소를 지으며 말하였다. 설연은 남궁인의 말에 얼굴을 찌푸렸다. 비록 자신이 이 일행 중 누구에게도 무공에서 뒤처진다고는 생각지 않지만 앞으로 나서서 일을 맡기는 싫었던 것이다.

이 젊은 여검객은 화산에서도 무공일로에 매진하기로 유명한 여인이었다. 비록 그 성정이 차가운 면이 지나치기는 하지만 그것 또한 무도의 완성을 바라보는 사람에게는 필요한 것이라 화산파 내부에서도 오히려 그녀의 성정을 다행으로 여기는 면이 없지 않았다.

사람들과 잘 어울리지 않고, 또한 남 앞에 나서기를 싫어하는 성정 탓에 남궁인의 말은 그녀로 하여금 거부감을 들게 만들었던 것이다.

그러나 남궁인의 말처럼 현 상황은 뒤로 자신을 숨겨서 해결될 문제가 아니었다. 설연은 결심을 한 듯 중인들을 바라보며 입을 열었다.

"그럼 부족하나마 제가 진회를 상대토록 하겠습니다. 하지만 진회의 공력을 상대하기에는 제 실력으로는 어려울 것이니 여러분의 기대를 감당키가 쉽지 않을까 걱정되는군요."

모두들 상대하기를 꺼려하는 진회를 설연이 맡기로 하자 사람들은 분분히 설연에게 포권을 취해 보이며 감사의 표현을 하였다.

일행은 설연이 진회를 상대하기로 하자 본격적으로 혈사대를 맞을 준비를 하기 시작하였다. 제일 상책은 그들이 혈사대의 추격을 따돌리는 것이었으나, 이미 혈사대의 흑선은 그 모습을 완전히 알아볼 정도로 다가와 있었다.

비록 황벽의 항해술이 탁월하더라도 기본적인 배의 속력을 극복할 정도는 아니었다.

황벽으로서는 일단 구룡해협의 해류에 들어서기만 하면 그의 항해술로 어느 정도 흑선을 따돌릴 수 있을 것이라고 자신하고 있었으므로 이와 같은 생각을 막여에게 일러 일행에게 알린 상태였으므로 구룡해협의 입구를 지나칠 때까지만 혈사대를 막아내는 것이 당면한 문제였던 것이다.

"현 상태로 보자면 황벽의 항해술이 뛰어나 저들이 우리를 따라잡으려면 아직도 한 시진 정도의 여유는 있을 것입니다. 따라서 두 시진만 저들을 막아내면 구룡해협 안으로 들어설 수 있을 것입니다. 역시 관건은 설 낭자와 진회의 한판의 싸움이겠지요."

남궁인이 앞에 펼쳐진 해도를 바라보며 말하였다.

일행은 비록 설연이 숨겨진 고수라 하더라도 결코 무허자를 상대한 진회에 이를 수는 없을 것이라 생각하며 안색을 굳혔다.

남궁인은 속으로 한숨을 쉬었다.

'이렇게 일도 벌어지기 전에 사기가 떨어져서야 어찌 이 난국을 풀어갈 수 있을까? 흥, 이들은 비록 자기 문중에서는 후기지수로서 위세를 떨치고 있으나 실제 일이 벌어지니 어린애와 다를 바가 없구나. 결국 그를 내세울 수밖에는 없단 말인가?'

남궁인은 중인을 돌아보며 실망 어린 눈빛을 하다가 입을 열었다.

"여러분은 너무 걱정하지 마십시오. 비록 설 낭자께서 진회와 상대하여 만족할 만한 성과를 얻지 못한다 하더라도 우리는 아직 하나의 패를 가지고 있습니다."

모두가 의아한 듯한 표정으로 남궁인을 바라보았다.

"제아무리 진회가 고강한 무공을 가지고 있더라도 우리 중 한 인물을 상대하기는 쉽지 않을 것이오."

"아니, 남궁 형. 그게 도대체 무슨 말인가? 누구를 말하는 건가?"

당정의 물음에 남궁인은 대답하지 않고 자리에서 불현듯 일어나 포권을 취하며 입을 열었다.

"노사, 부탁드립니다."

일행이 남궁인의 돌발적인 행동에 당황하며 그의 시선을 쫓아보니 탁자의 맨 끝에 앉은 막여가 보였다.

막여는 눈을 감은 채 천천히 입을 열었다.

"남궁 공자께서 이 늙은이에게 짐을 안기는구먼. 허허, 참. 좋은 여행을 하나 싶었는데. 좋네, 그러면 내가 설 낭자를 도와 진회를 맡도록 하지. 하면 그 나머지는 자네들로 가능하겠는가?"

막여는 남궁 가문의 집사로서 일행과 함께 오제지행을 떠난 후 비록 일행이 젊은 나이였으나 항상 정중한 말투와 자신을 낮추는 행동을 해왔다.

하나 지금 남궁인의 요청을 받자 그 말투부터 반하대로 변하였고 그의 전신에서 풍기는 기운이 삽시간에 선실에 가득 차 일행을 압박하기 시작하자 일행은 그제야 막여가 절정고수임을 알게 되었다.

"어르신께서 진회를 막아주신다면 나머지는 저희들이 어찌해 보겠습니다."

"흠, 하지만 저들은 절정에 이른 혈사대원이 십여 명이니 그리 쉽지는 않을 것이네. 일단은 황벽의 항해술에 의지하여 빠른 시간 안에 구룡해협의 해류를 타는 것에 중점을 두어야 하네. 그러니 구룡해협에 들어설 때까지만 저들의 예봉을 막으면 될 것이야."

"그럼 그러한 방향으로 계획을 세워보도록 하겠습니다."

막여는 그 말을 듣고는 천천히 선실을 빠져나갔다. 일행은 남궁인에게 설명을 구하는 시선을 보냈다.

"여러분께는 이제사 드리는 말씀이지만 막 어르신은 비록 저희 세가의 집사의 신분으로 계시나 그 무공이 감히 저희가 따를 수 없는 분이

십니다. 평소 나서기를 싫어하는 분이시고 소탈한 성격이시라 집사라는 한직에 머물러 계실 뿐 저희 아버님도 존중하는 분이시니 앞으로는 막 어른을 대할 때 예의를 다해주시기 바랍니다.”

“…….”

“이번 오제지행에 막 어른이 동행하신 것도 그분의 성격 탓으로 무림에 그 이름이 잘 알려져 있지 않음을 주목하여 저희 아버님이 제의하시고 각파의 어르신들이 결정하신 일입니다. 특별히 보안을 위하여 지금까지 여러분에게는 비밀로 한 것이니 이 점 양해 바랍니다.”

중인들의 의문을 완전히 풀어줄 수 있는 답변은 아니었으나 일단 그들에게는 혈사대라는 강력한 적을 맞은 시점에 뜻밖의 절정고수 출현은 반가운 일이 아닐 수 없었다.

하물며 남궁세가의 가주까지 인정한 고수라면……. 한결 여유를 찾은 중인들은 다가올 격전에 대한 대비를 하기 시작하였다.

일단 제일선은 당정이 맡기로 하였다. 적들이 선박에 접근할 때 당정의 암기와 독은 원거리에 있는 적에게 좋은 공격 수단이 될 수 있기 때문이었다.

나머지는 적선이 완전히 접근하여 적이 월선을 시도할 경우 진회를 제외한 나머지 혈사대를 맡기로 하였다.

또한 경공에 능한 능소개가 적이 접선을 시도할 경우 그 연결 고리를 가능한 끊어보기로 하였다. 대략 적을 맞을 계획을 협의한 일행은 다시 갑판으로 나가 다가오는 흑선을 경계하기 시작하였다.

황벽이 처음 경험하는 무림인 간의 전투에 약간 긴장해 있을 때 막여가 다가왔다. 막여는 배 모는 것에 열중해 있는 황벽을 잠시 바라보았다.

"이제 곧 싸움이 있을 것이다."

막여가 입을 열었다.

"알고 있습니다."

"아마 무림인 간의 싸움을 경험하는 것은 처음이 되겠지?"

황벽이 묵묵히 고개를 끄덕였다.

"이번 싸움에는 노부 또한 비켜나 있을 수 없을 것 같구나. 그동안 건곤신공의 구결 중 내가 이해한 것은 모두 너에게 전해주었다. 내가 풀이하지 못한 후반부 두 개 장은 아마도 상단전의 활용법에 관한 것이라 생각된다. 아마도 그것은 누군가가 가르쳐 주기보다는 스스로 깨달아야 하는 것이리라."

건곤신공은 총 여섯 장으로 구분되어 있었는데 황벽은 막여의 설명으로 그중 네 개 장은 완전히 이해하였지만, 나머지 두 개 장은 막여조차도 풀이하지 못한 것이다.

"하지만 앞의 네 개 장만으로도 네가 그것을 완전히 익혀낸다면 너는 그 누구에게도 지지 않는 존재가 되겠지. 후반부 두 개 장은 사실 무공 구결이라기에는 너무 추상적이라 내가 생각하기에는 이 책자가 정통 무인이 아닌 불가나 도교의 인물이 저술한 것으로 후반부는 그중 정신적인 깨달음에 대한 것이 아닌가 한다."

황벽은 배의 조종에 신경 쓰면서도 막여의 말을 놓치지 않았다.

"내가 지금 이런 말을 하는 것은 이번 싸움이 결코 순탄치 않을 것이기 때문이다. 무림에서의 싸움은 생사를 예측하기 어려운 것, 만약 이번 전투 중 무슨 일이 생기거든 너는 가능한 그 건곤신공의 네 개 장을 완전히 익히기 전에는 강호에 나서지 마라. 그리고 만약 네가 그 네 개

장을 모두 익혀 강호에 나서더라도 가능하면 무림 일에 관여치 말기를 바란다."

황벽은 막여의 말투에서 느껴지는 비장함에 이번 싸움이 결코 가벼운 것이 아닐 것이라는 걸 느낄 수 있었다.

말을 마치고 갑판 후미로 가려던 막여는 잠시 망설이다가 황벽을 보며 다시 입을 열었다.

"사실 이제사 말이지만 네가 이 오제지행에 든 것은 불행이라 할 만하다. 비록 이들이 너의 항해술이 필요하여 지금까지는 어느 정도 대우를 해왔지만 오제지비를 찾을 경우, 너는 생사를 점치기 어려웠을 것이야. 무림에서 어느 누가 자신들의 비기를 일반인에게 노출시키겠는가? 다행히 이제 일행도 너와 나의 관계를 어느 정도 눈치채게 되었으니 앞일을 걱정할 필요는 없지만 혹시라도 내가 이번 싸움에서 목숨을 잃는다면 너는 가능한 저들과 거리를 두거라. 그리고 혹 네가 저들과 헤어질 기회가 있다면 절대 기회를 놓치지 말고 저들에게서 떨어지도록 해라."

막여는 한결 부드러운 눈빛으로 황벽을 바라보았다.

"어쨌거나 늘그막에 너를 만나 건곤신공을 전수하였으니 스승의 유인은 지켜진 셈인가?"

막여의 말소리에서는 고독하게 늙어온 한 무인의 쓸쓸함이 묻어 나왔다.

"어찌 그리 불길한 말씀만 하십니까. 이번 전투 후에는 제가 어르신을 편히 모시겠습니다. 그러니 쓸데없는 말씀 마시고 몸을 보중하세요."

황벽의 투박한 말투에 막여는 빙그레 웃음을 지었다.

“좋다. 그럼 이번 일이 끝나면 어디 나와 함께 천하를 주유해 보겠느냐?”

“이르다 뿐입니까? 그것이 어릴 때부터의 제 꿈이올습니다.”

황벽의 시원한 대답을 들으며 막여는 몸을 돌려 갑판으로 걸음을 옮겼다.

그때 아주 조그마한 소리가 막여의 등 뒤로 들려왔다.

“제발 몸조심하세요. …사부.”

막여는 잠시 걸음을 멈춘 듯하다 다시 걸어나갔다.

그의 얼굴에는 지난 세월 보이지 않던 따스함이 배어 있었다.

‘그래, 이제 나도 남궁가를 떠날 때가 된 모양이군. 허허, 늘그막에 저놈을 만난 것은 지난 외로운 인생에 대한 하늘의 복인가?’

제5장
교전(交戰)

공격은 섬전같이 이루어졌다.

멀리 떨어져 있을 때는 몰랐지만 혈사대를 실은 배는 일단 황벽 일행을 태운 배와 가까워지자 무서울 정도로 빠르게 접근해 왔다.

아직 구룡해협의 해류를 타기까지는 한 시진이 남아 있을 때였다.

쐐액.

강한 바람 소리를 내며 및 개의 강전이 돛줄을 향해 날아왔다.

그러나 돛줄을 향해 날아들던 강전은 돛줄 바로 앞에서 푸른 검광에 의해 두 동강이 났다.

어느새 고봉정이 푸른빛이 도는 장검을 오른손에 꺼내 들고 있었다.

다시 몇 개의 화살이 날아들었으나 고봉정의 검을 통과하지는 못하였다.

"제법이군."

삼십여 장을 사이에 두고 혈사대주 진회는 고봉정의 검술을 칭찬하였다.

그러나 이미 이 정도는 예상한 일이었다.

무림에서 사룡과 삼봉은 부르기 좋으라고 지어진 이름이 아니었다. 하나같이 명문세가의 후인들이며 후기지수 중 약하지만 무림대전을 경험한 이들이었던 것이다.

"십오 장 내로 접근하면 월선로를 확보한다. 그전까지 계속 화살을 날려라."

혈사대원들은 분주히 강전을 날리며 한편으로는 몇 개의 줄사다리를 준비하였다.

그것은 폭이 두 자 정도 되는 여러 개의 그물 모양이었는데 그 끝에는 작살 모양의 한 자 길이 굵은 쇠못이 연결되어 있었다. 그리고 다른 한쪽은 흑선의 옆 갑판을 따라 굵은 나무 기둥에 묶여져 있었다.

"지금!"

진회의 입에서 격한 음성이 토해지자 준비된 줄사다리가 쇠못을 앞으로 하여 황벽 일행의 배로 날아갔다.

고봉정의 검이 다시 빛을 발했으나 배 아래쪽으로 파고드는 줄사다리를 모두 잘라내기에는 그 속력이 너무 빨랐다.

퍽퍽.

몇 개의 둔탁한 소리와 함께 두 배 사이에는 세 개의 줄사다리가 생겼다. 길이 열리자마자 혈사대원 셋이 사다리 위로 올라 순식간에 신형을 날렸다.

하나 그순간 그들은 헉 소리와 함께 신형을 뒤로 물렸다.

그중 둘은 무사히 자신의 신형을 되돌렸으나 나머지 하나는 검은 바다로 떨어져 내렸다. 매캐한 내음이 그물 다리 위에 깔렸다.

"독이군."

진회가 눈을 찡그리며 입을 열었다.

"묵룡 당정이겠지요."

부대주 염장이 진회의 말을 받았다.

"쯧, 애송이에게 한 방 먹었군. 대책은?"

"화기를 가져왔으나 자칫 사다리가 상할 수가 있습니다."

"귀찮게 하는군."

진회는 눈을 가늘게 하며 건너편의 당정을 바라보았다.

남궁인 등은 당정의 독과 암기가 위력을 발휘하자 어느 정도 여유를 가지고 혈사대의 움직임을 살펴볼 수 있었다.

"저자가 진회인가 보군."

능소개가 이편을 바라보는 흑의인을 가리키며 입을 열었다. 중인들은 능소개의 손을 따라 시선을 옮겼다.

거기에는 검은 옷을 몸에 감고 한 자루 얇은 검을 검집째 잡고 있는 인물이 오연히 서 있었다. 비록 그 체구가 큰 것은 아니지만 이십여 장 떨어진 곳에서조차도 그의 살기를 느낄 수 있었다.

"정말 살기가 상한 위인이군요."

평소 말이 없던 설연이 입을 열었다.

그녀는 비록 막여가 뒤를 받쳐 주겠지만 진회를 상대해야 하는 부담을 안고 있으므로 다른 이들보다 좀 더 강하게 진회의 살기를 느끼고 있었다.

진회에게 일행의 시선이 집중되어 있을 때 진회는 천천히 한 명의 혈사대원에게서 철궁을 건네받고 있었다.

그리고 다시 두 명의 혈사대원이 사다리 위로 올라서 월선을 시도하
려는 듯 몸을 날렸다.

당정이 배 위로 날아오르며 양손에 잡고 있던 암기와 독을 던져 냈
다.

그 순간 월선을 시도하던 두 명의 혈사대원이 자신들의 배로 튕겨져
나가듯이 물러섰다.

"조심!"

순간 막여의 입에서 호통이 터져 나왔다.

당정은 막여의 외침을 듣는 순간 자신의 전면으로 날아드는 싸늘한
공기의 압력을 느끼며 본능적으로 몸을 비틀었다.

"큭—"

당정이 다급히 몸을 틀었지만 진회가 날린 두 대의 강전을 모두 피
하지는 못하였다. 당정의 오른쪽 어깨 부위에 검고 굵은 강전이 관통
되어 있었다.

당정이 부상을 입고 뒤로 물러나자 혈사대원들이 기다렸다는 듯이
월선을 시도하였다. 남궁인 등도 각자 병기를 꺼내 들고 혈사대원을
맞아갔다.

순식간에 그물 위는 검기와 도기로 가득 찼다. 두 자 너비의 세 개의
그물 사다리 위에서는 세 쌍의 싸움이 동시에 벌어졌다.

남궁인, 고봉정, 능소개가 각각 한 명씩의 혈사대원을 상대로 싸움
을 벌이고 있었다.

우열은 순식간에 가려졌다. 비록 혈사대의 명성이 뛰어나다고는 하
나 각파 최고의 후기지수로 꼽히는 세 명을 상대하기에는 역부족이었
던 것이다.

차차 뒤로 밀리는 혈사대 대원을 보다 진회가 부대주에게 눈짓을 보냈다.

"사호, 오호, 육호 지원하라."

부대주의 지시가 떨어지자 혈사대에서 세 명의 인원이 다시 그물 위로 올라섰다.

앞서 싸움을 벌이던 세 명이 뒤로 물러서며 그 자리를 새로 투입된 세 명의 혈사대원이 이어받았다. 싸움은 장기화되고 있었다.

두 명씩 짝을 이룬 혈사대원의 연환 공격에 싸움은 균형을 이루어가고 있었다.

이때 황벽은 노일, 노이 형제와 진승, 오삼들과 함께 흑선의 속력을 높이려 애쓰고 있었다.

그러나 줄사다리로 연결된 두 개의 배는 한쪽에서 속력을 내면 자연히 다른 쪽의 배로 따라붙는 형국이 되어 그 간격이 유지되고 있었다.

치열한 접전이 지속되던 어느 순간 황벽의 입에서 큰 소리가 터져 나왔다.

"급류다! 모두 조심!"

싸움을 하던 사람들 모두에게 황벽의 외침이 들렸다.

드디어 구룡해협에 늘어선 것이다.

구룡해협의 해류는 과연 무서웠다. 두 개의 흑선은 거친 구룡해협의 해류 앞에서 가랑잎처럼 흔들렸다.

그 속에서도 양측의 싸움은 계속되고 있었다. 남궁인은 초조해지기 시작하였다. 원래 계획대로라면 능소개가 그물을 제거해야 했는데 당정이 빠진 지금 능소개가 몸을 뺄 여력이 없었던 것이다.

이대로 싸움이 지속된다면 적선을 떨어뜨리고 구룡해협의 해류 속으로 숨어들어 가는 계획은 실행되기가 어려웠다.

"임 소저, 능 형과 교대하시오!"

검을 한번 크게 휘둘러 잠시 여유를 찾은 남궁인이 소리쳤다.

임혜련은 즉시 남궁인의 뜻을 알아차리고 능소개의 뒤편에 다가섰다.

능소개는 임혜련이 다가서자 최대한 공력을 끌어올린 후 강한 일권을 날려 혈사대원을 물러서게 한 후 임혜련과 자리를 바꾸었다.

그리곤 바로 배 아래에 박혀 있는 쇠못에 연결된 그물을 절단하려 하였다.

하지만 이때 반대편에서 강전이 날아들어 능소개를 방해하였다. 강전은 능소개가 그물을 절단하려 배 아래로 몸을 날리면 그 즉시 날아들었다.

싸움은 길어지고 있었다.

한동안 싸움을 주시하던 진회가 입을 열었다.

"싸움을 물려라."

"물러서라!"

염장의 외침을 들은 혈사대원이 뒤로 물러섰다. 남궁인 등도 다시 배로 내려섰다.

양편은 갑판에서 서로를 바라보며 잠시 숨을 돌렸다.

이때 진회가 앞으로 나서며 입을 열었다.

"젊은 사람들이 제법이군. 과연 정의맹의 사룡삼봉이야."

"과찬을… 어찌 그 유명한 혈사대주 진회의 명성에 따르겠소이까?"

남궁인이 능청스럽게 진회의 말을 받아넘겼다.

"어떤가? 지금 상황에서는 그쪽이 벗어날 길은 없어 보이는데… 오제지비를 넘기면 고이 보내주겠네."

"하하하, 어찌 혈사대주의 명을 가벼이 여기겠습니까마는 저희를 너무 가볍게 보시는군요. 필요하시다면 진 대주께서 직접 가져가시지요."

"그래? 그러면 어쩔 수 없이 건너가야겠군."

남궁인의 대답에 진회는 고개를 끄덕이며 그물 위로 올라섰다.

그러자 빙화 설연도 천천히 그물 위로 올라섰다.

순간 진회의 눈썹이 꿈틀거렸다.

'이건 뭔가.'

진회는 속으로 어이없다는 생각을 했다. 스스로를 과대평가하는 것은 아니지만 자신은 대패천맹 혈사대주였다. 그런데 사룡도 아닌 이런 어린 계집이라니.

진회는 갑자기 끓어오르는 살기를 느꼈다.

'좋아, 원한다면.'

설연은 진회의 표정 변화를 신중히 살펴보고 있었다. 진회는 자신을 가볍게 보고 있는 것이 분명했다. 처음 자신이 올라섰을 때의 어이없다는 표정과 그 후 그 어이없음이 분노로 변하는 과정이 그의 얼굴에 선명하게 나타나고 있었다.

그것도 괜찮았다. 비무라면 상대의 무시에 화가 났을지도 몰랐다.

하지만 지금은 생사를 건 싸움이다. 상대의 방심은 이쪽의 좋은 기회였다.

설연은 천천히 검을 뽑았다.

진회는 마음대로 해보라는 듯이 검을 검집에서 뽑지 않은 채 설연이 검을 뽑는 모습을 지켜보고 있었다.

“오라.”

진회의 싸늘한 한마디가 터졌다.

순간 지금까지 잔잔한 호수와 같던 설연 주위의 기파가 강하게 요동치기 시작하였다. 그리고 그 요동치는 기파 속으로 설연의 검이 허공을 격하고 진회에게 날아들었다.

‘이런!’

순간 진회는 당황하였다.

겉으로 보기에는 한없이 가냘퍼 보이던 설연의 검이 막상 공격을 시작하자 북풍한설과 같이 매서운 기운을 뿜어내더니 어느 순간 눈앞에 다가선 것이었다.

진회의 신형은 순식간에 설연의 검에 반쪽으로 갈리어질 것처럼 보였다. 하지만 그는 귀혈검 진회였다. 그의 이름은 비록 방심했다 하더라도 쉽게 자신을 내줄 이름이 아니었던 것이다.

진회의 몸이 희뿌연 그림자를 남기며 옆으로 회전했다. 순간 진회의 머리카락 몇 올이 허공에 날리었다. 몸을 피한 진회는 바닥에 닿을 듯 기울어진 몸 상태 그대로 그의 검을 발출하였다.

설연은 일검이 빗나가자 재빨리 후퇴하며 진회의 검을 쳐냈다.

땅.

두 개의 검이 부딪치는 소리가 검은 바다 위에 울려 퍼졌다.

순식간에 일검을 교환한 두 사람은 다시 마주 보고 줄사다리 위에 섰다. 진회는 설연을 무시하던 지금까지와는 다르게 자세를 바로 하고 설연의 검에 집중하였다.

선공의 이점을 놓친 설연은 지금까지와는 다른 수비의 기수식을 취하였다. 한번의 격돌에서 설연은 진회를 물리치기가 쉽지 않다는 것을 느꼈다.

어차피 지금 일행의 목적은 해류에 들어 적선과의 연결 고리를 끊고 구룡해협 속으로 숨어드는 것이었다. 굳이 무리하게 진회와 생사를 결할 필요는 없는 것이었다.

적을 베는 것이 목적이 아니라면 설연은 충분히 길을 막는 정도는 할 수 있으리라 생각하였던 것이다.

하나 진회의 협봉검이 자신의 양 미간을 가리킬 때 설연은 자신의 생각이 잘못되었다는 것을 알 수 있었다.

진회의 협봉검으로부터 발출되는 진기는 상상 이상의 거대한 무게로 설연의 몸을 조여왔다. 설연은 순간 자신의 몸이 올가미에 걸려드는 듯한 착각을 일으켰다.

만약 이대로 진회의 검을 받는다면 설연은 무방비 상태로 그녀의 이마를 협봉검에 내어주어야 할 것이었다.

진회의 검이 천천히 앞으로 전진하였다 싶은 순간 어느새 설연의 미간 앞에 다가들었다. 설연은 힘겹게 몸을 옆으로 날렸으나 그녀의 표정에는 자신이 없었다.

설연과 진회의 싸움을 지켜보던 중인들은 진회의 협봉검에 설연이 쓰러지는 것이 눈에 보이는 듯했다.

과연 혈사대주 진회는 그 이름만큼의 검을 가지고 있었다. 설연이 비록 후기지수 중 군계일학이라 하더라도 백전의 진회를 감당할 수는 없는 것이었다.

막 진회의 검이 설연의 미간을 가르려는 순간 하나의 거대한 도기가 진회를 향해 날아들었다. 진회는 의외의 공격에 몸을 피하며 검끝을 흩뜨렸다.

퍽.

순간 진회의 검은 설연의 미간이 아닌 왼쪽 어깨를 뚫고 있었다. 설연은 온몸의 진기를 모아 뒤로 물러서며 검을 휘둘렀다. 진회는 도기와 검기를 동시에 받자 급급히 뒤로 물러섰다. 진회의 허벅지에서 붉은 핏물이 흘러내렸다.

어깨에 부상을 입고 뒤로 물러서던 설연을 고봉정이 받아 들었다.

설연의 상처는 깊었다. 그녀의 어깨에서는 붉은 피가 끊임없이 흘러내렸다. 고봉정은 급히 지혈을 하고 상비약으로 간단한 응급 처치를 하였다.

그러는 동안 진회는 허벅지의 부상엔 아랑곳하지 않고 자신의 검을 막아선 인물을 바라보고 있었다.

막여였다.

막여는 담담한 표정으로 진회를 바라보고 있었다.

'누구……?'

상대의 정체를 물으려던 진회는 고개를 저었다. 그가 누구인들 무슨 상관인가. 그가 누구이든 자신의 앞을 가로막는 자는 죽여야 했다.

진회는 바로 검을 들고 뛰어들었다. 막여도 장도를 빼어 들고 진회를 맞아갔다.

두 사람은 그물 다리 위에서 격돌했다. 중인들은 그제야 진회와 막여가 자신들이 생각하는 것보다 훨씬 고수임을 알아보았다.

순식간에 배와 배 사이는 두 사람이 내뿜는 검기와 도기로 가득 채워졌다.

중인들은 자신들의 처지도 잊은 채 넋을 놓고 두 사람을 바라보고 있었다. 그들은 비록 많은 무인을 보아왔지만 이렇게 흉험하고 강력한 무인의 격돌은 처음이었던 것이다.

무림에서 이런 고수 간의 겨룸을 볼 기회는 흔치 않았다. 일반적으로 자신보다 고수와의 싸움을 경험하거나 고수 간의 싸움을 목격하는 것은 무공 진보에 많은 도움을 준다.

백문이 불여일견이라는 원칙은 무림의 세계에도 적용되는 것이었다.

두 사람의 싸움이 어느덧 백여 초를 넘어서고 있었다. 그러나 그들은 지치기는커녕 더욱 강한 기를 내뿜으며 부딪치고 있었다.

두 사람의 접전에 의해 세 개의 그물 다리 중 하나의 다리가 끊어져 내렸다.

해류는 더욱 거칠어지고 있었다. 만약 두 배를 이어주는 그물이 없었다면 두 배는 이미 멀리 떨어져 있을 것이었다.

진회는 초조감을 느꼈다. 비록 설연이 어느 정도의 무공을 보이기는 했으나 정의맹 일행에 막여와 같은 고수가 섞여 있으리라고는 생각지 못하였던 것이다.

정의맹 일행에 숨어든 첩자조차도 막여의 존재를 몰랐던 것이 분명하였다. 알았다면 어떤 방법으로든 연락을 취했을 것이다.

두 배는 어느덧 구룡해협의 뿌연 안개 속으로 접어들고 있었다. 일행은 완전히 구룡해협에 들어선 것이다.

구룡해협 안은 밖에서 보던 것보다 거칠었다. 파도는 높았으며 해류는 배를 조종하기 힘들 정도로 빠르고 불규칙했다. 거기다 해협 밖의 날씨와는 다르게 우중충한 비구름에 덮여 있었고, 간헐적으로 이곳저곳에서 번개가 내리치고 있었다.

꾸르릉 쿵.

번쩍거리는 번개와 함께 강한 천둥이 쳤다.

순간 두 사람의 싸움에 빠져 있던 중인들은 흠칫 정신을 차리고 자신들이 처한 상황을 깨달았다.

능소개와 남궁인의 시선이 마주쳤다. 두 사람은 서로 고개를 끄덕이고는 남아 있는 두 개의 그물을 끊으려 몸을 날렸다. 혈사대에서 강전이 두 사람을 향해 날아들었다.

두 사람은 신법을 펼쳐 날아드는 강전을 피해냈으나 그물을 제거하기에는 강전의 위력이 너무 컸다.

이때 혈사대에서 다시 몇 개의 그물을 발사했다. 그리고 혈사대원 전원이 월선을 시도했다. 남궁인 등은 그물을 제거하는 것을 포기하고 넘어오는 혈사대원을 맞이했다.

진회를 제외한 나머지 혈사대원을 남궁인, 능소개, 고봉정, 임혜련, 남궁지인 등 다섯 명이 맞이하였으나 곧 우열이 드러났다. 남궁인 등은 차츰 뒤로 밀리고 있었다. 당정과 설연이 부상당한 것이 일행에게는 치명적인 전력 손실을 가져왔다.

보다 못한 노일, 노이, 진승, 오삼 등 네 명의 인부가 싸움에 가세했다.

비록 그들이 인부의 신분이었지만 그들 또한 남궁세가에서 어느 정도 무공을 쌓은 무인들이었다. 그들이 가세하자 싸움은 어느 정도 균형을 이루었다.

설연은 어두운 기색으로 전장을 바라보고 있었다.

비록 남궁세가의 인부들이 가세했다고는 하나 싸움은 혈사대에게 유리하게 흘러가고 있었다.

설연은 진회의 검에 찔린 왼쪽 어깨를 누르며 배 난간으로 다가갔다. 그물 위에서는 양측의 싸움이 한창이었으므로 설연의 접근을 알아채는 사람은 없었다. 단지 황벽만이 설연의 움직임을 주시하고 있었다.

설연은 검을 들어 마지막 진기를 뿜어냈다. 푸른 검기가 그물 다리를 향해 쏟아졌다. 갑작스런 검기에 양측의 인물들이 뒤로 물러섰다.

그 순간 두 개의 배를 연결하고 있던 그물들이 끊어져 내렸다. 그나마 진회와 막여가 올라선 그물만이 간신히 두 배를 연결시키고 있었다.

설연은 숨을 몰아쉬며 배 위에 주저앉았다.

고봉정이 설연에게 다가와 초록색 단약을 먹이고 내력으로 설연의 진기를 유도했다.

그 순간에도 진회와 막여의 싸움은 계속되고 있었다. 막여는 이제 물러설 때라고 생각했다. 막여는 지원공을 운용하여 공력을 최대한 끌어올렸다.

막여의 도에서 무지막지한 도기가 진회를 향해 날아들었다. 진회는 정면으로 받지 못하고 몸을 틀었다. 막여의 도기는 진회가 있던 자리를 지나 그물 다리를 그대로 관통했다.

막여와 진회는 동시에 신형을 각자의 배 위로 날렸다.

마지막 남아 있던 그물이 잘리자 두 배의 간격은 급속도로 멀어졌다.

진회는 얼굴이 분노로 붉게 물들었다. 패천맹 혈사대의 행사 중 최초로 좌절을 맛보고 있는 것이었다.

순간 진회의 손에서 붉은 불꽃이 피어올랐다. 진회는 그 불꽃을 하늘 높이 던져 올렸다.

남궁인 일행은 멀어지는 혈사대의 배를 보고 섰다가 붉은 불꽃이 하늘로 향하는 것을 보았다.

순간 노일, 노이 형제가 품속에서 검은 덩어리를 꺼내 들었다. 그리고 재빨리 검은 덩어리에 연결된 작은 줄에 불을 붙였다.

그리고는 순식간에 일행에게서 떨어져 막 상처를 치료하고 있는 설연의 옆에 섰다.

그리고 검을 설연의 목에 대고 소리쳤다.

"하하하. 모두 그 자리에서 움직이지 마라! 한 명이라도 움직이는 순간 이 계집의 목이 떨어질 것이다!"

중인들은 순식간의 상황 변화에 대처할 바를 찾지 못하였다. 중인들이 움직임을 멈추자 노이가 걸음을 옮겨 황벽에게 다가갔다.

"배를 멈추어라."

노이의 검이 황벽의 몸을 겨누었다.

황벽은 눈을 들어 노이를 바라보았다. 평소 황벽은 그 성격이 호탕하고 너그러워 눈빛이 맑고 정겨운 편이었다.

하지만 이 순간 황벽의 눈은 분노에 휩싸여 있었다. 황벽의 눈에서 짙은 살기가 배어 나왔다. 노이는 순간 흠칫하였다.

하지만 다음 순간 황벽이 무공을 익히지 않았다는 것을 깨닫고는 거칠게 황벽을 몰아붙였다.

"이놈이? 정말 죽고 싶으냐?"

노이가 검을 앞으로 밀어냈다. 순간 가느다란 혈선이 황벽의 목에 그어졌다.

"그의 말을 들어라!"

멀리서 막여가 황벽에게 소리쳤다. 황벽은 차가운 눈빛을 거두지 않은 채 키에서 손을 놓았다.

그리고는 닻을 들어 바다에 던져 넣었다. 노일과 노이는 황벽과 설연을 위협해 선미로 자리를 옮겼다.

그들의 손에 들렸던 벽력탄의 심지는 꺼진 지 오래였다. 그들은 설연을 인질로 잡는 것이 실패할 경우 벽력탄을 터뜨려 배를 침몰시킬 의도였으나 의외로 설연이 쉽게 인질로 잡히고 황벽을 위협해 뱃길을 막았으니 이제 혈사대의 배가 다가오기만을 기다리면 되는 것이었다.

배는 끊임없이 흔들리며 흘러갔다.

비록 황벽이 키에서 손을 놓고 닻을 내렸으나 해류는 배를 가만히 두지 않았다. 거친 해류에 배는 조금씩 흘러가고 있었다.

하지만 속도를 늦춘 배는 곧 혈사대의 배에 따라잡혔다.

"네놈들이 배신을……."

남궁인이 이를 갈며 노일, 노이를 노려보았다.

"배신은 무슨… 애초부터 우리는 패천맹 소속이었다. 그러니 배신이랄 수 있겠느냐. 단지 멍청한 너희 자신을 탓하거라. 모두들 그 자리에서 움직이지 마라. 움직이면 이 계집은 물론 너희들도 수중고혼이 될 것이다."

노일과 노이가 냉소로 답하며 손에 든 벽력탄을 들어 보였다.

혈사대의 배가 이십 장 이내로 접근하고 있었다. 진회는 혈사대원들에게 다시 그물 다리를 준비하라 명하였다.

남궁인 일행의 얼굴에 절망의 빛이 가득 찼다.

검푸른 파도가 뱃전을 때리며 울고 있었다.

설연이 문득 고개를 들어 중인들을 바라보았다. 문득 설연의 눈빛이 고봉정의 눈빛과 마주쳤다. 순간 웃음이라고는 찾아볼 수 없던 설연의 눈에 약간의 미소가 머금어진 듯하였다.

고봉정은 순간 설연의 의도를 알아챌 수 있었다.

"안 돼, 사매!"

고봉정의 외침이 울리는 순간 강한 파도가 뱃전을 때렸다. 배가 크게 흔들리는 그 찰나의 시간에 설연의 목에 대어진 노일의 검이 약간 떨어졌다.

설연이 한 손에 미미하게 회복된 공력을 모아 노일의 몸을 감싸듯 배 밖으로 밀어냈다.

노일은 순간적인 설연의 공격에 당황하여 미처 피할 틈도 없이 검푸른 바다로 떨어졌다.

"이 계집이!"

노이가 황벽을 겨누었던 검을 들어 노일과 함께 떨어지는 설연을 공격하였다. 순간 황벽이 노이의 두 다리를 감싸 안으며 배 밖으로 밀어냈다. 노이와 황벽은 동시에 배 밖으로 튕겨 나갔다.

검푸른 파도가 네 명의 신형을 순식간에 집어삼켰다.

순간 날듯이 다가선 막여가 갑판의 널빤지를 뜯어내었다. 막여는 뜯어낸 널빤지를 바다로 던져 냈다.

남궁인 등은 닻을 걷어 올렸다. 순식간에 배는 혈사대와 바다에 떨어진 황벽 등을 뒤로하고 멀어져 갔다.

막여의 노안에 눈물이 맺혔다.

'이놈, 제발 살아다오.'

막여는 황벽을 향해 가슴으로 소리쳤다.

늘그막에 만나 정을 준 인연이었다. 비록 짧은 만남이었지만 노후를 함께할 생각에 자신도 제법 말년 복은 있구나 하고 생각하며 흐뭇해했었다. 그런 황벽이 검은 바다 속으로 멀어지고 있었다.

　그의 옆에 또 한 명의 사내가 눈물을 보이고 있었다. 고봉정이었다. 비록 입 밖으로 내어본 적은 없지만 이미 설연은 고봉정의 가슴에 자리잡고 있었다. 설연의 차가운 성품과 무도에의 집착을 옆에서 지켜보면서 자신의 감정을 누르기를 몇 해이던가. 이번 오제지행이 끝나면 그는 사매에게 청혼할 생각이었던 것이다.

　'사매.'

　눈물 젖은 그의 눈빛 속으로 멀리 막여가 던져 낸 널빤지가 들어왔다. 그리곤 순식간에 시야에서 사라졌다.

　폭풍이 몰아쳐 왔다. 혈사대와 마주칠 일은 없을 것이다. 이제 남은 항해는 황벽 없이 해내야 했다.

　막여가 키를 잡았다. 검푸른 바다 한가운데 구룡해협에서 두 개의 배와 한 무리의 인영이 흩어졌다. 바다는 더욱 사나워지며 용 울음을 토해냈다.

　천험의 절해 구룡해협이었다.

제6장
무인도(無人島)

초승달 모양의 백사장에 한낮의 강한 태양 볕이 내리쪼였다.

멀리 높게 솟아 있는 구룡해협의 아홉 개 큰 섬 봉우리가 아스라이 눈에 들어왔다. 구룡해협의 중심에서 동쪽 끝으로 치우친 무인도였다.

구룡해협 내라고는 믿기지 않을 만큼 섬은 고요했다. 가끔 작은 파도가 백사장으로 밀려드는 소리만이 섬의 적막을 깨고 있었다.

오십여 장에 이르는 백사장은 섬 안쪽으로 호리병 모양을 하고 자리 잡고 있었다. 백사장 양 옆으로 이어진 원시림과 거친 바위 절벽이 바다로 향하는 입구를 막고 있어 섬 밖에서 보자면 백사장을 발견하기가 그리 쉽지 않은 곳이었다.

동편으로 막아선 원시림과 서편으로 올라선 바위 절벽으로 인해 거친 구룡해협 속에서도 섬 안쪽은 평화로운 정경이 펼쳐지고 있었다.

황벽은 따가운 햇살에 눈을 떴다.

'이곳은?'

황벽은 바닷물에 젖어 무거워진 몸을 일으켜 세웠다. 그리곤 주위를 둘러보았다. 멀리 구룡해협의 아홉 개 큰 섬의 봉우리가 보였다.

'구룡해협 내 무인도인가 보군.'

황벽은 몸을 일으키며 주위를 돌아보다 몇 걸음 떨어진 곳에 쓰러져 있는 설연을 발견하였다. 그들의 옆에는 막여가 던져 준 널빤지가 뒹굴고 있었다.

황벽과 설연은 바다에 빠진 후 막여가 던져 준 널빤지를 잡기는 하였으나 거친 파도에 휘말려 배와 멀어졌다. 그리고는 구룡해협의 빠른 해류에 의해 이곳 무인도에 표류하게 된 것이었다.

노일, 노이 형제는 보이지 않았다. 아마도 그 거친 바다를 빠져나오지 못했을 것이다.

황벽은 설연에게 다가갔다.

설연은 아직 깨어나지 못하고 있었다. 설연의 숨은 거의 끊어질 듯 가늘게 이어지고 있었다. 진회와의 결투에서 왼쪽 어깨에 깊은 검상을 입은 후 다시 무리하게 진기를 운용하여 내상이 더욱 심해진 상태에서 이어진 오랜 표류로 많은 피가 흘러내려 사경을 헤매고 있는 것이었다.

일반인이었다면 이미 목숨을 잃었을 것이나 그녀의 심후한 내공이 지금까지 생명의 끈을 놓지 않게 하고 있었다.

하지만 피륙으로 만들어진 인간의 몸으로 버틸 수 있는 것은 한계가 있었다. 설연의 생사는 경각에 달려 있었다.

황벽은 설연을 안고 백사장 끝의 나무 그늘 아래로 갔다. 설연은 여전히 정신을 잃은 채였다.

황벽은 시급히 설연의 상의를 젖혔다. 눈처럼 흰 설연의 속살이 드러났다.

하지만 황벽은 설연의 속살에 신경 쓸 여유가 없었다. 바닷물에 씻겨 나간 설연의 깊은 상처가 드러났다.

황벽은 설연을 가지런히 뉘어놓고는 주위를 돌며 야생에서 자라는 몇몇 약초를 뜯어왔다. 다행히 섬의 구조상 섬 안쪽 기후가 온화하여 많은 야생 식물들이 자라고 있어 황벽은 필요한 약초를 쉽게 구할 수 있었다.

황벽은 어려서부터 거친 바다에서 자라 야생의 식물들로 간단한 응급 처치를 하는 방법을 잘 알고 있었다. 황벽은 몇 개의 약초를 찧어 설연의 상처에 바른 후 자신의 옷자락을 찢어 상처를 동여맸다.

그런 후 설연의 옷을 다시 입힌 후 그늘 아래 반듯이 누였다.

그것이 황벽이 할 수 있는 치료의 전부였다.

아직 황벽으로서는 비록 건곤신공을 수련하고는 있지만 설연의 내력을 다스릴 수 있는 무공에 대한 지식도, 또한 내공도 없는 상태였다. 이제 설연의 생사는 하늘에 맡기는 수밖에 없었다.

황벽은 가만히 설연의 얼굴을 들여다보았다. 오랜 표류로 파리해진 얼굴이 평소의 냉막한 표정에 더해 더욱더 차갑게 느껴졌다.

황벽은 문득 설연이 미소를 지으면 어떤 모습일까 하고 생각했다. 아마도 지금보다는 훨씬 가깝게 느껴질 것이리라.

잠시 설연을 지켜보던 황벽은 천천히 자신의 주변을 살펴보기 시작하였다.

백사장을 중심으로 서쪽 끝 편에 위치한 황벽은 백사장 너머 동쪽으로 울창한 원시림이 뒤덮고 있는 부드러운 곡선의 산이 눈에 들어왔다. 그리고 자신의 뒤편으로는 수십 장 높이의 절벽이 마치 병풍처럼 둘러싸고 있었다.

동쪽 산과 서쪽 절벽은 북쪽 바다로 이어져 멀리 섬 내해를 감싸고 휘어져 서로 맞닿을 듯 이어져 있었다. 그 안쪽의 내해는 거친 바다의 영향을 받지 않아 고요했으며 바닷속이 들여다보일 정도로 투명한 물빛을 내고 있었다.

섬의 남쪽으로는 울창한 원시림이 이어져 있었다.

섬 전체를 보려면 아무래도 서쪽의 절벽 위로 올라가 봐야 할 것 같았다. 황벽은 일단 거처할 곳을 마련해야겠다고 생각하고는 자리를 털고 일어났다.

서편 절벽 바로 아래쪽을 살펴보던 황벽은 노숙하기에 적당한 장소를 찾아내었다.

사방이 크고 작은 바위로 둘러싸여 있는 작은 공지였는데 옆으로는 작은 샘물이 솟아 흐르고 있었고 주위를 둘러싼 바위들이 차가운 바닷바람을 막아줄 만하였다.

황벽은 일단 설연을 공지로 옮겼다.

설연은 아직 의식이 돌아오고 있지 않았다.

설연을 옮겨놓은 황벽은 가까운 곳을 돌아 땔감을 준비하였다. 오래된 원시림 속에서 땔감은 쉽게 구해졌다.

황벽은 땔감을 준비하고는 바닷가에서 조개와 몇 마리의 고기를 잡았다. 다행히 숲에도 드문드문 야생 유실수들이 있어 몇 가지 열매를 구할 수 있었다.

공지의 중앙에 모닥불을 피운 황벽이 조개와 물고기를 구워 끼니를 준비하는 동안 태양은 서쪽 절벽을 넘어가고 있었다.

기울어진 태양 빛이 작은 내해에 비쳐 백사장을 따라 노을이 짙어지는가 싶다가 어느 순간 어둠이 찾아들었다.

섬의 구조상 동서의 고도 차이로 아침 해는 일찍 들고 어둠은 빨리 왔다.

황벽은 내일은 서쪽 절벽 위에 올라 섬 전체를 살펴보아야겠다고 생각하며 모닥불 옆에서 잠이 들었다.

어두운 밤 백사장을 오르내리는 작은 파도의 움직임만이 작은 섬에 조용히 퍼져 나갔다.

설연이 정신을 차린 것은 황벽이 깊이 잠든 축시 무렵이었다. 황벽이 준비한 모닥불도 이제는 잦아들어 붉은 덩어리들만이 남아서 두 사람의 몸에 온기를 전해주고 있었다.

설연의 눈에 가장 먼저 비친 것은 투명하도록 검은 하늘에 박혀 있는 수많은 별들이었다.

설연은 자신이 살아오면서 이토록 많은 별을 보는 것이 처음이라는 것을 깨달았다.

설연의 지난날은 무공 수련으로 점철되어 있었다. 화산 또한 도도한 선외의 비경이라 할 수 있지만 지금까지 화산에서의 삶은 그녀로 하여금 밤하늘의 별을 바라다 볼 여유를 가지게 하지 못하였다.

그녀가 십여 세 때 일어난 무림대전은 그녀의 십대를 완전히 어둡고 칙칙한 세월로 규정지어 버렸다. 만약 무림대전이 없었다면 그녀는 좀 더 온화하고 밝은 여인으로 자라났을지도 몰랐다.

정사대전 초기에 화산파 장문인의 동생이었던 아버지가 목숨을 잃고 그 충격으로 어머니까지 숨을 거두자 설연의 삶은 검으로 이끌렸다. 아마도 그녀의 백부인 화산 장문인 설장벽이 그녀에게 검을 들도록 강권하지 않았어도 그녀는 그녀 스스로 칼에 자신의 인생을 걸었을 것이었다.

그녀의 재능은 뛰어났다. 그녀가 검을 든 지 다섯 해가 지나자 그녀는 화산 후기지수 중 선두에 서게 되었다. 그녀와 다섯 살이나 차이나는 고봉정이 비록 화산을 대표하는 후기지수로 강호에 널리 알려졌지만 설장벽은 내심으로 설연이 과거 오제의 한 명이었던 아미의 검후 냉가상을 뛰어넘어 주기를 기대하고 있었던 것이다.

그런 연유로 설장벽은 이번 오제지행에 설연을 고봉정과 함께 참여시켰던 것이다.

설연은 자신에게 주어진 패천맹에 대한 원한과 백부 설장벽의 기대에 부응하고자 오직 검도일로에만 매진하였다.

그러는 동안 그녀는 자신을 바라보는 고봉정의 애정 어린 눈빛을 애써 외면하였고, 그녀 나이 또래의 젊은 여인들이 관심을 가지는 여러 가지 것들에 대한 관심도 끊어버렸다. 그리하여 그녀는 빙화라는 호칭을 얻게 되었다.

그런데 오늘 이렇게 망망대해의 섬 위에서 하늘의 별무리와 마주하게 되었고, 아주 어릴 때 잃어버렸던 별의 아름다움이 떠오른 것이었다.

잠시 생각에 빠져 있던 설연이 몸을 돌려 상체를 일으켜 세웠다. 그 순간 그녀의 왼쪽 어깨에 날카로운 통증이 파고들었다.

"으음."

설연은 억눌린 신음 소리를 내었다.

신음 소리에 여태껏 잠들어 있던 황벽이 잠을 깼다.

황벽의 눈에 바위에 기대어 앉아 있는 설연이 들어왔다.

"설 소저, 깨어나셨군요? 몸을 너무 심하게 움직이지 마세요. 제가 응급 처치는 하였습니다만 약재가 부실해 상처 부위가 악화될까 염려됩니다."

설연은 말없이 고개를 들어 황벽을 바라보았다. 좀 더 설명을 원하는 눈빛이었다.

"설 소저, 이곳은 무인도입니다. 설 소저와 저는 일행과 떨어져 나왔습니다. 저도 정신을 차려보니 이곳이었습니다. 그나마 막 어르신이 던져 주신 널빤지 덕에 목숨을 구한 것 같습니다."

설연은 황벽의 짧은 설명으로도 자신의 처지를 알 수 있었다.

황벽은 몇 개의 나뭇가지를 불에 집어넣어 불길을 살린 후 조용히 입을 열었다.

"이곳은 아마도 구룡해협 동쪽에 위치한 무인도 같습니다. 현재 상태로는 일행이 배를 몰아 이쪽으로 오는 것을 기대할 수밖에 없겠지요. 아니면 이곳 생활이 길어질 것입니다. 아마도 상당히……."

설연은 황벽이 설명하지 않아도 그들이 무인도에 표류했다는 사실과 이곳에서 빠져나가기가 거의 불가능에 가깝다는 사실을 알고 있었다.

남궁인 일행은 아마도 그들을 찾지 않을 것이다.

일행의 애초 목적은 오제지비를 찾는 것이었고, 혈사대를 무사히 따돌렸다면 오제지비를 찾는 일에 열중할 것이었다. 비록 고봉정이 그녀를 찾길 원할 수도 있겠지만, 일행의 최우선 목표인 오제지비보다 그녀를 내세울 수는 없을 것이다.

“그들은 무사할까요?”

설연이 입을 열었다.

“아마도 무사할 겁니다. 제가 알기로 막 어르신의 조타 솜씨는 저에 비해 그리 뒤지는 편이 아니지요.”

“아마 그들은 저희들을 찾지 않을 거예요.”

설연은 강호무림의 일을 평범한 황벽에게 이해시키려니 자연히 미안한 마음이 들었다. 애초에 황벽을 이번 항해에 포함시킨 것은 자신들의 강권에 의해서였으며 이제 이렇게 표류한 자신들을 그 일행이 포기할 것이라고 설명하고 있는 것이었다.

“짐작은 하고 있었습니다.”

의외로 황벽은 가볍게 설연의 말을 받아넘겼다.

“뭐, 어쨌든 일단 살았으니 무슨 방법이 있겠지요. 설 낭자께서는 몸을 먼저 추스르세요. 저는 내일 날이 밝으면 일단 서쪽 절벽에 올라 섬을 좀 살펴보아야겠습니다. 어쩌면 상당히 오랜 시간을 살아야 할지도 모르니까요. 혹 만일을 대비해 섬 주위의 물길도 좀 보아야 하겠고…….”

설연은 황벽의 말에 묵묵히 고개를 끄덕이며 아픈 몸을 이끌고 가부좌를 틀었다.

황벽은 설연이 내상을 다스리려 입공에 들자 조용히 자리에 누워 다시 눈을 붙였다. 긴 표류는 강건한 황벽의 몸으로도 견디기 힘든 고역이었던 것이다.

주위는 다시 고요 속으로 빠져들었다.

다음날 황벽이 눈을 뜰 때까지 설연은 운공을 계속하고 있었다. 황벽이 전날 준비해 놓은 음식을 주섬주섬 차려놓았을 때에야 설연은 운공을 마쳤다.

둘은 말없이 음식들을 먹었다. 비록 한동안 함께 항해를 하였다지만 며칠 전 설연의 무공 수련 때 잠깐 말을 건넨 것 이외에 둘 사이에 특별한 대화가 없었으므로 둘이 허물없이 대화를 나누기에는 어색한 사이였던 것이다.

황벽이 대충 요기를 하고 서쪽 절벽을 오르기 위해 몸을 일으킬 때 설연도 함께 몸을 일으켰다.

"제가 혼자 다녀오지요. 아직 몸도 성치 않은데."

"아뇨, 괜찮아요. 이제 어느 정도 몸은 회복되었습니다. 저도 한 번 이 섬을 보고 싶군요."

설연의 말에 황벽은 별다른 대답 없이 걸음을 옮겼다.

절벽 위로 오르는 길은 특별히 존재하지 않았다. 황벽은 어렵사리 동물들이 지나다니는 듯한 통로를 찾아내어 길을 내었다. 직선으로는 그리 멀어 보이지 않는 절벽의 정상이었으나 곧은 길이 없어 이리저리 돌아서 정상에 올랐을 때는 태양이 이미 머리 위에 올라와 있었다.

"아!"

두 사람의 입에서 동시에 탄성이 새어 나왔다.

정상에 올라선 후 바라본 섬 주위의 풍경은 인세에 보기 드문 것이었다.

멀리 동쪽과 남쪽으로 이어진 원시림은 족히 십 리 이상 펼쳐져 있었고, 깎아지르는 듯한 절벽 너머 서쪽과 북쪽은 푸른 파도가 넘실거리고 있었다.

그들이 지난밤 묵은 백사장은 한낮의 태양을 받아 반짝이고 있었으며 섬 안쪽의 내해는 온통 산호색으로 물들어 있었다.

섬 밖에는 제법 큰 파도들이 구룡해협의 해류를 따라 이리저리 옮겨 다니고 있었고, 멀리 구룡해협의 아홉 개의 대섬이 구름 속에서 그 봉우리를 내놓고 있었다.

이 작은 섬은 구룡해협에 포함되어 있기는 하지만 그 일기가 구룡해협의 다른 지역과 달리 온화하였는데 그 이유는 절벽과 원시림이 섬 주위를 완전히 둘러싸고 있었기 때문인 듯하였다.

황벽과 설연은 적당한 곳에 자리를 잡고 앉아 숨을 돌렸다.

"정말 망망대해에 떨어져 버렸군요."

설연이 쓸쓸히 입을 열었다.

황벽은 대답없이 고개를 끄덕였다.

"저곳 어딘가에 일행이 있겠지요?"

황벽은 여전히 말없이 고개를 끄덕였다.

"이제 황 공자께서는 어찌할 생각이세요?"

설연이 두 무릎 사이에 고개를 묻으며 황벽에게 물었다.

황벽은 그 순간 갑자기 설연이 어린 소녀로 느껴졌다. 비록 그동안 차가운 여검사로서의 선입견 때문에 느끼지 못했지만 설연은 이제 스무 살의 어린 여인이었던 것이다.

일행과 떨어져 둘만이 이 무인도에 표류하자 설연에게서도 어린 여인으로서의 모습이 보이기 시작한 것이었다.

"글쎄요. 쉽게 지나가는 배를 볼 수 있는 곳이 아닙니다, 구룡해협은……. 말씀하셨듯이 막 어른 일행이 우리를 찾아 섬 하나하나를 뒤질 것도 아니고… 결국 구룡해협을 지나가는 배를 만나야 한다는 것인데……. 이곳을 지나는 배는 일 년에 한두 척이나 될까. 그 배들이 우리를 발견할 수 있으리라는 보장도 없고요."

"그럼 여기서 평생을 살아야 하나요?"

"그럴 리야 있겠습니까마는 상당한 시간을 여기서 보내야 할 것만은 분명합니다. 일단 내려가면 거처할 만한 오두막이라도 지어야 할 것 같습니다. 동굴이라도 있으면 좋겠는데……."

한동안 둘은 또 말이 없었다.

"그만 내려가시죠."

황벽의 말에 설연도 말없이 자리에서 일어났다.

황벽이 앞서서 길을 나서자 설연이 조용한 소리로 입을 열었다.

"황 공자, 치료해 주신 것 감사드립니다. 그리고 얼마나 이 섬에 있게 될지 모르지만 잘 부탁드릴게요."

설연의 말에는 따스함이 배어 있었다.

"웬걸요, 제가 오히려 잘 부탁드립니다."

황벽도 짐짓 밝은 목소리로 받으며 힘차게 걸음을 옮겼다.

절벽을 내려온 황벽은 설연이 다시 내상을 치료키 위해 운기행공에 들어가자 혼자 백사장을 걸었다.

멀리 어제 그들이 붙들고 온 판자가 보였다. 황벽은 순간 그 판자 위에서 무엇인가 햇빛에 반짝이는 것을 보고는 그리로 다가갔다.

판자 위에는 푸른 검신이 드러난 설연의 검이 꽂혀 있었다. 설연은 자신의 검을 판자 위에 꽂아 몸을 지탱했던 것이었다. 황벽은 검을 판자에서 뽑아냈다.

챙—

검이 뽑는 힘에 흔들리며 청명한 울음을 토해냈다.

황벽이 힘을 주어 검을 이리저리 휘두르자 검의 바람 가르는 소리가 경쾌하게 이어졌다.

한참을 검을 휘두르던 황벽이 검을 들고 설연이 있는 곳으로 돌아올 즈음 설연도 막 운기를 마치고 있었다.

황벽은 운기를 마치는 설연 앞에 검을 조용히 내려놓았다.

설연은 눈앞에 놓인 자신의 검을 바라보다가 다시 황벽을 바라보았다.

"우리가 타고 온 판자에 박혀 있더군요."

설연은 고개를 끄덕이며 검을 잡아갔다. 검을 쥐자 설연의 몸은 어느새 싸늘한 여검사로 돌아가 있었다. 싸늘한 검기가 검에서 흘러나왔다.

황벽은 그 검기에 놀라 두어 걸음 뒤로 물러났다. 황벽의 움직임에 설연은 손에서 검을 내려놓았다.

"이 검을 쓸 일이 다시 있을까요?"

설연이 처량하게 입을 열었다.

"글쎄요. 뭐, 움막이라도 지으려면 나무도 베어야 하고……."

황벽의 대답에 설연은 어이없는 듯한 표정을 짓다가 피식 웃었다.

"정말 그렇군요. 어쩌면 칼의 진정한 목적은 그런 것이겠죠. 나무 베고, 음식 만들고……. 사람을 베는 것이 아니라……."

둘은 마주 보며 한바탕 큰 목소리로 웃었다.

황벽과 설연은 앞으로 살게 될 곳을 찾아 잠시 백사장 인근을 돌아보고는 서쪽 절벽을 약간 돌아 동서남북 사방이 모두 잘 보이는 곳에 자리를 잡았다.

특히 그곳은 절벽 안쪽으로 삼 장 정도 공간이 패어져 있어 그곳을 기반으로 거처를 짓기로 하였다.

설연의 내공이 어느 정도 회복되었고, 원시림은 풍부하였기에 목재는 금방 준비될 수 있었다. 설연이 목재를 베어오면 황벽은 목재를 다듬어 움막을 만들었다. 밤에는 절벽에 난 동혈에서 잠을 잤다.

그렇게 십여 일이 지났을 때 그들은 번듯한 초가집을 마련할 수 있었다.

집 뒤는 동혈과 이어져 있었고, 초가집 옆으로는 작은 실개천이 흐르고 있었다.

방은 두 칸을 만들어 황벽과 설연이 각각 하나의 방을 쓰기로 하였다. 그리고 두 방 사이에 주방으로 쓸 수 있는 공간을 준비하였다. 둘은 잠자는 시간 이외에는 거의 주방에서 시간을 보냈다.

황벽은 솜씨 좋게 몇 개의 나무를 깎아 생활에 필요한 그릇 등을 만들고 설연은 내공을 이용하여 단단한 돌의 속을 파내고 물을 끓일 수 있는 커다란 돌솥을 준비하였다.

섬에는 온갖 식물들이 풍부하여 간혹 차나무를 발견할 수 있었기에 그들은 가끔 야생차를 끓여 마시는 호사를 누릴 수도 있었다.

설연은 시간이 날 때면 자신의 무공을 수련하였는데, 이곳에 들어오고 나서부터는 세상의 일들로부터 어느 정도 자유로워진 그녀의 검은 예전의 날카로움에 부드러움이 가미되어 한 단계 무공의 진보를 이루고 있었다.

설연은 그동안 자신의 검을 가로막고 있던 것이 지나친 집착에 있었음을 어렴풋이 깨닫게 된 것이었다.

황벽도 설연이 무공을 수련할 때면 건곤신공을 수련하였다. 그의 건곤신공은 평소 일상생활 속에서도 꾸준한 수련이 가능했기에 진보가 상당히 빠른 편이었다.

단지 중단전을 수련할 때는 좌공을 하고 신중히 익혀야 했으므로 그 진전이 그리 빠르지는 않았다.

설연은 간혹 황벽이 좌공을 하고 있는 것을 보았지만 그것을 막여가 가르쳐 준 건강을 위한 호흡법 정도로 알고 있었다.

어느덧 그들이 섬에 도착한 지도 한 달이 지나가고 있었다. 이제 그들은 마치 아주 오래전부터 이 섬에서 살아온 듯한 편안함을 느끼고 있었다.

설연의 무공은 점점 깊이를 더해갔다.

황벽의 건곤신공도 매일 새로운 경지로 황벽을 이끌고 있었다.

둘의 섬 생활은 차차 자리를 잡아가고 있었다.

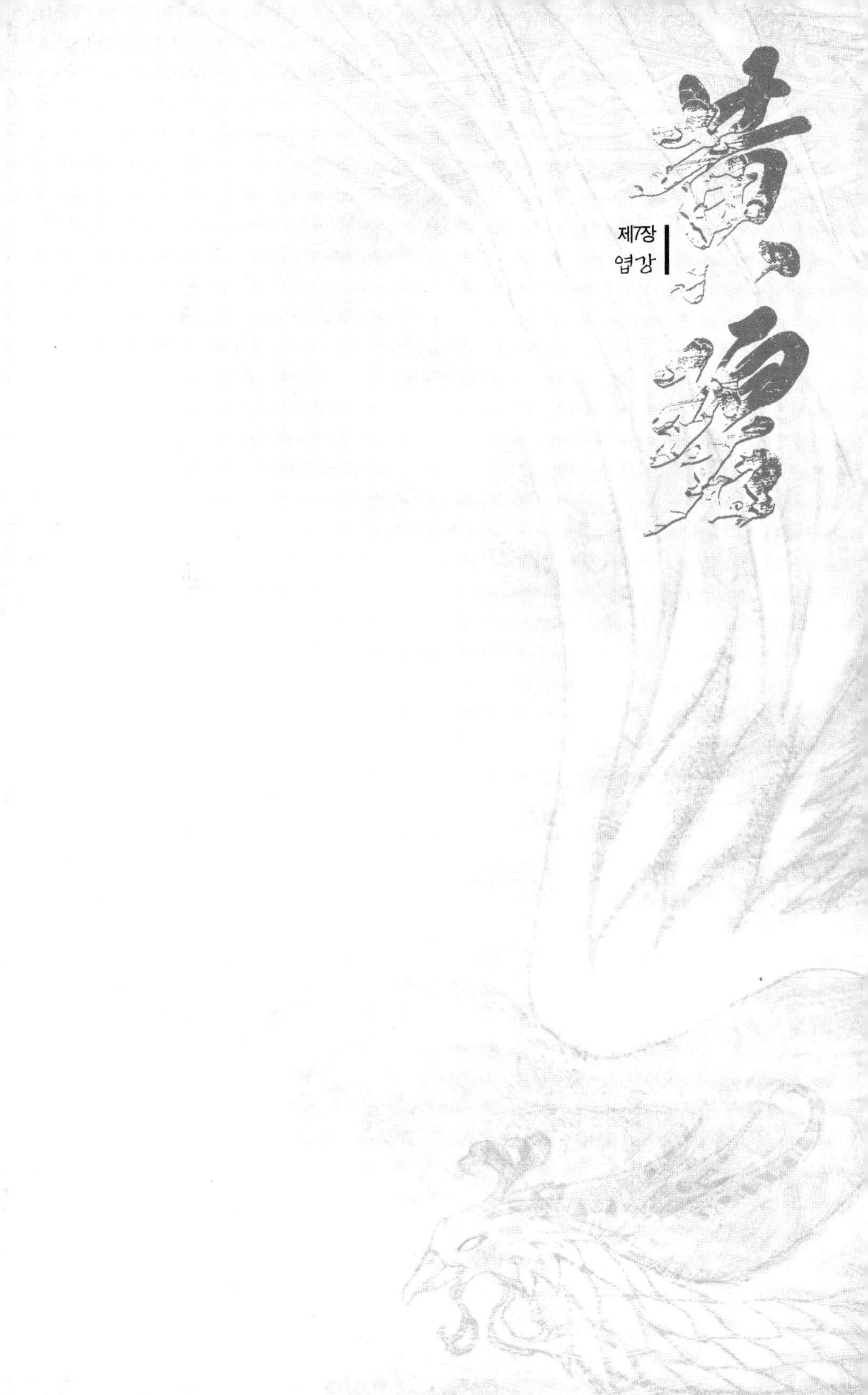

제7장
엽강

　　멀리 수평선이 바라다 보이는 야트막한 언덕 위에 두 사람이 불어오는 바람을 맞으며 바다를 보고 서 있었다.

　　둘은 꽤 오랜 시간 아무런 대화 없이 바다를 바라보고 있었다.

　　"황벽은 무사할까?"

　　그중 키가 훤칠하게 크고 약간은 말라 보이나 소매 밖으로 드러난 팔에는 강건함이 엿보이는 젊은이가 입을 열었다.

　　"알 수 없네. 나중에 안 것이지만 그들은 모두 정의맹 소속 문파의 자제들이었어. 무림에서는 그들을 사룡과 삼봉이라 부른다더군."

　　키가 작은 편에 몸이 통통한 체구의 사내가 대답했다.

　　"황벽이 바다로 나간 지 일 년이 지났네. 아직까지 돌아오지 않고 있다는 것은 무슨 일이 생겼단 의미가 아닐까? 그 노인네의 말로는 황벽은 아마도 바다로 떨어진 듯하던데."

키 큰 사내가 재차 물었다.

"글쎄, 어쨌든 황벽이라면 쉽게 일을 당하진 않았을 게야. 아직 그 배에 대한 아무런 소문도 들은 바가 없으니 기다려 볼밖에……. 어쨌든 어머님 장례도 보지 못했으니 살아 있어도 한이 되겠군 그래……. 자네가 이번에 수고 많았네."

"수고는. 자네가 장례 비용을 모두 감당해 주어 미안할 뿐이네."

"서로에게 있는 것을 내어놓을 뿐이지. 단지 나에게 몇 푼의 돈이 더 있었을 뿐이야."

"중원행은 언제인가?"

"이틀 후에는 떠나야 할 것 같네. 이번 중원행에서 과연 나에게 재물 복이 있는 것인지 아닌지가 결정되겠지."

"그렇게 큰 거래인가?"

"아니, 이번 중원행의 목적은 거래가 아닐세."

"……?"

"이번 중원행에서 나는 상련에 내 몸의 가치를 물어볼 참이네."

"상련?"

"하하, 그런 게 있네. 무림에 정의맹과 패천맹이 있다면 상계엔 상련이 있지. 아무튼 상련에서 나는 내 운을 시험해 볼 요량이네."

"모두들 떠나가는군. 한 놈은 죽었는지 살았는지도 모르고……. 우리 이곳에서 작별 인사를 해야겠군. 자네가 떠나는 것을 보고 싶지 않으이."

"참나, 이 친구. 내가 아주 가는가? 곧 돌아오겠지."

"아니, 이건 내 느낌인데 자네가 돌아온다 하여도 그때는 오늘의 자네가 아니겠지. 나도 오늘의 내가 아닐 것이고. 시간은 모든 것을 변하게 하니까."

"…자네……. 비록 내가 아무리 변한다 하더라도 자네와 황벽과의 우정이 그 무엇보다도 우선될 것이네."

"물론 그래야지. 자자, 이별이 너무 길면 주책스럽네. 어서 가게. 가서 한몫 크게 잡게나. 하하!"

"그래, 이제 가겠네. 잘 있게."

키가 작은 사내가 몸을 돌려 언덕을 내려갔다.

"잘 가게. 몸조심하고……."

키가 큰 사내가 나지막이 말했다.

키가 작은 사내는 묵묵히 걸음을 옮기고 있었다.

그들은 노룡촌의 허승과 엽강이었다.

쐐액.

작살이 바람을 가르며 바다 속으로 날아들었다. 잠시 후 창끝에 커다란 도미 한 마리가 달려 올라왔다.

누가 본다면 이 광경에 깜짝 놀랄 것이다. 일반적으로 어촌에서 작살을 능숙하게 써서 고기를 잡아 올리는 사람은 많았다. 하지만 지금처럼 오 장 밖에서 작살을 날려 물속에 있는 고기를 잡아 올리는 사람은 없었다.

엽강은 잡아 올린 도미를 능숙하게 회를 쳤다.

그리고 작은 쟁반에 회를 친 도미와 간장을 얹어 조금 떨어진 커다란 바위로 가지고 갔다. 바위 위에는 한 노인이 앉아 있었다. 비록 몸은 마르고 늙었으나 노인의 눈빛은 형형하게 빛나고 있었다.

엽강은 말없이 회가 담긴 쟁반을 내려놓았다.

"네 작살 솜씨가 이제는 제법이구나."

"노인네 숨줄을 끊을 만큼은 되지."

"호, 그럼 이제 내 목숨줄을 끊겠다는 것이냐?"

"아니, 노인장은 오래오래 살라구. 내 이렇게 매일 싱싱한 생선회를 먹여줄 테니……. 노인네 목숨은 황벽의 것이거든."

"훙, 그놈은 아마 바닷귀신이 되었을 텐데."

순간 엽강의 작살이 노인을 향해 날아들었다. 하나 노인은 아무 일 없다는 듯이 생선회를 입에 넣고 있었다. 엽강의 작살은 노인의 목울대 바로 앞에서 멈추어 섰다.

"좋아, 앞으로 삼 년을 주지. 그 안에 황벽이 돌아오지 않는다면 노인네 목숨은 내가 거두도록 하지."

"삼 년이라… 내가 늘그막에 호강하는군. 삼 년 동안은 매일 싱싱한 회를 먹을 수 있단 말이지? 정말 칼을 놓으니 인생이 달라지는구먼."

엽강은 작살을 거두며 노인을 한번 노려보고는 시선을 바다로 돌렸다.

"이보게, 엽강. 자네 작살질은 이제 정말 적수가 없겠네그려… 내가 더 가르칠 것도 없겠어. 이제 몸에 내공만 쌓이면 예전의 이 진회에 못지않은 살객이 되겠는걸."

"누가 노인 같은 살인자가 되겠다고 했소? 내 비록 촌구석에서 큰 놈이지만 사람의 목숨이 그리 가치없지 않다는 것을 알고 있소. 나처럼 무식쟁이도 아는 것을 어찌 노인은 그 나이가 되도록 깨닫지 못했는지……. 부끄러운 줄 알아요!"

"맞네, 맞아. 내 손에 묻은 피를 어찌 이승에서 다 씻어내겠는가? 그저 저승에서 그 벌을 받게 되겠지. 하지만 이보게, 무림은 자신의 의지대로만 살 수 있는 곳이 아니야. 어쩔 수 없이 살인을 하게 되지. 그리고 그런 일이 반복되다 보면 그놈의 살인이라는 것도 익숙해져 나중에는 아무 감각도 없이 사람의 목숨을 취한다네. 자네는 부디 나처럼 되지 말게나. 난 단지 사문의 무공이 대가 끊기는 것을 막기 위해서 자네에게 무공을 전수한 것일 뿐, 자네가 무림인으로 살든 이 노룡촌의 어부로 살든 그것은 자네 맘대로 하게나. 그리고 우리 뇌문의 무공이야 일인 전수를 원칙으로 내려왔으니 자네의 무공이 이 진회의 무공을 이었다는 것을 아는 사람도 없을 것이야. 내가 혈사대를 이끌고 정의맹과 무림대전을 치를 때에도 우리 뇌문의 무공은 사용하지 않았다네. 돌이켜 보면 내가 뇌문의 진전을 이어받은 후 어쩌다 살수의 길에 들어섰는지 참으로 아쉬울 때가 많아. 자네는 부디 나와 같은 전철을 밟지 않기를 바라네.”

진회의 얼굴에는 짙은 회한의 빛이 서려 있었다.

그는 바로 황벽 일행과 격전을 치른 패천맹 혈사대주 진회였다.

엽강이 진회를 발견한 것은 황벽이 노룡촌을 떠난 보름 뒤였다.

여느 때와 마찬가지로 작살을 준비한 엽강은 작은 고깃배를 타고 평소 물이 맑아 작살질을 하기 좋은 노룡포구 북쪽 해안가로 나아갔다가 파도에 커다란 통나무에 매달려 떠내려 오는 진회를 발견하였다.

처음 진회를 바다에서 건져 올렸을 때 진회는 거의 목숨이 끊어지려는 상태였다.

엽강은 진회를 집으로 데려와 극진히 보살폈다. 사흘 만에 깨어난 진회는 자신의 모든 무공이 소실된 것을 깨달았다.

진회가 막여와의 일전에서 심한 내상을 입기는 하였지만 그의 심후한 내공은 충분히 그 부상을 이겨낼 만하였다. 하지만 적은 내부에 있었다.

어떠한 조직이든 그것이 정파이든 사파이든 내부적으로 권력 투쟁은 끊임없이 이어졌다. 혈사대에 있어서도 마찬가지로 혈사대주의 지위는 가볍게 볼 것이 아니었다.

막여의 강력한 도기에 튕겨져 나온 진회는 혈사대의 마지막 한 수노일, 노이에게 신호를 보냈으나 그마저도 실패하자, 분노에 찬 눈으로 멀어져 가고 있는 남궁인 일행의 배를 바라보고 있었다.

그 순간 그는 등에 따끔거리는 통증이 느껴졌다. 순간 진회의 몸은 굳은 듯이 바다로 떨어졌다. 진회가 자신의 등 뒤에 꽂힌 그것이 부대주 염장이 자랑하는 독질려라는 것을 깨달았을 때 그는 이미 바다로 빠져들고 있었다. 그리고는 혼전 중에 끊어져 버린 줄사다리와 배에서 떨어져 나온 판자에 매달리며 정신을 잃었다.

그리고 깨어난 곳이 엽강의 집이었다.

부대주 염장에 대한 원망은 없었다. 애당초 패천맹의 암살 조직인 혈사대에 드는 것이 탐탁지 않았었다. 과거 흑막의 막주인 중앙종에게 구함을 받은 은혜가 없었다면, 그리하여 그에게 한 가지 부탁을 들어주겠다는 약조를 하지 않았다면 뇌문의 진전을 이은 몸으로 혈귀가 되지는 않았을 것이다.

차라리 무공이 전폐된 지금이 마음이 편하였다.

우연한 기회에 엽강과 허승이 나누는 대화에 자신이 쫓던 남궁인 일행의 선부가 황벽이었다는 것을 알고 그에 대한 얘기를 무심코 엽강에게 하지 않았다면 지금과 같이 살벌한 사제 관계가 되지는 않았을 테지만, 엽강과 같은 무골을 얻어 사문의 진전을 이을 수 있었다는 것에 그는 만족하고 있었다.

그리고 비록 엽강이 말로는 자신을 원망하고 있지만 황벽이라는 친구에 대한 미안함 때문임을 진회는 알고 있었다.

진회는 무공을 상실한 후 이전보다 십 년은 늙어 보였다.

기실 진회의 나이는 육십을 넘어서고 있었다. 그동안 높은 무공 덕에 그 나이가 실제 나이보다 적어 보였을 뿐이었다.

엽강의 재질은 놀라울 정도였다.

평소 작살질로 어업을 하던 엽강에게 뇌문의 창술은 아주 적합한 무공이었다. 엽강의 큰 키와 빠른 눈은 순간을 포착하여 단 한순간에 적을 찔러가는 뇌문의 창술에 아주 적합하였던 것이다.

사실 진회는 엽강에게 초식을 전수해야 하나 하는 고민을 잠시 한 적도 있었다.

사문의 진전을 잇기 위해 전수하기는 하였지만, 이미 엽강의 작살 다루는 솜씨는 내공만 부족할 뿐이지 수년간 창술을 익힌 무인에 비할 바가 아니었던 것이다.

'삼 년이라… 그쯤되면 나를 능가하게 되겠지. 아무래도 좀 더 빨리 공력을 높일 수 있는 다른 방안을 강구해야겠어. 사문의 환단을 제조해야 할 것 같군. 그러자면 나도 삼 년간은 꽤 바쁘겠는걸.'

진회는 엽강의 무공을 단시일에 높이기 위해서는 사문의 비전환단이 필요하다고 판단했다.

엽강의 무공 입문이 늦어 정상적인 방법으로 내공을 높이기에는 아주 오랜 세월이 필요했기 때문이다.

노룡촌이 속한 상해는 비록 중원에 속해 있지만 동쪽 바닷가에 치우쳐 있었으므로 노룡촌에 사는 사람들은 내륙을 중원이라 부르곤 하였다.

엽강은 내륙 쪽으로 난 관도를 따라 멀어지는 허승 일행을 바라보고 있었다. 비록 마중을 직접 나서지는 않았지만 친구의 먼 여행을 배웅하지 않을 수는 없었다.

어릴 때부터 황벽, 허승과 함께 이 언덕에 올라 무던히도 뛰어놀곤 하였다.

희뿌연 먼지를 일으키며 떠나는 허승을 바라보며 엽강은 자신들의 젊은 시절이 끝나가고 있다는 상념에 아련한 슬픔이 가슴으로 몰려드는 것을 느꼈다.

잠시 후 허승 일행의 모습이 완전히 시야에서 사라지자 그는 시선을 바다로 돌렸다.

불현듯 황벽의 걸걸한 음성이 떠올랐다.

세 명의 친구가 이제는 모두 헤어졌다. 그중 한 명의 생사는 불분명하였다.

엽강은 지그시 어금니를 깨물었다.

'삼 년. 그 안에 황벽이 돌아오지 않는다면… 패천맹이든 정의맹이든 그 대가를 치르게 해주겠다.'

엽강에게는 황벽을 거의 반강제로 데려간 정의맹이나 그 일행을 공격한 패천맹이나 별반 다를 바 없는 존재들이었다.

엽강도 자신의 무공이 단시간 내에 완성되기는 어렵다는 것을 알고 있었다.

스무 살이 넘어 입문한 무공 수련에 내공의 증진은 쉬운 일이 아니었던 것이다.

엽강은 앞으로 삼 년간은 무공 수련에만 전념할 생각이었다. 어차피 황벽의 어머니가 돌아가시고 나서는 특별히 돌볼 사람도 없었다. 자신이나 허승의 부모들은 이미 오래전에 세상을 떠났기 때문이었다.

삼 년 내에 무공을 성취한다면, 그리고 그때까지 황벽이 돌아오지 않는다면 엽강은 아마도 물고기를 찌르던 자신의 작살이 사람을 찌르게 될 것이라는 것을 알고 있었다.

'무림이라… 정말 시작부터 더럽게 맞이하는구나.'

엽강은 천천히 자신이 서 있던 곳의 옆에 있는 소나무 숲으로 걸어 들어갔다.

그곳은 엽강이 항상 홀로 무공을 수련하던 장소였다.

엽강이 들고 있던 작살을 서서히 휘두르기 시작했다.

쐐애액—

순간 작살이 바람을 가르는 소리가 들려왔다. 작살은 점점 엽강의 몸 주위를 돌며 가속도를 내기 시작했다.

그리고 어느 순산 엽강의 몸이 사라졌다. 작살의 그림자 속에 그의 몸이 감추어진 것이다. 자신의 몸을 작살의 그림자 속에 감춘 상태로 엽강의 몸이 소나무 사이를 휘저어갔다. 그때마다 소나무에서 작은 솔 잎들이 엽강의 작살에 잘려 눈처럼 날아 내렸다.

한동안 작살을 휘두르던 엽강의 입에서 커다란 함성이 터져 나왔다.

"하압!"

그리고, 엽강은 들고 있던 작살을 언덕 한편에 서 있는 우람한 나무를 향해 던져 냈다.

쿵.

부르르.

작살이 나는 모습은 보이지 않았다. 작살은 엽강의 손을 떠나는가 싶은 순간에 이미 나무에 박혀 부르르 그 몸을 떨었다.

엽강의 시선은 소나무 기둥을 깊숙이 뚫고 있는 작살을 노려보고 있었다.

"삼 년 뒤에는 너를 완전히 뚫어주겠다."

엽강은 나무로 다가가 작살을 뽑아내며 나무에 대고 중얼거렸다.

노룡촌의 세 명의 친구는 이렇게 자신의 길을 향해 흩어지고 있었다.

*　　　*　　　*

섬에서의 생활은 단조로웠다.

황벽과 설연의 일상은 무공 수련과 지나가는 배를 탐색하는 것이 전부였다.

배는 오지 않았다.

밤에는 백사장 가운데를 바다 쪽으로 트이게 한 둥근 바위집을 짓고는 불을 피워놓았다. 혹시 지나가는 배가 발견하기를 바란 것이었다.

설연은 자신이 배운 화산파의 검법을 기초부터 다시 수련하고 있었다. 이십사절의 매화검법을 수련하는 것은 어려서부터 해온 것이었지만, 마음의 평온을 느낀 다음부터는 지난날 익혔던 것을 다시 수련해야 겠다고 생각했던 것이다.

원래 화산파의 무공은 선도를 닦는 것의 한 방편이었다.

따라서 그 초식 하나하나에 선기가 배어 있었고, 익히는 사람도 맑은 마음을 가지고 익혀야 그 본래의 깊은 경지에 이를 수 있었다. 그런데 설연은 어려서부터 부모님의 원한과 백부의 기대로 인해 평정한 마음 상태에서 수련할 수 없었던 것이다.

그 결과 그녀는 원래의 화산검법과는 다른 차갑고 살기가 강한 검법을 가지게 되었던 것이다.

그러던 것이 무인도에 표류하면서부터 어쩌면 이곳에서 평생을 보내야 할지도 모른다는 생각이 들자 그동안 무엇엔가 쫓기듯 불안했던 마음에 평정심이 찾아들었고, 자신이 익힌 검법을 되돌아보게 되었던 것이다.

이제 설연은 화산검법 본래의 의미를 하나하나 찾아나가고 있었다.

이대로 몇 년만 계속 수련한다면 설장벽이 그녀에게 그토록 기대했던 검후의 경지에 다다를 수도 있을 것이다.

실연이 무공을 수련히는 동안 황벽은 바삐 움직여야 했다.

섬 생활에 필요한 것들을 준비하는 것은 항상 황벽의 몫이었다. 설연은 생활에 필요한 모든 것을 황벽 혼자 해결하는 것을 늘 미안해했지만 섬에서의 생활은 황벽에게 의지할 수밖에 없었다.

황벽은 바다를 터전으로 살아온 사람답게 능숙하게 섬 생활을 꾸려나갈 수 있었던 것이다.

황벽은 설연보다 항상 일찍 일어났다.

황벽은 새벽 기운을 받으며 건곤신공을 수련하는 것으로 하루를 시작하였다. 낮에는 고기를 잡는다거나 원시림으로 들어가 야생 과일이나 가끔씩은 토끼나 멧돼지를 사냥하기도 하였다.

비록 그리 크지 않은 섬이었으나 두 사람이 생활하는 데 필요한 것은 충분히 제공되고 있었다.

처음에는 허술했던 오두막도 황벽의 손길이 더해져 이제는 제법 사람 사는 집처럼 아늑한 분위기를 풍기고 있었다.

시간은 유수와 같이 흘러 어느덧 황벽과 설연이 섬에 표류한 지도 일 년이 지나고 있었다.

그동안 황벽의 건곤신공은 급격한 진보를 이루고 있었다. 오행의 기운을 한 몸에 받아들이는 건곤신공은 오행이 균형을 이룬 황벽에게 최고의 무공이었던 것이다.

언제부터인가 설연은 황벽의 몸이 상당히 변해가고 있다는 것을 문득 깨달았다. 비록 처음 배를 탔을 때보다는 섬 생활의 고단함으로 살이 약간 빠져 보였으나, 그의 눈은 한없이 깊어지고 있었고 피부는 윤택하게 빛나고 있었다.

둘은 가끔 절벽 위에 올라 섬의 경관을 구경하곤 했는데, 처음에 황벽은 거친 숨을 몰아쉬며 정상에 오르곤 하였지만, 일 년이 지난 지금은 정상에 올라서도 그 숨이 흐트러지지 않았다.

황벽이 스스로의 변화를 느끼기 시작한 것은 육 개월 정도 지나서부터였다. 황벽은 자신의 몸이 한결 가벼워진 듯한 느낌을 받았고, 아무리 달려도 지치지 않을 것 같은 충만감이 전신에 넘쳐흐르는 것을 느꼈다.

그러던 어느 날 땔감을 구하러 원시림에 들어간 황벽이 무심코 허벅지 두께의 나무를 주먹으로 힘껏 쳤을 때 황벽은 자신이 이제 예전의 몸이 아님을 알게 되었다.

허벅지 두께의 원시림이 두 동강이 나버린 것이었다.

황벽의 변화를 설연은 신기해하면서도 그것이 절정의 무공이라고는 생각지 않았다. 단지 막여가 전수한 호흡법이 상당히 정심한 것이리라 짐작할 뿐이었다.

하지만 황벽은 자신도 모르는 사이에 깊은 무공의 세계로 들어서고 있었던 것이다.

두 남녀가 일 년을 조그만 섬에서 함께 지낸다는 것은 둘 사이가 가까워질 수밖에 없는 상황이라 할 수 있다.

황벽과 설연도 어느 순간부터 서로의 호칭이 변하기 시작하였다. 설연은 황벽을 황 가가라 불렀으며 황벽도 설연을 설매라 부르고 있었다. 그렇다고 둘 사이가 연인의 관계가 된 것은 아니었다.

두 사람은 마치 오누이와 같은 관계를 형성하고 있었다.

둘은 가끔 섬을 이리저리 산책하거나 절벽에 올라 황혼을 바라보며 서로에 대한 많은 이야기들을 주고받았다. 그러는 와중에 둘은 자신들도 모르는 사이에 한가족과 같은 신뢰감을 쌓아가고 있었다.

설연은 황벽의 수수한 행색과 따뜻한 마음에서 그동안 화산에서 느끼지 못했던 사람의 정이라는 것을 느끼고 있었고, 스무 살이 넘어 찾아온 인간의 정은 그녀에게 깊이 각인되고 있었다.

사실 둘 사이가 연인으로 발전될 수도 있었다.

하지만 설연의 잠재의식 속에 남아 있는 고봉정의 존재가 둘 사이를 가로막고 있었다.

공식적인 것은 아니었지만 화산파에서는 이미 고봉정과 설연이 결국 부부의 연을 맺을 것이라고 다들 생각하고 있었다. 설연이 워낙 무공 수련에 몰두해 있고 아직 어렸기 때문에 정식으로 둘 사이에 어떤 관계가 형성된 것은 아니지만, 고봉정을 애써 외면하고 있던 설연조차도 언젠가는 자신이 고봉정의 여인이 될 것이라는 것을 느끼고 있었다.

그것은 무슨 사랑이니 하는 감정의 문제가 아닌 화산이라는 문파에 속한 사람으로서의 보이지 않는 굴레 같은 것이었다.

검후의 진전에 도전하는 자파 여제자를 다른 문파나 세가에 내보낼 문파는 거의 없었으며, 화산파 내부에서 그 짝을 찾자면 고봉정만한 배필이 없었던 것이다.

마치 당연한 수순인 양 둘의 관계는 암묵적으로 문파 내에서 인정되고 있었던 것이다.

이러한 사정은 설연과의 대화에서 어렴풋이 황벽도 알아채고 있었으므로 두 사람이 연인으로 가까워지는 데는 보이지 않는 벽이 놓여져 있었던 것이다.

그런 연유로 두 사람은 마치 오누이와 같은 친밀감에 만족하고 있었던 것이다.

오늘도 두 사람은 백사장을 나란히 걷고 있었다. 두 사람의 입가에는 작은 미소가 드리워져 있었다.

"황 가가, 그럼 그 허승이라는 친구 분은 돈이 많겠네요?"

“물론 노룡촌에서는 가장 부자이지. 아마도 앞으로 한 십 년만 지나면 상해 일대에서는 제일가는 부자가 될지도 모르지.”

“어머, 정말이요? 황 가가는 정말 좋은 친구 분을 두셨네요.”

“어? 설매도 재물이 많은 사람을 좋아해? 그럼 내가 나중에 소개시켜 줄 테니 둘이 잘해보라구.”

“정말 놀리실 거예요? 제 말은 황 가가처럼 허름한 사람이 그렇게 꼼꼼하고 사리분별을 잘하는 친구 분을 두었으니 좋겠다는 거지요.”

“아니, 내가 그렇게 허술해 보이나?”

“뭐, 사실 말이 나왔으니 말이지 어디 가서 사기당하기 딱 좋은 시골 촌놈이지요. 호호호.”

“뭐라고? 하하하!”

황벽과 설연은 기분 좋은 웃음을 터뜨렸다.

만약 화산파의 누군가가 지금의 설연을 본다면 자신의 눈을 믿을 수 없을 것이다.

설연은 지난 일 년 동안 몰라보게 밝아져 있었다.

한참을 떠들고 웃던 그들은 이제 조용히 바닷바람을 느끼며 걷고 있었다.

황벽은 건곤신공을 생각하고 있었다.

현재 황벽은 건곤신공의 전반부와 중반부 네 개의 장은 모두 완벽히 익히고 있었다. 시간이 흐를수록 그의 하단전과 중단전에는 급격히 내공이 쌓이고 있었다.

황벽은 이제 건곤신공의 후반부를 익혀보려 하고 있었다.

문득 고개를 들어 먼 산 흰구름을 바라본다.

보이는 모든 것은 한 조각의 구름이려니.

만 개의 강물은 하나의 바다로 모여든다.

저 푸른 산 흰구름은 오직 하나의 법이로다.

황벽은 건곤신공 후반부 중 하나의 선시처럼 쓰여진 부분을 마음속으로 읊어보았다.

선기가 느껴지는 이 구절은 막여나 황벽 모두에게 어떤 벽처럼 느껴졌었다. 건곤신공의 전, 중반부가 기의 흡입, 제련, 분산, 발출 등을 직접적인 언어로 설명한 데 반하여 후반부는 하나의 시구와 몇 개의 혈도가 순서대로 나열되어 있을 뿐이었다.

아마도 시구에서 어떤 깨달음을 얻을 수 있다면 나열된 혈도의 의미를 알 수 있을 것이었다.

"황 가가, 무슨 생각을 그렇게 골똘히 하세요?"

"음, 설매. 막 어르신이 전해준 호흡법 중 잘 풀리지 않는 부분이 있어서."

"도대체 막 어르신이 전해준 호흡법이라는 게 어떤 것이지요? 요즈음 황 가가의 몸에 나타나는 현상을 보건대 결코 단순한 호흡법이 아닌 것 같아요. 상승절예의 심공이 아니면 이렇게 짧은 시간에 황 가가에게 나타나는 것과 같은 급격한 변화가 일어나기는 어려울 것 같은데… 말해 줄 수 없나요?"

황벽은 비록 막여가 타인에게 건곤신공에 대한 것을 말하지 말라고 했지만 두 사람만이 있는 이곳 무인도에서 막여의 당부는 크게 의미가 없는 것이었다.

“일종의 무공심법인데… 막 어르신의 얘기로는 이 심법을 익힐 수 있는 체질은 극히 드물다고 하더군. 막 어르신조차 익히지 못했다고 하던데. 뭐, 설매야 화산의 정공심법을 익히고 있으니 굳이 다른 심공을 익힐 필요는 없겠지만……. 그런데 대부분은 다 해석이 되는데 후반부 일부가 해석이 되지 않아서…….”

“그렇군요. 역시 평범한 호흡법이 아니었어요. 지금의 황 가가는 제가 처음 보았을 때와는 전혀 다른 사람이 되었거든요. 보통의 심법으로는 어려운 일이지요. 혹시 그 깨우쳐지지 않는 부분을 저에게 얘기해 줄 수 없나요? 저도 한번 고민해 보게요.”

“음, 그래. 그게 좋겠군. 설매는 나보다야 아주 똑똑하니까.”

황벽은 웃으며 대답하고는 건곤신공의 후반부 시 구절을 들려주었다.

한참 동안 시구를 음미하던 설연이 고개를 저으며 입을 열었다.

“어렵군요. 제가 생각하기에는 어떤 것을 표현한다기보다는 마음의 상태를 나타내는 것 같은데 이런 것은 말로 설명되어질 수 없는 것 같아요. 불도에서 말하는 공안과 같은 것일까요?”

“음, 나도 그렇게 생각하고 있어. 그래도 꾸준히 참구하다 보면 뭔가 얻어지는 게 있겠지. 하루 이틀에 될 일은 아닌 것 같고.”

설연도 황벽의 말에 고개를 끄덕였다.

“참. 그럼, 지금 황 가가의 공력은 어느 정도지요?”

“솔직히 나도 잘 모르겠어. 일 갑자니 이 갑자니 하는 것도 개념이 잘 안 잡히고.”

“제가 한번 살펴봐도 될까요?”

“그래 줄래?”

둘은 평평한 바위에 자세를 바로 하고 앉았다.

설연이 황벽의 맥을 잡고 서서히 자신의 진기를 흘려넣어 보았다. 순간 잠깐 저항하던 황벽의 진기가 설연의 진기와 순일하게 섞이기 시작하며 황벽의 몸을 휘돌기 시작하였다.

설연은 내심 깜짝 놀랐다.

그녀가 놀란 이유는 두 가지였는데 하나는 자신의 진기가 너무나 쉽게 황벽의 진기와 섞인다는 것이었고, 다른 하나는 거대한 강처럼 흐르는 힘찬 황벽의 진기 때문이었다.

일반적으로 이종의 내공을 익힌 사람의 진기가 다른 사람의 진기와 섞이기는 힘들었다.

따라서 처음에는 설연도 황벽의 진기가 일으키는 반발력으로 황벽의 내공 상태를 알아보려 했던 것이었는데 의외로 황벽의 진기는 너무나 쉽게 설연의 진기를 받아들였던 것이다.

한참을 황벽의 진기를 살피던 설연이 황벽에게서 손을 떼어놓으며 입을 열었다.

"황 가가, 정말 대단하군요. 황 가가의 진기는 저의 내공을 훨씬 상회하고 있어요. 저는 도대체가 이해가 되지 않아요. 황 가가는 기껏해야 일 년여를 수련했을 뿐인데 십 년 이상 수련한 제 내공보다 공력이 높다는 것이… 그리고 또 하나는 어떻게 그렇게 쉽게 타인의 진기를 받아들일 수 있는지."

"내 내공이 그렇게 높은 것인가?"

"그럼요. 아마도 현 무림에서 황 가가와 같은 내공을 가진 사람은 그리 많지 않을 거예요. 만약 황 가가가 어떤 검술이나 무공 초식을 익혔다면 당장에 절정고수로 대접받을 수 있을 거예요."

"음, 역시 좀 특이한 무공이기는 하군. 그리고 설매의 진기를 받아들이는 부분은 나도 좀 생각되어지는 게 있어."

"어떤 것인데요?"

"사실 이 신공을 익히려면 오행이 균일한 체질이어야 해. 즉 오행지기를 자유롭게 받아들일 수 있어야 한다는 것이지. 그러니 다른 사람의 내공을 무리없이 받아들이지 않을까 하는데."

"그럴 수도 있겠군요. 아니, 그 말이 정말 맞겠어요. 갑자기 걱정이 되는걸요."

"아니, 왜?"

"혹시 황 가가가 사마외도의 흡정신공을 익히면 어떻게 될까 하는 생각에서요. 사실 흡정대법은 다른 사람의 진기를 끌어들이기는 하지만 서로 다른 진기를 받아들임으로서 위험할 뿐만 아니라 받아들인 진기도 대부분 소실되고 자신의 진신진기화시키는 것은 채 몇 푼이 안 되거든요. 그런데 황 가가는 모든 진기를 수용할 수 있으니 정말 대마두가 될 소질이 있는 것이지요. 호호호."

"대마두라… 좋아, 그럼 내가 만약 그 흡정대법인가 뭔가를 익히면 가장 먼저 설매의 진기를 모두 거두어들이도록 하지. 하하하."

둘은 한참을 통쾌하게 웃었다.

"자, 설매. 이제 그만 점심을 먹으러 가지. 오늘은 내가 아주 맛있는 조개구이를 해주지."

"정말요? 정말 황 가가의 음식 솜씨는 알아주어야 한다니까. 좋아요, 그럼 제가 내일부터 황 가가에게 경공을 가르쳐 주도록 할게요. 다른 무공은 사문의 허락이 있어야 하니 좀 그렇고, 경공은 괜찮을 것 같아요."

"그래? 흠, 그럼 난 이제 설매를 사부로 모셔야 하는 것인가? 이거
앞으로 모실 생각을 하니 겁부터 나는데."

"흥, 각오하셔야 할 거예요. 저는 좀 엄한 사부라고요."

"예. 알겠습니다요, 사부님."

둘은 자리에 일어서서 천천히 자신들의 거처로 걸음을 옮겼다.

그날부터 황벽은 설연에게서 경공을 배우기 시작하였다.

황벽을 가르치며 설연은 황벽의 무재에 다시 한 번 놀랐다. 막여도
황벽의 근골에 놀랐던 것과 같이 황벽의 몸은 무공을 익히기에 더없이
적합한 것이었다.

황벽의 몸은 어려서부터 바다에 익숙해져 있었다. 일반적으로 배를
타는 사람들은 균형을 잡는 데 탁월한 솜씨를 지니고 있었다.

그것은 일부러 배운 것이라기보다는 항상 거친 파도에 흔들리는 배
위에서 자신의 몸을 바로잡는 것이 생활화되어 있기 때문에 익힌 자연
스러운 것이었다.

그리고 어려서부터의 자맥질로 황벽의 호흡은 일반인의 호흡보다
훨씬 길었다. 그동안 건곤신공의 연마를 통해 길어진 것도 있겠지만
황벽의 호흡은 무인이라면 누구나 부러워할 만하였다.

호흡이 길다는 것은 한번에 펼쳐 내는 무공의 위력과 깊은 관련이
있는 것이었다.

황벽도 처음으로 자신의 진기를 활용하는 무공을 배우는 것이라 상
당한 흥미를 가지고 경공을 익혀 나갔다.

원래 절정 이상의 진기를 가지고 있던 황벽이기에 한 달이 지나자

설연과 함께 절벽을 오르내릴 수 있을 정도가 되었다. 황벽이 경공을 익히자 둘은 이제 그동안 가보지 않았던 섬의 여러 곳을 돌아보게 되었다.

그들이 전력을 기울이면 아침 해를 보고 떠나서 저녁노을을 맞으며 거처로 돌아올 수 있었다.

설연은 비록 화산의 비전무공을 황벽에게 전해주지는 못하였으나 간단한 장법이나 지법을 가르쳐 주어 황벽은 어느덧 기초적인 무공을 사용할 수 있게 되었다.

비록 간단한 무공이었지만 황벽의 뛰어난 내공을 바탕으로 펼치는 장법과 지법은 결코 가벼운 것이 아니었다.

황벽은 어느 날부터인가 자신의 손으로 엽강의 작살만큼이나 많은 고기를 잡을 수 있다는 것을 알게 되었다. 그의 눈에는 물속 고기들의 움직임이 선명하게 보이기 시작하였으며 어느 순간 그 고기들의 위로 몸을 날릴 수 있게 되었다.

그리고 그 고기들의 위로 몸을 날린 황벽의 손에는 어김없이 두세 마리의 고기가 잡혀 있었다.

야자수에서 열매를 따는 일도 훨씬 수월해졌다. 잘 익은 야자 열매는 황벽의 발길질 한 번에 땅으로 떨어져 내렸고, 작은 손짓 한 번에 그 풍부한 과즙을 황벽에게 내놓아야 했다.

시간은 그들이 모르는 사이 계절의 변화를 가져올 만큼 빠르게 흐르고 있었고, 황벽과 설연의 무공도 시간의 흐름에 따라 깊어져만 갔다.

설연의 검은 화산검의 본질에 한걸음 더 다가가 있었고, 황벽의 움직임은 이제 절정의 수준에 다다라 있었다.

　그렇게 무인도에서 바닷가의 뱃사람인 황벽은 어느덧 절정고수로
탈바꿈하고 있었다.

제8장
그때 그들은

　　　　구룡해협의 남쪽에 치우쳐 온통 바위로 이루어진
섬이 하나 있었다.

　　섬 주위로는 항상 뿌연 안개가 가득했고 일 년 중 태양을 볼 수 있는
날이 채 반이 되지 않는 섬이었다.

　　비록 구룡해협 아홉 개의 대섬에는 미치지 못하나 그 위용이 남다른
섬이라 할 만했다.

　　도저히 사람이 살 수 있을 것 같지 않은 이 섬에 어느 때부터인가 사
람의 기척이 나타나기 시작하였다.

　　섬의 북쪽에 간신히 배를 댈 정도의 너비로 섬 안쪽으로 움푹 패인
장소에 흑선이 한 척 정박하고는 그 배에서 몇몇의 사람이 내려선 이
후 배는 줄곧 그곳에 정박해 있었다.

가끔씩 배를 살펴보는 인영을 제외하고는 배에서 내린 사람들은 모두 섬 안쪽으로 들어간 후 나오지 않았다.

그렇게 일 년이 흐르고 있었다.

사방이 높은 절벽으로 둘러싸인 공지의 중앙에 허름한 원형 정자가 있었다.

그리고 그곳에 초로의 노인이 앉아 있었다. 공지 위에 동그랗게 드러난 하늘이 눈에 들어왔다.

공지에서 바닷가로 나가는 길은 그 폭이 채 오 장이 못되게 북쪽으로 나 있었는데 그곳을 제외하고는 이곳에서 외부로 나가는 길은 없었다. 그 길 이외에 사방은 절벽으로 막혀 있었다.

공지 안의 공기는 온화하였고 외부에서 보는 것과는 다르게 푸른 나무와 풀들, 그리고 작은 샘물이 솟아나고 있었다.

밖으로 연결되는 지점에는 몇 채의 오두막이 지어져 있었는데 그중 하나의 오두막에서는 밥을 짓는지 연기가 피어오르고 있었다.

노인이 막 옆에 놓인 찻잔을 들어 입으로 가져갈 때 오두막으로부터 한 명의 삼십대 초반의 중년인이 다가왔다.

"사부님, 식사 준비가 다 되었습니다. 이제 곧 오제동에 드신 분들이 출관하실 것입니다."

"흠, 그래. 육 개월 만에 보게 되는군. 이번에는 얼마나 있다가 들어가려나."

"한 오 일 정도는 밖에 머무시지들 않겠습니까?"

"그렇지? 서로의 진도를 확인하는 데는 그 정도 시간이 필요하겠지."

"얼마나 변해들 계실까요?"

“글쎄, 아마도 저번에 보았을 때와는 많이 달라져 있을 거야. 말 그대로 오제의 비전을 익히고 있지 않은가.”

노인이 말을 하며 자리에서 일어났다.

이들은 바로 막여와 진승이었다.

그들이 사제의 연을 맺은 지도 이제 육 개월이 지나고 있었다. 그들은 이곳 오제도에 들어 사제의 연을 맺었던 것이다.

남궁인 등은 기어이 오제도를 찾았다.

오제도를 찾기까지는 막여의 역할이 컸다. 황벽이 빠진 상태에서 배를 운행할 수 있는 사람은 막여와 진승, 오삼뿐이었고, 그중에서도 막여는 강한 내공의 힘을 바탕으로 구룡해협의 격류를 잘 헤치고 나왔던 것이다.

우여곡절 끝에 오제도에 도착한 그들은 섬 중앙의 호리병 같은 공지에서 오제의 비전을 찾을 수 있었다.

오제는 사방으로 난 절벽에 다섯 개의 동혈을 뚫고 각자의 거처로 삼았던 것 같았다. 인공으로 뚫려진 거대한 동혈이 석벽의 다섯 군데에 남아 있었고, 각각의 동굴에는 그 동굴 상단에 내공으로 깊이 파인 이름이 새겨져 있었다.

검제동, 현제동, 흑제동, 검후동, 풍제동.

사룡과 삼봉은 각자 자신의 선조가 남긴 석실을 돌아보았다. 예상대로 각 석실에는 오제가 서로의 깨달음을 교환하며 발전시킨 각자의 무공이 존재하고 있었다.

석실을 돌아본 중인들은 이곳에서 오제의 비전을 익히기로 하고, 육 개월 단위의 수련 기간을 정해 육 개월 뒤에는 모두 한자리에 모여 무공에 대한 서로의 깨달음을 교환하기로 하였다.

처음에 남궁인 등은 석실에 들어 오제의 비전을 모두 익히기 전에는 출관하지 않을 생각이었지만, 막여가 이를 반대하였다.

"무공이라는 것은 편협함을 경계해야 한다. 이곳 오제지비에는 각 부분 무공의 최상의 비전들이 존재하고 이제 다섯 문파의 후인이 그것을 익힐 것이다. 이것은 정말 좋은 기회이다. 비록 서로 그 비전을 공유하지 않는다 하더라도 무도에 대한 깨달음을 교환하는 것만으로도 각자는 자신을 편협함으로부터 보호할 수 있을 뿐 아니라, 좀 더 높은 경지의 무공을 익힐 수 있는 기회를 가질 수 있을 것이다."

막여의 말은 중인들에게 공감을 얻었다. 그리하여 그들은 육 개월마다 출관하여 서로 만남을 가지기로 하였던 것이다.

오제의 후인들이 무공을 익히는 동안 막여와 진승, 오삼은 공지에 오두막을 짓고 머물러 있었다.

그러던 중에 막여는 진승과 오삼에게 자신의 무공을 가르치기 시작하였고 그들은 사제의 연을 맺었다.

비록 건곤신공은 황벽에게 전수했지만 막여는 지원공을 가지고 있었다. 지원공은 실질적인 막여의 진신무공이므로 그들은 사제의 연을 맺게 된 것이었다.

오늘은 오제지비에 든 이들이 두 번째로 맞이하는 출관일이었다.

태양이 공지의 바로 머리 위에 올라섰을 때 북쪽의 석실 문이 그르릉 소리를 내며 열렸다.

그곳으로부터 낡은 청의를 입은 청년 한 명과 여인 한 명이 밖으로 나왔다. 그들은 오랫동안 햇빛을 보지 못했는지 얼굴이 창백할 정도로 희었다.

남궁인과 남궁지인이었다.

그들은 석실을 나서자 멀리 공지 중앙에 서 있는 막여 등을 발견하였다.

"어르신, 오랜만에 뵙습니다."

"하하하. 남궁 공자, 어서 오시오. 공자의 기태를 보니 큰 성취를 이룬 듯하군요. 축하드리오이다. 소저께서도……."

"별말씀을. 아직 많이 부족합니다. 그나저나 저희 때문에 어르신께서 고생이 심하십니다."

"아니오. 저는 아주 좋습니다. 이렇게 조용하게 지내는 것도 때로는 인생에 좋은 경험이지요. 특히 늙은 사람에게는."

"다른 사람들은 아직 출관 전인가 보네요."

"공자와 소저께서 가장 먼저 나오셨습니다."

남궁지인의 물음에 막여가 잔잔한 미소로 대답했다.

그들이 그동안의 이야기를 나누는 도중 사방에서 네 개의 석실이 동시에 열리며 네 명의 인물이 밖으로 나섰다. 그들은 남궁인 등과 마찬가지로 오랜 동굴 생활로 수척해져 있었으나, 몸에서 풍기는 기세와 눈빛은 이미 절정에 이른 사람의 그것이었다.

모든 사람이 공지의 중앙 정자에 모여 서로의 안부를 묻고 있는 동안 진승과 오삼은 잘 차려진 상을 오두막에서 가지고 나왔다.

이 오제도는 바위로 이루어진 섬이라 항해 전 준비한 벽곡단과 쌀

등의 곡식을 제외하고는 특별한 음식 재료를 구하기 힘들었지만 진승과 오삼은 오늘을 위해 바다에서 해산물을 채취하고 얼마 되지 않은 초지에서 산나물 등을 준비해 제법 거창하게 상을 준비했던 것이다.

오랜 시간 동안 벽곡단 이외의 음식을 접하지 못한 중인들은 정신없이 식사를 하기 시작하였다.

비록 절정에 이른 무공을 가지고 있는 사람이라 하더라도 오랜만에 맛보는 제대로 된 음식 앞에서 체면을 차릴 입장이 아니었던 것이다.

한 켠에 자리한 오두막에서 하룻밤을 보낸 이들이 다시 공지 중앙의 정자에 모인 것은 다음날 정오가 가까워져 있을 때였다.

"자, 이제 어디 이 노인네 눈 구경이나 할까?"

막여가 약간은 장난스럽게 말을 하며 남궁인 등을 돌아보았다.

"누가 먼저 출수하시겠는가?"

막여가 재차 묻자 한쪽에 서 있던 아미일화 임혜련이 앞으로 나섰다.

"제가 먼저 부족한 솜씨나마 손을 쓰겠습니다."

"오호, 드디어 검후의 무공을 내 생전에 보게 되는 것인가?"

막여는 한껏 기대에 찬 눈빛을 임혜련에게 보내며 입을 열었다. 중인들도 모두 임혜련에게 시선을 주었다.

중인들의 눈길을 한눈에 받자 임혜련은 약간 긴장되는 듯 몸을 움찔하다가 다시 그런 생각을 떨쳐 버리려는 듯 고개를 좌우로 젓더니 중인들을 정면으로 바라보며 입을 열었다.

"아무래도 오제비동에 든 이들 중 제가 제일 진도가 처지는 것 같아요. 그래서 부족한 제가 먼저 나섰습니다. 아무래도 매는 먼저 맞아야 하고, 강자는 항상 뒤에 서는 법이지요. 호호호.”

“무슨 그런 말씀을. 임 소저의 겸손이 과하시오.”

능소개가 임혜련의 말을 받아넘겼다.

임혜련은 중인들을 향해 고개를 까닥이고는 몸을 돌려 북쪽의 절벽을 향해 걸어갔다.

북쪽 절벽은 수직으로 깎아지르는 듯 서 있었는데 그 높이가 수십 장에 달하고 표면은 평평하여 언뜻 보면 사람의 손으로 표면을 깨끗이 손질해 놓은 것 같았다.

절벽의 십여 장 앞에 다가선 임혜련이 걸음을 멈추고는 절벽과 마주 섰다. 임혜련은 잠시 절벽 앞에서 눈을 감고 호흡을 골랐다.

주위에 고요가 내려앉았다 싶은 순간 임혜련의 발치에서 작은 낙엽들이 흔들리며 구르기 시작하였다.

임혜련은 조용히 검을 빼 들었다. 검면에 반사된 햇빛들이 사방으로 부서져 내렸다. 순간 임혜련이 몸을 가볍게 하여 한 자가량 공중으로 떠올라 그 자리에 잠시 정지하듯 머물렀다. 그리고 검이 공기를 갈랐다.

임혜련이 다시 땅 위에 내려서고 이리저리 휘둘리던 낙엽들이 정지했을 때, 임혜련은 조용히 자신의 신형을 돌려 사람들이 있는 곳으로 돌아왔다.

“정말 대단하구나.”

막여의 입에서 감탄사가 흘러나왔다.

임혜련의 등 뒤 절벽에서 작은 먼지들이 일었다 가라앉자 사람들은 모두 그 벽에 쓰인 하나의 글귀를 볼 수 있었다.

입동일년 사 아미산월(入洞一年 思 蛾眉山月).

─입동 일 년 아미산의 달이 그립다.

글씨는 단단한 절벽에 한 치 깊이로 새겨져 있었다.

일반적인 무림의 고수들은 바위에 검이나 도로 글씨를 새겨 넣을 수 있었다. 또한 한 치 정도의 깊이는 절정고수라면 누구나 할 수 있는 것이었다.

오삼과 진숭은 사람들이 임혜련의 검에 감탄하는 이유를 몰라 고개를 갸웃거렸다.

"임 소저, 오늘 불초가 안계를 넓혔습니다. 천하에 누가 있어 임 소저의 그 섬세함을 따라올 수 있겠습니까?"

"부끄럽습니다. 제가 부족해서 검후 사조님의 이름에 누를 끼친 것 같아요."

남궁인의 칭찬에 임혜련이 대답했다.

자세히 절벽을 살피던 진숭과 오삼은 한참 뒤에야 사람들이 감탄하는 이유를 알았다. 임혜련이 절벽에 새긴 글씨의 비밀은 그 글자의 두께에 있었다.

한 획 한 획의 굵기가 젓가락 하나의 두께만 하였는데 모든 획이 균일하였다. 일반적으로 검에 내공을 주입하여 휘두르면 그 검기의 여파로 검이 지나간 곳의 자국이 굵게 남게 마련인데, 임혜련은 그 검기를 조절하여 마치 세필로 글씨를 쓰듯이 바위에 글을 새겨 넣은 것이었다.

그것도 십 장 밖에서 펼쳐진 무공이었다.

그것은 이미 임혜련이 자신의 검에 깃든 진기를 자유자재로 통제할 수 있는 경지에 올라섰다는 것을 의미했다.

만약 임혜련이 자신의 머리카락 굵기로 검기를 통제할 수 있다면 그 것은 곧 그녀가 검을 완전히 통제하는 상태, 신검합일의 경지에 다다른 것이 될 것이다.

사람들은 앞으로 일이 년 안에 그녀의 검이 신검합일의 경지에 이르게 될 것이라는 걸 알 수 있었다.

'당금 천하에 누가 있어 이십대의 나이에 신검합일에 이르렀단 말인가?'

막여는 다시 한 번 오제지비의 무서움이 느껴졌다.

두 번째로 나선 사람은 개방의 능소개였다. 능소개는 불문곡직하고 임혜련이 글을 새겨 넣은 절벽을 향해 신형을 날렸다.

순식간에 능소개의 신형은 절벽 앞에 다다랐다.

"어어."

사람들은 능소개의 신형이 절벽에 부딪치는 장면을 머리 속에 그리며 걱정의 탄성을 쏟아냈다.

그러나 모두가 이제 능소개의 몸이 절벽에 박혀들 거라 생각하는 그때 능소개의 신형이 절벽을 타고 오르기 시작했다. 능소개의 신형은 순식간에 절벽의 이십 장 높이까지 오른 후 방향을 바꾸어 다시 땅으로 내려오기 시작했다.

땅 위에 내려선 능소개의 신형은 다시 눈 깜짝할 사이에 중인들의 옆에 와 있었다.

능소개가 처음 절벽을 향해 출발할 때와 다시 돌아왔을 때의 시간은 너무 빨라 사람들은 능소개가 자릴 비웠었다는 생각조차 믿기지 않을 정도였다.

사람들은 모두 감탄의 시선으로 능소개를 바라보았다.

"어허, 덥다."

능소개는 능청스럽게 말하며 옆에 놓인 물병을 들어 병째로 마셨다.

일반적으로 경공은 빠름을 추구하고 보법은 변화를 추구한다. 따라서 무인들은 두 개의 무공을 별개로 나누어서 구분하곤 한다.

그런데 방금 전 능소개가 전개한 신법은 경공과 보법의 특징이 동시에 나타났다.

경공은 그 특성이 일정 거리를 빠르게 이동하는 것을 목적으로 함으로 직선의 움직임에 강하다. 반면 보법은 일정한 범위 안에서 공격과 수비를 위한 움직임을 위한 것이므로 변화에 그 초점이 맞추어진다.

조금 전 능소개가 처음 펼친 것은 경공이었다.

능소개는 경공을 펼쳐 절벽 앞까지 순식간에 다다랐다. 문제는 경공의 특성상 중도에 방향을 트는 것이 어렵다는 것이었다. 경공을 시연하는 중에 방향을 바꾸게 된다면 그 속도를 현저히 줄이고 하거나 직각이 아닌 곡선으로 방향을 바꾸게 되는 것이다.

그런데 능소개는 절벽 바로 앞에서 직각으로 꺾어 수직의 절벽을 타고 올랐다. 그것은 보법에서나 보일 수 있는 움직임이었다.

경공의 속도에 보법의 변화가 합쳐져서 나타나는 것이다.

중인들 중 누구도 그러한 유의 몸 움직임을 할 수 있는 사람은 없었다.

더욱 놀라운 것은 그가 올라갔다 내려온 절벽에 있었다.

그가 올라갔다 내려온 절벽에는 선명하게 한 치 깊이의 발자국이 찍혀 있었다. 수직의 절벽을 타고 오르는 것도 힘든데 그곳에 발자국을

새겨 넣었다는 것은 그가 경공을 펼치며 퇴법을 전개했다는 이야기이
다.

예전부터 소림의 권법과 함께 개방의 퇴법은 무림의 일절로 이름나
있었다.

하지만 능소개와 같이 빠른 속도로 이동하면서 정확히 한 치 깊이의
발자국을 남기는 퇴법은 중인들로 하여금 감탄하지 않을 수 없게 만드
는 것이었다.

사람들은 오제동에 든 한 명 한 명이 펼쳐 내는 무공에 깊이 빠져들
고 있었다. 어쩌면 그들은 몇 년 후 천하제일을 다투게 될 무공을 한자
리에서 보고 있는지도 몰랐다.

세 번째로 나선 당정은 만천화우의 암기 수법을 선보였다.

만천화우는 당문의 일절로 당문의 장로급 이상이 되어야 시전이 가
능한 암기 수법이었다. 하지만 이십대의 당정이 펼치는 만천화우의 위
력은 당문의 노장로들이 펼치는 것 이상이었다.

하늘을 가득 메우고 날아가는 암기는 보는 이로 하여금 절로 공포감
을 일으키게 하였다.

하지만 사람들이 당정의 일수를 보고 두려움을 느낀 것은 하늘을 배
운 암기 때문이 아니었다.

당정이 만천화우를 시전하고 돌아섰을 때 수백 개의 암기가 꽂힌 절
벽에서 서서히 암기들이 사라지고 있었다. 암기가 꽂힌 절벽 주변이
검게 죽어 들어가는 것이 중인들의 눈에 들어왔다. 독이었다.

당문의 무서움은 암기보다는 독에 있었다. 바위를 파고드는 독이라
니. 당정은 혹제 당웅이 남긴 절대지독을 얻었는가?

사람들은 두려움에 몸을 떨었다. 만약 당정의 독이 강호에 나타난다면 강호는 이백 년 만에 다시 한 번 흑제 당웅의 공포를 체험하게 될 것이었다.

"저는 만약 강호에 나선다면 가급적 당 오라버니와는 떨어져 지낼래요."

남궁지인이 짐짓 무섭다는 표정을 지으며 말하자 당정은 크게 웃음을 터뜨렸다.

"이것 참, 무림삼봉의 하나인 남궁 소저까지 나를 꺼린다면 나는 결국 총각으로 늙어 죽어야 할 모양이구만."

사람들은 당정의 농담에 다 함께 크게 웃음을 터뜨렸다.

네 번째로 중인들의 앞에 나선 사람은 고봉정이었다.

고봉정은 평소의 성격대로 묵묵히 걸음을 옮겨 절벽으로 다가갔다. 다른 사람들이 경공을 전개해 절벽의 앞에 이른 것과 다르게 고봉정은 느린 걸음으로 절벽에 다가섰다.

하지만 사람들은 고봉정의 진기를 끌어올리지 않은 걸음걸이와 그의 뒷모습을 보며 전율하고 있었다.

그의 등에서는 극한을 체험한 사람만이 풍길 수 있는 절대의 기운이 풍겨나고 있었던 것이다. 그것은 앞서의 세 사람과는 아주 이질적인 것이었다. 그에게서는 고독의 냄새가 나고 있었던 것이다.

그가 절벽의 십오 장 앞으로 다가섰을 때 그의 손은 허리춤에 있는 검에 가 있었고, 그가 절벽의 십 장 앞에 섰을 때 그의 칼은 그의 머리 위에 있었다.

칼이 하나의 선을 그으며 땅으로 떨어졌다. 순간 벼락이 치는 듯한 굉음이 터져 나왔다. 절벽은 마치 벼락을 맞은 듯 크게 흔들렸다. 절벽에서 먼지가 걷혔을 때, 사람들은 절벽에 난 십 장 길이의 칼의 자국을 볼 수 있었다.

그것은 마치 앞에 선 무엇이든지 베어주겠다는 검을 쥔 자의 의지가 포함되어 있는 자국이었다.

사람들은 말을 잊었다.

비록 앞서 무공을 시전한 사람들의 절기도 뛰어났지만 사람들은 고봉정에게서 진정한 무인의 투기를 본 것이었다.

막여가 고봉정의 검을 보며 고개를 끄덕였다.

막여는 도를 사용하였다. 지원공을 바탕으로 일으키는 그의 도기는 혈사대주 진회를 물러서게 하였었다. 막여는 도의 그 강한 내리그음을 좋아했다.

도에 진기를 주입하여 강하게 내리그을 때의 그 느낌, 앞에 선 모든 것을 베어버릴 것이라는 충만된 싸움에의 의지, 순수한 무인의 의지를 막여는 좋아했다.

고봉정의 검은 그것을 가지고 있었다.

막여는 고봉정이 검이 아닌 도를 들면 어떨까 하는 생각을 하다가 고개를 가로저었다. 예로부터 무당과 화산은 검의 쌍두마차였다. 고봉정이 검을 놓을 일은 없을 것이다.

가끔 한 문파의 전통은 이렇게 무의 길을 가로막아 설 때도 있었다. 막여는 고봉정이 언젠가는 검이니 도이니 하는 것으로부터도 자유로워질 수 있는 무인이 되기를 바랐다. 그전까지 고봉정은 검의 한계로 인해 자신의 전부를 쏟아내지 못할 것이다.

이제 남은 사람은 남궁인 하나였다.

남궁지인은 자신의 실력이 나머지 다섯 사람에 훨씬 못미친다는 것을 알고 출수를 사양하였다.

남궁인은 임혜련, 능소개, 당정이 무공을 펼칠 때만 해도 여유있는 모습으로 관전하고 있었다. 비록 세 사람이 뛰어난 기예를 선보였지만 그는 그들을 능가할 자신이 있었던 것이다.

하지만 고봉정의 검을 본 그는 긴장하기 시작하였다. 고봉정의 검은 그가 한 번도 접해본 적이 없는 강력한 힘이 내재되어 있었고, 무인으로서의 열정이 담겨 있었던 것이다.

남궁인은 천천히 앞으로 나섰다.

사람들의 시선이 남궁인에게 쏠렸다. 하지만 남궁인은 다른 사람들처럼 절벽을 향해 나아가지 않았다. 절벽과 중인들이 있는 곳은 거의 삼십여 장의 거리를 격하고 있었다.

남궁인은 그 자리에서 검을 빼어 들고는 밀듯이 앞으로 뻗어냈다. 순간 사람들의 입에서 탄성이 터졌다.

"이기어검?"

사람들은 눈을 부릅떴다. 당금 천하에 누가 이기어검을 펼쳤는가? 현 정의맹주인 무당 현무 진인 장의현이 이기어검을 펼칠 수 있다는 얘기는 돌았지만 누구도 그것을 본 적은 없었다. 사람들은 그들의 눈앞에서 펼쳐지는 이기어검을 믿을 수 없다는 듯이 바라보고 있었다.

검은 절벽을 향해 날아가서 절벽에 깊이 박혀들었다.

남궁인은 천천히 걸음을 옮겨 절벽을 향해 걸어갔다.

사람들의 놀람이 등 뒤에서 들려오는 듯했다. 남궁인의 얼굴에 만족스런 웃음이 어렸다.

사실 그의 이기어검은 불완전한 것이었다. 그의 검이 완성되었다면 그의 검은 절벽에 박히는 것이 아니라 그의 손으로 되돌아와야 했다.

그러나 그의 검은 절벽에 박혀 버렸다. 하지만 그것으로 충분했다. 이 불완전한 이기어검만으로도 자신의 무공을 충분히 과시할 수 있을 것이었다.

사람들은 결코 자신의 무공이 고봉정에 뒤진다고 생각지 않을 것이다. 자신은 언제나 사룡삼봉의 우두머리였다. 앞으로도 그러해야 했다.

남궁인은 절벽에 박힌 검을 뽑으며 내장으로부터 올라오는 비릿한 내음을 혀끝에 느꼈다.

내상을 입은 것이었다. 아마도 동혈로 들어가면 며칠은 내상을 치유하는 데 보내야 할 것이다. 하지만 남궁인이 몸을 돌려 중인들이 있는 곳으로 왔을 때 그의 얼굴에서는 내상에 대한 기색은 전혀 느낄 수 없었다.

"정말 대단하네. 이기어검이라니."

"남궁 공자의 무공은 역시 저희보다는 한 수 위이군요."

능소개와 임혜련이 남궁인을 칭찬하였다.

"별말씀을. 아직 완성되지도 않은 것을 보여 드려 부끄러울 따름입니다."

"천만에 말씀을. 천하에 누가 있어 자네와 같은 나이에 이기어검을 펼칠 수 있다는 말인가?"

능소개가 재차 칭찬하자 남궁인은 만족스러운 웃음을 얼굴에 띠었다.

사람들이 모두 남궁인의 이기어검을 칭찬하고 있을 때 막여의 얼굴에는 그늘이 져 있었다. 그는 남궁인이 이기어검을 펼친 것이 못마땅하였다.

이번 비무는 무공의 고하를 가리는 것이 아니라 각자의 무공에 대한 해석을 교환하여 부족한 것을 채우는 것이 목적이었던 것이다. 그런데 남궁인은 고봉정을 의식하여 무리를 하면서까지 불완전한 이기어검을 펼쳐 냈다.

막여는 남궁인이 내상을 입었다는 것을 알아채고 있었다.

'호승심이라… 젊다는 건가?'

막여는 남궁인의 지나친 호승심을 걱정하고 있었다. 호승심은 적당할 경우 무공 수련에 도움이 되지만 지나칠 경우에는 독이 될 수도 있는 것이었다.

무공 시연을 마친 그들은 이제 정자에 둘러앉아 서로 무공에 대한 의견을 교환하고 있었다.

막여의 예상대로 이런 식의 다른 무공에 대한 견식은 그들 각자의 무공에 상당한 도움이 될 것이었다.

무공 토론은 삼 일간 계속되었다.

그리고 그들은 동혈을 나온 지 닷새 만에 다시 자신이 나온 석실로 들어갔다.

잠시 동안 사람들로 북적였던 섬의 공지에는 다시 적막이 흘렀다. 막여와 진승, 오삼은 오두막의 툇마루에 앉아 야생차를 마시고 있었다.

"사부님, 사부님께서 보시기에 그들 중 누가 가장 나았습니까?"

진승이 공손히 입을 열었다.

"글쎄다. 각자의 특징이 다 있으니……. 그래, 너희들이 보기에는 어떻더냐?"

"제가 보기에는 아무래도 이기어검을 펼친 남궁 공자의 무공이 가장 뛰어난 듯합니다. 아마 앞으로 몇 년 뒤에는 그가 천하제일검이 되지 않을까요?"

오삼이 입을 열었다.

막여가 고개를 끄덕이며 이번에는 진승에게 물었다.

"네가 보기에는 어떠하냐?"

"제 생각으로는 남궁 공자도 뛰어나지만 화산 검룡의 검이 인상에 남습니다. 그에게서는 다른 사람에게서 볼 수 없었던 순수한 무인의 힘이 느껴졌습니다."

막여가 빙그레 웃으며 입을 열었다.

"그래, 잘 봤다. 사실 무공을 시연한 것만을 가지고 본다면 남궁인의 이기어검이 아무래도 좀 더 우위에 있겠지. 하지만 그것은 어디까지 겉으로 드러난 것이고, 펼쳐진 무공 안에 포함된 투기는 아무래도 고봉정이 나았다. 둘은 정말 우열을 가리기 힘들구나."

"그럼 장차 천하제일은 그들 중 하나가 되겠군요?"

"이놈아, 천하제일이 그리 쉬운 줄 아느냐? 지금 이곳에서 비록 그들이 오제지비를 익히고 있지만 다른 문파라고 쉬고 있는 것은 아니다. 정의맹만 하더라도 소림의 달마동이 열렸고, 무당의 장삼풍 조사의 비동도 열렸다. 그들의 무공이 어찌 오제보다 아래라 할 수 있겠느냐? 단지 그들은 예로부터 밖으로 나서는 것을 꺼려하여 일반인에게 오제보다 덜 알려졌을 뿐 그 무공이 뒤지는 것은 결코 아니야. 소림은 무공의 조종이 아니겠느냐?"

"정말 그렇군요. 소림과 무당이라……."

"거기다 패천맹도 놀고만 있지는 않겠지. 오제지행을 떠나기 전 암자들이 전한 정보에 의하면 패천맹 최고의 후기지수 네 명이 자취를 감추었다고 하더구나. 아마도 그들이 다시 강호에 출도하면 무서운 대마두가 되어 있을 것이야. 무림이란 드러난 한두 사람보다 숨어 있는 기인이사가 많은 법이야. 나중에라도 너희들이 강호에 나서면 이것을 명심해야 한다."

"알겠습니다, 사부님."

진승과 오삼이 공손히 대답하였다.

"내가 보기에 저들은 모두 명문세가의 자제들이고 출중한 무재를 갖추고 있다. 그러나 저들은 또한 단점들도 가지고 있다. 한 방면으로는 모르지만 무의 최고봉에 오르기는 힘들 것이다."

"단점이라니요? 저희들이 보기에는 모두 완벽한 인재들인 듯한데."

"잘 들어보아라. 무공을 익힌다는 것은 언뜻 보면 신체를 단련한다는 것과 동일하게 생각될 수 있다. 그래서 처음 무공에 입문하는 사람들을 평가할 때 그 사람의 신체를 보고 무재가 뛰어나다 아니다를 말하곤 하지. 하지만 사실은 신체적인 결점은 오히려 극복하기 쉬운 것이라 할 수 있다. 만약 누군가가 절정의 무도를 익히려면 정신적인 결함을 줄여 나가야 한다. 그것은 좋고 나쁨의 뜻이 아니다. 사람들은 누구나 약간씩의 정신적 단점을 가지고 있다. 고수는 그러한 자신의 단점을 잘 알고 있고 그것에 대한 대비를 하며 무공을 수련하지. 하지만 젊은 사람들은 자신의 단점을 인정하지 않아 종종 무공을 익히다 자신의 몸을 망치는 실수를 하고는 한다. 이제 저들 다섯을 보자. 먼저 아미일화의 경우, 그 치열함이 부족하다. 그녀는 여인인 데다가 어려서부터 아미에서 귀중하게 커와 검도를 익히는 데 필요한 투기가 부족하다. 그래서 그녀의 검은 보기 좋은 기예는 될지언정 천하를 오시할 위력을 가지기는 어렵다. 능소개의 경우는 사람이 너무 좋은 게 흠이라면 흠이랄까. 그는 아마도 아주 힘든 상황이 아니면 가급적 살수를 쓰지 않을 것이다. 나쁘게 말하면 우유부단하다랄까. 사람으로서는 아주 좋은 성품이지만 무인으로서는 약간 부족함을 느낄 수밖에 없다. 당정은 편협하다. 그는 항상 주위를 살피고 자신의 위치를 찾아 움직인다. 무공을 익히기에는 가장 안 좋은 성격적 결함이다. 만약 그가 검도나 권장을 익혔다면 절대 절정에 이르지 못할 것이다. 그가 당문에 태어난 것이 그의 복이다. 당문의 독과 암기는 그의 적성에 가장 맞다고 할 수 있지. 하지만 독과 암기로만 정상에 오를 수는 없다. 남궁인이라… 그는 호승심이 너무 강해. 가장 위험하다. 명예욕과 권력욕이 끼어든 무공 수련은 대성하기 힘들다. 오제지비를 얻어 이기어검을 완성해도 그의 권력욕이 절대의 경지에 들기 어렵게 할 것이다. 무공을 익히는 데 필요한 것은 싸움에 대한 투기이지, 사람에 대한 호승심이 아니다. 지나친 호승심은 자신의 몸을 망칠 수 있어. 좀 전에 그는 이기어검을 펼치느라 내상을 입었디. 모두들 몰랐겠지만… 절정고수의 눈에는 보였겠지. 만약 치열한 격투 중이었다면 절대 상대편은 그 허점을 놓치지 않을 것이다. 내가 보기에 가장 무인의 자질이 뛰어난 사람은 고봉정이다. 일단 그의 큰 장점은 격투에 대한 투기에 있다. 저 절벽을 가른 검을 보아라. 만약 그가 전투에 임한다면 그는 자신이 가진 것보다 더 큰 힘을 발휘할 것이다. 하나의 단점은 부드러움이 부족한 것이지. 그가 부드러움을 얻는다면 나는 그가 천하제일에 가장 근접할 것이라고 본다. 자, 이제 너희들은 이 이치를 알겠느냐?"

두 사람은 막여의 자세한 설명에 감탄하듯이 고개를 끄덕였다.

"네, 사부님. 가르침에 감사드립니다."

"나는 너희들의 과거가 어떤지 잘 모른다. 단지 너희가 남궁세가의 가솔이라는 것밖에는……. 하지만 이제 나와 사제의 연을 맺었고 무공의 길에 들었으니 너희들의 과거가 형성해 놓은 너희들의 성격을 자세히 돌아보아라. 그리고 그것에 맞는 무공의 길을 가거라. 자신을 안다는 것은 역시 세상사에서나 무공에서나 중요한 일이지. 그리고 이번 오제지행이 끝나면 나는 남궁세가를 떠날 것이다. 그때 너희들도 함께 떠나도록 하자. 내 남궁가주에게는 따로 청을 넣을 것이야."

"네, 사부님. 그리하겠습니다."

진승과 오삼은 막여에게 진정에서 우러나는 감사를 표했다.

그들은 어려서부터 남궁세가의 잡일을 하는 잡부로 키워졌다. 비록 남궁세가에서 가솔들에게도 간단한 호신술을 가르쳐 몇 가지 초식을 익히기는 했으나 항상 검을 찬 무인들은 그들의 우상이었다.

이제 막여가 무공을 전수하고 자신들을 남궁세가의 잡부에서 벗어나게 하여 한 명의 무인으로 이끌어주겠다고 하자 그들의 눈에는 감격의 이슬이 맺혔다.

"그리고… 혹시 살아 있다면 황벽은 너희들의 사형이 될 것이다."

"네? 황벽이오? 그 뱃사공 말입니까? 설 소저와 함께 바다에 빠진……."

"그래. 비록 황벽이 너희들보다 십여 세는 어리지만 너희보다 먼저 나와 사제의 연을 맺었으니 사형이 되겠지. 비록 보잘것없지만 무림에서 상하의 규칙은 엄격한 것이니 명심하도록 해라."

"네, 알겠습니다."

"아… 만약 그 녀석이 살아 있다면 너희들은 어쩌면 천하제일인을 사형으로 두는 것이 될지도 모를 텐데……."

"사부님, 황벽이… 아니, 황 사형이 천하제일에 오를 수 있다는 말씀이십니까?"

진승과 오삼은 믿어지지 않는다는 듯이 막여를 바라보며 반문하였다.

그들이 기억하기에는 황벽은 그냥 평범한 뱃사람에 지나지 않았던 것이다.

그들도 항해 중 황벽과 몇 마디의 대화를 나누고는 했지만 그에게서 특별한 무엇인가를 느끼지는 못했음으로 당연히 의구심이 들었던 것이다.

"허허허, 그래. 그 녀석이야말로 천하제일의 재목이지. 일단 그놈은 어디 막힌 곳이 없어. 어려서부터 바다를 보고 자라서 그런지… 가난하지만 편협하지 않다. 그게 그의 가장 큰 장점이야. 그리고 정말 탐날 만큼 아주 좋은 몸을 가지고 있지. 하나 부족한 것은 아직 절망을 겪어보지 못했다는 것인데… 이번에 살아남았다면 그것도 어느 정도 경험이 되었을 거야. 부디 살아 있기만을 바릴 뿐이다."

아련한 막여의 시선이 공지에서 바다 쪽으로 난 작은 통로를 통해 들어오는 구룡해협의 거친 파도를 응시하며 그 너머의 검푸른 바다를 바라보고 있었다.

제9장
절대오검(絶對五劍)

시간의 흐름은 계절의 변화에서 그 모습을 드러낸다.

황벽과 설연이 살고 있는 무인도에도 계절이 변하고 있었다.

구룡해협은 기후가 온화했다. 그래서 한겨울에도 한두 번을 제외하고는 눈이 내리지 않았고, 얼음이 얼지 않을 정도의 추위만 잠깐 들렀다 사라지곤 하였다.

하지만 이곳에도 어김없이 작지만 계절의 변화는 나타났다. 원시림에 낙엽이 들기 시작한 것이 엊그제 같았는데 어느새 하나둘 나무들이 앙상한 뼈대를 드러내고 있었다.

가을이 온 것이다.

그들이 섬에 도착한 후 두 번째의 가을이었다. 일 년 육 개월의 시간은 그리 긴 시간이라 할 수 없었지만 오직 둘만이 살아가는 공간에서는 상당히 긴 시간이었다.

시간은 절대의 기준을 따르지 않는다. 동일한 시간들이 상황에 따라서 누군가에게는 전혀 다른 길이로 느껴지게 마련이었다.

황벽과 설연은 서로에 대한 신뢰감과 친밀감이 한층 깊어져서 이제는 아주 어려서부터 함께 지내온 오누이 같은 느낌을 공유하고 있었다.

가을은 그들의 활동 범위를 넓혀주었다.

한여름에는 원시림이 우거진 곳은 다니기가 번거로워 가급적 그들의 오두막 근처에서만 생활하였지만 가을이 깊어 우거진 초목들이 그 힘을 잃자 원시림 사이로 야생 동물들이 다닌 길들이 드러나기 시작하였다.

황벽과 설연은 그 길을 따라 원시림 속을 돌아다니곤 하였는데 가끔 귀한 약초나 풀뿌리를 캘 수도 있었고, 섬의 남단에 펼쳐진 넓은 모래 사장에서 거북알을 구해오기도 하였다.

오늘도 황벽과 설연은 원시림 속으로 걸음을 옮기고 있었다.

"황 가가, 오늘은 동쪽 바닷가까지 가보도록 해요."

"그럴까? 그동안 동쪽 바닷가로는 별로 가본 적이 없구나."

"동쪽은 특별히 백사장이 있는 것도 아니고 그 끝이 절벽으로 되어 있으니 갈 일이 없었지요."

"그래, 설매. 그럼 오늘은 동쪽 끝에서 바다를 보고 오자."

두 사람은 약간의 경공을 펼쳐 낙엽 진 원시림 속으로 들어갔다. 그동안 황벽이 설연에게서 배운 경공이 이제는 설연보다도 뛰어나 보일 정도로 숙달되어 있었는데, 그것은 그가 익힌 건곤신공의 덕이 컸다.

건곤신공의 뛰어난 동화력은 자연으로부터 전해오는 작은 진기들까지 황벽이 느낄 수 있게 해주었다.

그것은 황벽의 경공에 커다란 도움이 되었다.

황벽은 자신의 주위에 놓여진 자연 환경과 그 진기들을 미세하게 감지하여 그들이 내뿜는 진기들을 거스르지 않고 걸음을 옮겨놓을 수 있었다.

그것에 설연이 가르쳐 준 경공을 더하자 원시림 속에서도 아주 빠르게 이동할 수 있었다.

그것은 마치 오래된 산사람이 처음 가본 곳에서도 산길을 능숙하게 찾아다니는 것과 능숙한 뱃사람이 물길을 몸으로 느끼며 배를 모는 것과 흡사해서, 황벽은 자연의 길을 찾아 움직이고 있는 것이었다.

처음에 설연은 황벽이 지난날 산에서 생활한 적이 있었을 것으로 생각했다. 그만큼 황벽은 능숙하게 원시림을 누비고 다녔다.

하지만 황벽은 태어나서 줄곧 바다에서만 생활하였지, 산에서 생활한 적은 없었다. 이런 설명을 듣고 나서 설연은 황벽이 익히고 있는 건곤신공이 결코 평범한 무공심법이 아님을 다시 한 번 느낄 수 있었다.

둘은 어느새 깊은 원시림 속으로 들어와 있있다. 빝에 밟히는 낙엽의 바삭거림이 청명하게 들려왔다.

황벽과 설연은 자연히 경공을 중지하고는 보통 걸음으로 걷기 시작하였다. 따가운 가을 햇살이 두 사람을 비추었다.

"황 가가, 언젠가 우리가 이 섬을 나가게 되면 다시 이런 시간을 가질 수 있을까요?"

"모르지. 난 설매만 좋다면 언제든 이런 산책을 하고 싶은데?"

"그래요… 저도 그래요."

설연의 대답에는 힘이 없었다.

설연은 요즘 자주 악몽을 꾸고 있었다. 아니, 그것은 어쩌면 악몽이 아닌지도 몰랐다. 꿈속에서 그녀는 다시 무림의 칼바람 아래 서 있었다. 그곳에는 부모님을 죽인 패천맹의 마도들과 자신의 성취를 바라는 백부의 얼굴이 있었다.

설연은 잠에서 깨어나면 자신이 있는 곳이 이 절해의 무인도라는 것을 느끼고는 안도의 한숨을 쉬곤 하였다.

'언젠가는 나가야 되겠지.'

언젠가는 나가야 될 곳이었다. 설연은 다시 그곳에 선다면 다시는 지금과 같은 마음의 평화를 얻지 못할 것이라고 생각했다.

그녀 자신이 누군가의 칼 아래 쓰러지지 않는 이상은…….

"설매, 무슨 생각을 그렇게 해? 어서 가자고!"

설연이 우울한 분위기에 빠져들 때쯤 이십여 장 떨어진 곳에서 황벽이 부르는 소리가 들렸다.

설연은 우울한 기분을 떨쳐 내듯이 고개를 흔들고는 황벽에게로 다가갔다.

둘은 금세 거의 섬의 동쪽 끝에 다다라 있었다.

멀리 동해의 푸른빛이 눈에 들어오기 시작할 무렵, 그들은 서로를 바라보며 탄성을 내질렀다.

동해가 내려다 보이는 절벽 위에 작은 분지가 들어서 있었는데 둘레가 삼십여 장 정도 되는 작은 분지였지만 늦가을인데도 따듯한 햇볕이 찾아들고, 바람은 잔잔했으며, 여기저기 푸른빛을 띤 풀들과 이름 모를 꽃들이 만발하였다.

황벽과 설연은 비록 이 무인도의 기후가 온화하다 할지라도 이렇게 늦가을에 푸르름을 유지하는 곳이 있다는 것에 놀랐다.

그들은 이 작은 분지의 이곳저곳을 살펴보기 시작하였다.

"설매, 이것 좀 봐. 여기 누가 살았나 본데?"

"뭐가 있는데 그래요, 황 가가?"

설연이 다가갔을 때 황벽은 한쪽에 가로지르듯 서 있는 십 장 정도의 작은 절벽을 바라보고 있었다. 황벽은 그 절벽의 한 부분을 유심히 살펴보고 있었다.

설연이 다가가자 황벽은 손끝으로 절벽의 한 부분을 가리켰다.

상해동천(想海東天).

─해동의 하늘을 그리워한다.

인연자입(因緣子入).

─연자는 이곳에 들라.

유해동지검(有海東之劍).

─여기 해동의 검이 있으니.

지해동지검 서천하(知海東之劍 恕天下).

─해동의 검이 천하를 용서한 것을 기억하라.

그리고 그 글귀 밑으로 작은 동굴의 입구가 수풀에 가려져 있었다.

"정말 이곳에 사람이 살았었나 보군요. 아마도 해동 사람이었나 봐
요."

"그렇지? 아무래도 이곳은 해동에서 가까운 곳이니……."

"우리 한번 들어가 봐요."

"그럴까?"

황벽과 설연이 동굴 앞의 수풀을 베어내자 한 사람이 고개를 숙이고
들어설 만한 크기의 동혈 입구가 모습을 드러냈다. 황벽이 먼저 동굴
로 들어가자 설연이 따라 들어갔다.

동굴 안은 의외로 밝았다. 동혈의 입구가 동남쪽을 향해 나 있어서
낮이면 하루 종일 빛이 들어올 만했다.

동굴의 넓이는 대략 지름이 오 장 정도였는데, 한 사람이 생활하기
에는 넉넉하였다.

동굴 안 여기저기에는 낡아 만지기만 하면 부서질 정도의 손으로 만
든 나무 탁자며 의자 등이 있었고, 탁자 위와 한쪽에 만든 주방인 듯한
곳에는 이런 무인도에서는 보기 힘든 자기로 만든 그릇이 있었다.

그리고 동굴의 입구가 정면으로 보이는 서북쪽 벽에 아주 오래된 시
신이 가부좌를 튼 채 앉아 있었다. 비록 시신이 오래되어 이제는 뼈만
남아 있었으나 그 자세에서 자연스런 위엄이 흘러나오고 있었다.

시신 앞에는 얇은 책자와 검이 하나 놓여 있었는데 검의 모양이 특
이했다.

그 검은 오히려 도에 가깝게 무거워 보였다.

"아마도 고인이 남긴 유품인가 봐요. 우리 한번 읽어봐요, 황 가가."

"그럴까?"

황벽과 설연은 사체의 앞에서 정중히 절을 하고는 얇은 책자를 집어

들었다.

　책자는 너무 오래되어 조그만 힘만 주어도 부서져 내릴 것 같았다. 황벽과 설연은 조심스럽게 겉장을 넘겼다. 책장을 넘기자 힘이 넘치는 서체의 글이 눈에 들어왔다.

　사람이 죽고 사는 것은 하늘에 달려 있다. 또한 사람의 만나고 헤어지는 것도 하늘에 달려 있다. 돌이켜 보면 사람이 살면서 자신의 의지대로 행할 수 있는 일이 얼마나 될 것인가?
　연자여, 그대들은 어떤 운명을 타고 이곳까지 흘러왔는가?

　글의 첫머리에 느껴지는 비장함이 설연과 황벽의 가슴을 아리게 파고들었다. 둘은 숙연한 마음으로 계속 글을 읽어 내려갔다.

　나는 해동 사람이다. 이제 이곳에서 곧 내 삶을 마감하려 하니 멀리 바다 너머 해동의 높은 가을 하늘이 그립구나. 내 어찌 이곳에서 삶을 정리할 줄 알았으랴.
　나는 어려서부터 해동의 영지 백두산에 들어 태극문의 진전을 이어받았다. 태극문은 선도를 추구하는 문파로서 세속의 일에 관여하지 않았다. 태극문의 선조들은 태극문에 내려오는 비전을 수련해 대부분 선계에 들 수 있었다.
　선계라……
　인간에게 선계가 어찌 따로 있으랴. 선조들은 모두 자신을 여의고 인연의 세상을 여의는 경지에서 삶을 마감하였으므로 그들은 곧 살아서 선계에 든 것이라 할 수 있는 것이다.

　이러한 청정한 사문의 기풍이 내 대에 와서 이렇게 끊어짐은 내가 전생에 쌓은 업이 하늘에 닿았음이 아니면 무엇이겠는가?

　내 나이 서른에 태극문에 기재가 한 명 들어왔다. 그는 뛰어난 인재의 집합소인 태극문에서도 단연 군계일학이었다. 사부와 사숙들은 모두 그가 태극문의 선도를 재정립할 것이라 기대하였다. 하지만 그런 사문의 기대는 무참히 쓰러져 버렸다.
　애초에 해동의 문파에 한족을 받아들이는 것이 아니었다.
　그는 뛰어난 재능을 가지고 있었지만 해동인이 가지고 있는 선천적인 선기가 부족하였다.
　해동인은 예로부터 선기가 강한 민족이었다. 그래서 해동에서 뛰어난 고승과 이름난 선덕이 많이 배출되었던 것이다.
　그에 비에 한족은 세속의 영화에 얽매임이 강하였다.
　그의 나이 서른이 되었을 때 내 나이 오십에 가까워져 있었다. 어느 날 태극문에 재앙이 닥쳤다. 그동안 태극문을 유지하던 비전이 사라진 것이었다.
　그는 중원에서 몇몇의 조력자를 끌어들여 여러 문도를 해하고 비전과 영약을 훔쳐 중원으로 달아났다.
　비전은 위험한 것이었다. 그것에는 세상을 오시할 능력을 키우는 방법들이 들어 있었다. 사부와 사숙들은 나로 하여금 비전을 되찾아올 것을 명령했다.
　그때부터 나의 삶은 중원에서 이어졌다. 한순간 한순간 해동의 하늘을 그리워하던 나는 어느 날 내가 이미 칠십이 넘었다는 것을 깨달았다.
　나는 이십 년 동안 중원을 헤매고 다닌 것이었다.

나는 절망했다.

사문의 기대를 충족시킬 수 없을 것 같았다. 태극문의 비전은 끊어져 버릴 것이다. 내가 절망에 지친 몸을 해동으로 돌릴 때 내 앞에 그가 나타났다.

내 앞에 나타난 그는 폐인이 되어 있었다.

그는 사문을 원망했다.

'나는 아직도 이해할 수가 없소. 그 높은 무공과 세상을 오시할 정도의 능력을 가지고도 왜 태극문은 세상에 나오지 않는 것이오. 자신만을 위해 도를 닦아 우화등선한들 그것의 공덕이 얼마겠소. 하늘이 재능을 준 것은 세상에 보탬이 되라고 한 것이 아니겠소? 태극문은 세상에 무엇을 던져 주었소? 나의 집안과 같이 힘없고 가엽게 쓰러져 가는 민초들을 위해 그 힘을 쓸 수는 없었소? 나는 결코 사람들을 외면하기 싫었소. 힘없는 자의 편에 서고 싶었소. 그게 나의 잘못이오? 그것이 내가 이렇게 천벌을 받아야 하는 이유요? 사형, 말 좀 해보시오.'

그는 절규했다.

나는 그에게 인간 세상의 일은 모두 하늘의 정해진 법칙에서 벗어나지 못한다는 것과 선도를 닦는 태극문의 인간세에서의 위치는 그렇게 백두의 한곳으로 정해져 있다는 것과 무서운 능력을 세상에 보인다는 것은 또 그만큼의 무서운 재앙을 세상에 보인다는 것과 마찬가지라는 것을 말해 줄 수 없었다.

그는 이미 숨이 끊어졌던 것이다.

그의 품속에는 비전이 없었다. 단지 그가 한평생을 바쳐 얻은 듯한 다섯 초식의 검법이 적힌 양피지만이 들어 있었다.

그리고 함께 태극문에 들었던 다섯 명의 신분이 있었다.

사문의 비전은 유실되었다. 그것이 그가 사문에 던진 마지막 화두일까.

사문의 비전을 찾으려면 세상에 관여하라?

나는 사제와 함께한 중원인들을 찾아보았다. 그들은 무림인이었고 중원에서 오제라 불리었다. 그들은 각각 다섯 문파의 수장이었으며, 중원을 뒤흔들 세력을 가지고 있었다.

나는 그들의 문파를 없앨 힘을 가지고 있었다.

하지만 그것은 천도를 어기는 것이었다.

난 그 다섯 사람을 따로 불러내어 비무를 펼쳤다. 그들은 나의 손에 십 초를 견디지 못했다. 나는 그들에게 이곳 구룡해협 한곳에 은거할 것을 요구했다.

그 대가로 그들의 가문은 보전시켜 주기로 하였다.

나는 사문의 비전은 포기했다.

그들도 비전의 행방은 모르고 있었다. 그렇다고 빈손으로 사문으로 돌아갈 수도 없었다.

나는 이곳 해동과 가장 가까운 무인도에서 삶을 정리하기로 하였다. 사문은 또 그 나름대로의 방법으로 선도를 깨쳐 나갈 것이다.

세상일은 그렇다.

없을 것 같은 곳에 길이 있는 것이다.

그가 목숨을 잃은 것은 당연하였다.

비전을 익히려면 온몸에 오행진기가 균일한 사람이라야 대성할 수 있었다. 그런 사람은 인세에 보기 힘든 법이다. 사문에서도 그 깨우침의 구절만을 인용할 뿐 함부로 비전을 익힌 사람은 없었다.

사문의 개파조사 이후 두 분의 선조만이 비전에 속한 모든 능력을 얻을
수 있었다.

하지만 그럼에도 태극문에는 우화등선하는 선인이 많았다. 그것은 깨달
음이란 결코 무공 능력에 의한 것이 아님을 말해 준다.

이제 태극문은 말 그대로 선도의 문파가 될 것이다. 하지만 사문의 명을
이루지 못한 나는 돌아갈 수 없다.

이곳 무인도가 나의 무덤이 될 것이다.

연자여!

이곳에 나의 사제가 남긴 다섯 초식의 검법을 남긴다. 비록 악연이었지
만 그의 무공에의 재능은 앞으로 다시는 세상에 나타나기 힘들 것이다.

그의 검법은 뛰어나다. 만약 그가 오행이 균일한 사람이었다면 어쩌면
그는 그의 꿈, 약한 자들을 위한 세상을 만들 수 있었을지도 모른다.

그대, 인연이 닿아 이 검초를 얻게 된다면, 부디 사제의 바람대로 없는
자, 약한 자를 위해 사용하기 바란다.

마지막으로 당부하는 것은 그대가 비록 무적의 능력을 얻었다 하더라도
결코 하늘의 도에서 멀어지지 말라. 순리에 어긋나면 그대가 가진 능력이
그대를 해할 것이다.

그리고 기억하라.

해동의 한 검이 한족을 용서하였음을…….

긴 글이 끝났다. 황벽은 멍하니 동혈의 입구로 바라다 보이는 동쪽
바다를 응시했다. 그리고 사람의 인연에 대해 생각했다.

이백 년이 지난 오늘 이 무명노인의 인연은, 아니, 먼 해동 태극문의

인연은 황벽을 찾아든 것이었다. 그가 익히고 있는 건곤신공은 바로 태극문의 비전인 것이다.

그때 설연도 노인의 글에서 풍겨 나오는 삶의 아련한 슬픔으로 인해 숙연한 기분에 빠져들었다.

자신의 사조인 현제 고력신의 치부를 들여다본 것은 괜찮았다. 무인으로 강한 무공에의 유혹을 이겨내지 못했다는 것은 비록 동의할 수는 없지만 이해할 수는 있었다.

그리고 오제지비의 비밀도 이제는 풀렸다.

그들은 무공을 연마하기 위해 함께 떠난 것이 아니었다. 그들은 무명노인의 강압에 의해 억류된 것이었다. 그래서 그들은 자신의 후손들이 자신들을 찾기를 바라며 오제도의 지도를 세상에 남긴 것이었다.

세상은 숨겨진 진실에 무관심하다.

그리고 그 비밀은 어쩌면 영원할 것이다. 오제는 결코 후인들에게 자신들의 치부를 드러내지는 않았을 것이기 때문이다.

오제도에 든 이들은 아마도 무명노인이 남긴 진실을 알 수 없을 것이다. 그들 앞에는 위대한 사조의 무공만이 존재할 것이다.

둘은 아무 말 없이 노인의 시신 앞에 다시 절을 올렸다. 그리고 경건한 마음으로 다섯 초식의 검법이 적힌 양피지와 검을 들고 동굴 밖으로 나왔다.

그들은 다시 북쪽에 위치한 자신들의 오두막으로 돌아가기로 하였다. 비록 이 분지가 생활하기에는 더 좋을 듯했으나 이곳은 이 해동의 무명노인의 장소로 놓아두고 싶었다.

오두막으로 돌아온 황벽과 설연은 다섯 식의 무공을 연마하기 시작하였다.

그들은 그것을 절대오검이라 불렀다.

절대오검은 모두 다섯 초식으로 이루어져 있었다.

검보의 첫 장에는 그 다섯 초식의 명칭과 그 본색이 간단히 적혀 있었다. 그리고 다음 장부터 다섯 초식 하나하나에 대한 상세한 설명이 들어 있었다.

일초 출(出) : 소리없이 나아간다.

이초 절(切) : 한칼에 끊어낸다.

삼초 환(幻) : 만 가지의 변화에 칼을 감춘다.

사초 망(網) : 칼의 그물로 하늘을 가둔다.

오초 멸(滅) : 모든 것이 사라진다.

한 초식, 한 초식이 모두 심오한 검도 고수의 깨달음이 담겨 있어, 누구든 쉽게 익힐 수 있는 것이 아니었다. 다행히 설연의 검도에 대한 조예가 깊어 나름대로의 해석을 할 수 있었다.

설연은 첫 번째와 두 번째 초식은 무리없이 연마할 수 있었으나, 세 번째 초식부터는 익히기 힘들었다.

환(幻), 망(網), 멸(滅)로 이어지는 세 번째 초식부터 다섯 번째 초식은 내공의 소요가 엄청나고 오행지기의 원활한 교류 없이는 펼치기 어려운 초식이었던 것이다.

그러나 그녀가 익힌 두 초식만으로도 그녀는 능히 검후의 이름에 오를 만했다.

그리고 나머지 세 초식의 원리를 이해함으로서 그동안 부족했던 화산의 비전도 장족의 발전을 할 수 있었다.

황벽의 무공은 그 끝을 알 수 없을 정도로 깊어지고 있었다.
그의 하단전과 중단전에는 이제 더 이상 쌓을 수 없을 만큼의 내공
이 쌓이고 있었다. 강력한 내공은 그가 익히는 검법의 위력을 배가시
켰다.
이제 중원에서 과연 누가 황벽의 검을 막을 수 있을 것인가?
설연은 시간이 지나면 지날수록 강해지는 황벽의 무공에 일종의 불
안감까지 느끼고 있었다.
그렇게 시간은 흘러가고 있었다.

어느덧 다시 한 번의 가을이 지나고 무인도에 봄이 왔다.
처음 무인도에 표류한 후 삼 년이 지난 것이다.

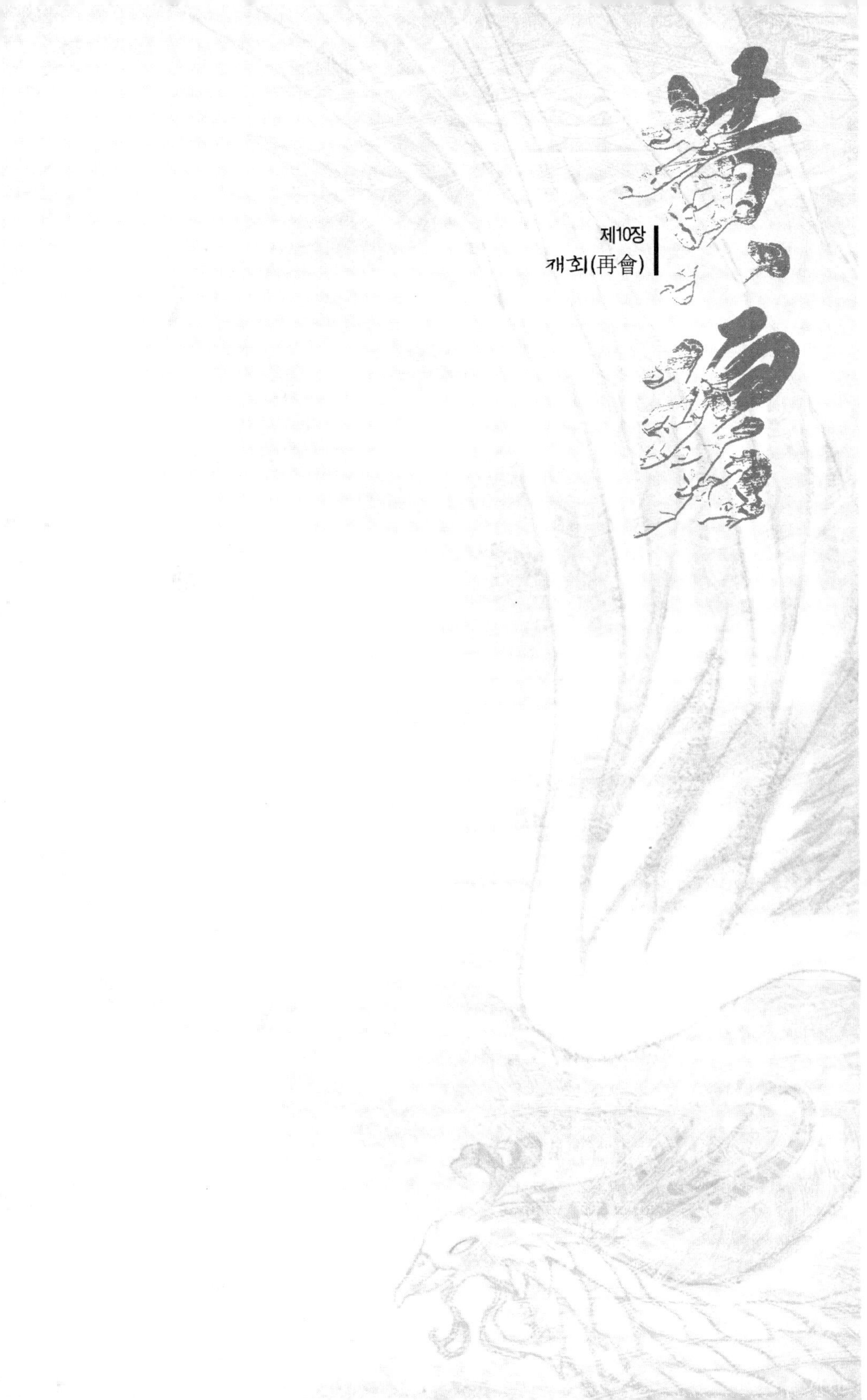
제10장
재회(再會)

그때 무림은 팽팽한 균형을 이루고 있었다.

정의맹과 패천맹은 호북성을 중심에 두고 둘러싸듯 포진해 있었다.

정의맹의 총단은 호북의 북쪽에 이어진 하남성에 있었고, 사천에도 별도의 세력이 있었다. 패천맹의 총단은 감숙에 위치해 있었으며 호남성에 일단의 세력을 보유하고 있었다.

만약 다시 전쟁이 벌어진다면 하남, 감숙, 사천, 호남으로 둘러싸어진 호북성이 최대의 격전지가 될 터였다.

정의맹의 주요 문파들은 중원의 중심부를 차지하여 사천, 하남, 강서, 안휘, 산서, 하북 등지를 자신들의 세력권에 넣고 있는 반면, 패천맹은 호남을 제외하고는 비교적 척박한 지역인 귀주, 복건, 감숙, 청해, 운남을 기반으로 그 세력이 유지되고 있었다.

어떤 면에서 무림에서 지역적 구분은 의미가 없었다.

무림의 전투는 몇십 만의 대군을 투입하는 나라와 나라의 전투가 아닌 소수의 고수들이 동원되는 무림문파 간의 전투였으므로, 그 전투 지역은 전 중원을 대상으로 하고 있다고 할 수 있었다.

하지만 일정한 세력권을 유지하는 것을 간과할 수는 없었다. 그들도 하나의 세력이었으므로 경제적 기반을 확보해야 했으며, 경제적 기반은 지역의 통제에서 나오는 것이었다.

비록 휴전 이후 상련에서 막대한 자금이 양 진영에 배분되기는 하였지만 그것은 정의맹이나 패천맹의 총단을 유지하는 것에 대부분 소진되었다.

따라서 그에 속해 있는 각 문파들은 자신들만의 지역적 기반을 확보함으로써 생존의 기반을 다져야 했다.

하남성 남단에 황하의 한 지류를 끼고 석산(石山)이라 이름 지어진 험한 산이 있었다.

그곳은 비록 중원의 이름있는 산처럼 웅장하거나 경치가 수려한 곳은 아니었지만, 황하를 따라 내려갈 수 있는 수로의 요지였고 중원의 각 지역으로 신속하게 이동할 수 있는 교통의 요지였다.

또한 산 전체가 대부분 기암괴석들로 이루어져 일반인이 수월하게 접근할 수 없는 곳이기도 하였다.

그 석산에서 강이 내려다 보이는 분지에 십이삼 년 전 어느 날, 거대한 건물들이 들어서기 시작하더니 곧 수만 평에 이르는 지역에 사람들이 거주하기 시작하였다.

그리고 그 분지를 둘러싸고 목책이 들어섰고, 분지 안으로 들어가는 곳에는 십여 장 높이의 커다란 정문이 세워졌다.

정문의 위쪽에 걸려 있는 힘찬 글씨의 편액이 이곳이 어디인지를 가리키고 있었다.

정의맹(正義盟).

이곳이 바로 정의맹의 총단이었다.

정의맹의 주 세력은 이곳 총단과 사천의 사천 총단에 머물러 있었다.

사천 총단을 별도로 세운 것은 사천에 정의맹의 주요 세력인 아미파, 청성파, 점창파와 사천당문이 밀집되어 있고, 천산의 곤륜파와도 인접해 있었기 때문에 별도의 총단을 세워놓은 것이다.

또한 패천맹의 총단이 있는 감숙에 위치한 공동파의 지원을 위한 목적도 있었다.

공동파는 지난 무림대전에서 패천맹 총단과 가장 가까운 곳에 위치함으로서 구파 중 가장 심각한 타격을 받은 문파였다. 하지만 지리적으로 패천맹과 최전선에 위치한 관계로 휴전 후 정의맹의 지원을 가장 많이 받고 있는 문파이기도 했나.

정의맹 석산 총단에는 소림, 무당, 화산, 종남의 사파와 개방, 그리고 남궁세가, 하북팽가, 제갈세가, 진주언가의 오대세가 중 네 곳이 주력을 형성하고 있었다.

비록 사천에 별도의 총단이 있기는 하였지만 구파일방의 수뇌들은 대부분 석산 총단에 모여 있었고, 사천 총단의 경우 아미의 대장로인 멸절 사태가 총사령으로 관리하고 있었다.

석산의 정의맹 총단에는 한때 오천여 명의 무림인이 집결한 적도 있었으나 지금은 대부분 각파로 돌아가고 일천여 명의 정예 전력만이 남아 있었다.

정의맹의 조직은 의외로 간단했다.

맹주로 있는 무당제일인 장의현과 총군사로 있는 제갈세가의 제갈의현을 제외하고 나머지 구파의 장문과 오대세가의 가주들은 모두 원로원에 들어 있었다.

비록 맹주가 있기는 했지만 모든 결정은 이 원로원에서 합의 하에 도출되었다.

조직도 단순하여 정보 조직인 주작단을 제외하고는 청룡, 백호, 봉황의 세 개의 전투 집단만을 운영하고 있었다.

무림대전 시에는 별도 조직으로 패천맹과의 전투에 임했으나, 휴전을 하면서부터는 방대한 전투력을 유지할 필요가 없었기 때문에 최소한의 전력만을 유지하고 있는 것이었다.

정보 조직인 주작단의 단주는 총군사 제갈의현이 맡고 있었다. 휴전 기간 중 가장 활동이 왕성한 곳은 단연 주작단이었고, 그 인원도 이백여 명에 육박하고 있었다.

중원 곳곳에 산재한 정의맹의 문파와 개방의 방도들이 얻은 모든 정보는 주작단으로 모여들었고, 주작단은 그 정보를 분석하여 원로원과 맹주부에 매일 한 차례씩 보고를 올렸다.

청룡단은 주로 총단 외부에서 일이 발생했을 때 출격하는 정의맹 최고의 무력 집단으로 소림의 장로인 광료신승이 단주를 맡고 있었다.

광료신승은 그 성정이 불도를 닦는 승려답지 않게 괄괄하고, 불의를 참지 못하는 성격으로 지난 정사대전에서 그의 손에 수없이 많은 패천맹의 고수가 쓰러져 나갔다.

백호단은 석산 총단의 수비를 맡았으며 단주는 남궁세가 가주의 동생인 남궁석이 맡고 있었다.

봉황단은 사천 총단의 무력을 일컫는 말이었다.

패천맹의 총단은 섬서와 사천을 바라보는 감숙성 길현에 있었다.

길현은 주위가 작은 산으로 병풍처럼 둘러싸인 이만 평의 분지였는데 외부의 적을 막기가 좋고, 그곳 또한 예로부터 이민족이 중원을 도모할 때 항상 먼저 선점하고자 했던 교통의 요지였다.

정의맹의 사천 총단과 마찬가지로 호남성에는 패천맹의 별도 세력이 집결해 있었다.

호남성 패천맹의 세력은 주로 천독림과 장강수로연맹의 고수들로 구성되어 있었는데, 특히 운남의 천독림 본거지와 가까워 천독림 독공 고수들이 쉽게 독의 재료를 운반할 수 있는 이점을 가지고 있었다.

또한 경제적 기반이 척박한 감숙과 비교해 중원의 중심 상권에 해당했으므로 풍부한 재원을 확보하기 용이하였다. 현 시점에서는 패천맹 경제력의 삼 분지 이가 이 호남 패천맹에서 나오고 있었다.

감숙과 호남을 연결하는 호북 섬서의 선로는 정의맹의 하남 사천을 연결하는 선로와 호북과 섬서의 경계 지점에서 겹치고 있었다.

패천맹의 총단에도 일천 명가량의 인원이 머물고 있었다.

패천맹은 비마대라는 하나의 정보 조직과 총단을 수호하는 수라마대, 그리고 혈사대를 운영하고 있었다.

비마대의 총괄은 패천맹의 군사인 혈뇌자가 맡고 있었는데, 혈뇌자는 별도의 세력을 가지고 있지 않아 모든 문파로부터 군사로 추대되었다.

패천맹 내의 세력 다툼은 정의맹보다 치열하여 정보를 총괄하는 군사의 자리에 한곳에 소속된 인물이 앉는 것을 각파가 모두 꺼려했기 때문에 혈뇌자가 총군사의 자리에 앉은 것이었다. 또한 혈뇌자에게는 그만한 능력이 있었다.

패천맹 정보 조직인 비마대는 휴전 후 정의맹의 주작단과 같이 가장 활발한 활동을 펼치면서 패천맹 내의 위치를 확대해 가고 있었다.

과거 남궁인 등의 일행에 침투했던 노일, 노이 형제가 바로 이 비마대 소속이었다.

수라마대가 총단 수비와 공식적인 대외 활동을 맡고 있었지만, 암중에 일어나는 실질적인 대외 활동은 바로 황벽 일행과 부딪쳤던 혈사대가 맡고 있었다.

진회의 실종 전 혈사대는 진회를 포함 십일 명으로 구성되어 있었으나 주 전력인 진회가 빠지자 그 전력 공백을 인원으로 메워 현재는 오십여 명으로 확대되었다.

대주는 과거 부대주였던 염장이 맡고 있었다.

무림은 조용하였다.

소리없는 움직임을 보이는 주작단과 비마대의 활동만 없다면 무림은 정사의 대치를 느끼지 못할 정도로 무림인의 활동이 적었다.

각 문파에서는 최대한의 전력 양성을 위해 거의 봉문에 가까울 정도로 활동량을 줄이고 있는 것이었다.

어느 날, 먼 동쪽 바다의 작은 바위섬에서 한 마리의 전서구가 날아오르기 전까지 무림은 평온한 상태를 유지하고 있었다.

작은 바위섬에서 날아오른 전서구는 거친 바다를 지나 어느 작은 포구에 잠시 머문 뒤 다시 높은 산과 넓은 강을 지나 자신이 알던 하나의 작은 건물 창가에 내려앉았다.

그리고 그 전서구가 창가에 내려앉은 지 하루 만에 이번에는 또 하나의 전서구가 그 창가로부터 백여 장 떨어진 곳에서 칠흑 같은 어둠을 뚫고 날아올랐다.

그 전서구는 서쪽으로 날아 또 다른 작은 창가에 앉았다.

두 마리의 전서구가 가지고 온 소식은 거의 동일하였다.

신오제 오제지비 득(新五帝 五帝之秘 得).

그로부터 삼 일 후, 정의맹과 패천맹 양 진영에서 일단의 인물이 조용히 각자의 총단을 빠져나갔다.

그들이 향한 곳은 상해 황벽의 고향, 노룡촌 방향이었다.

*   *   *

황벽 일행이 노룡촌을 떠난 지 삼 년이 막 지난 어느 날, 노룡촌 포구에서 진가장의 장주 진무외는 다시 한 번 누군가를 바다로 떠나보내고 있었다.

하지만 이번 일행은 삼 년 전 황벽 일행과는 많은 차이점을 가지고 있었다.

일단 배의 크기가 달랐다.

황벽 일행이 타고 나간 배는 작은 흑선이었으나, 지금 포구를 떠나고 있는 배는 길이가 이십여 장에 이르고 있었다.

배의 크기에 비해 승선 인원은 그리 많지 않았다.

몇 명의 능숙한 뱃사람을 제외하고는 십여 명의 인원이 배에 탄 사람의 전부였다. 배의 크기에 비하면 초라한 일행이라 할 수 있었다.

황벽 일행과의 차이점은 또 있었다.

삼 년 전에는 배의 출항이 아주 조심스럽게 이루어졌지만 지금의 출항은 모든 것이 공개적으로 이루어지고 있었다. 또한 아주 젊은 사람들로 구성되었던 삼 년 전 일행과는 달리 이번 일행 중 나이가 가장 적어 보이는 사람조차도 사십이 넘어 보였다.

그들은 바로 보름 전 정의맹을 떠나온 사람들이었다.

배의 선두에 두 명의 백의인이 바닷바람을 맞으며 서 있었다. 해풍에 부드럽게 휘어져 어깨 근처로 흐르는 흰 수염을 가진 사람이 입을 열었다.

"그 아이들이 귀환한다고 해서 이렇게까지 부산을 떨어야 하는 것인지……."

화산파 장로 혁무외였다.

나이 육십에 정의맹 원로원 가입이 언급되는 화산의 고수였다.

"허허허, 그럴 만하지 않습니까? 신오제라… 우리 정의맹뿐만 아니라 무림의 판도가 바뀔 일입니다."

대답을 한 사람 또한 육십을 넘긴 나이에 백의를 입고 있었는데 한 자루의 검을 허리에 찬 모습에서 일대 검객으로서의 풍모가 자연스레 배어 나오고 있었다.

"남궁가주님의 생각은 어떠셨습니까?"

"사실 형님께서도 그 아이들을 맞이하는 데 이렇게까지 부산을 떠는 것은 마음에 들지 않아하셨지요. 그 아이들이 타고 나간 흑선이 지난 삼 년간 돛이 상하고 배가 낡아 위험하다는 연락만 없었어도 저희들조차 보내는 것을 반대하셨을 겁니다. 하지만 원로원의 결정이니 어찌하겠습니까. 따르는 수밖에요."

혁무외와 같이 선 이 사람이 바로 현 남궁가주의 두 번째 동생인 남궁헌이었다.

현 남궁가주인 남궁룡과 백호단주인 남궁석, 그리고 남궁헌을 가리켜 무림에서는 강남삼절이라 불렀다. 무림대전 발발이 남궁세가와 장강수로연맹의 분쟁에서 발생되었음에도 불구하고, 의외로 남궁세가는 그 전력이 제법 잘 보존된 문파 중의 하나였다.

그것은 그들의 무공이 뛰어나다는 반증이기도 하였지만 그보다는 현 가주인 남궁룡의 뛰어난 지략 덕분이라는 것이 중론이었다.

남궁룡의 뛰어남은 정의맹의 주요 요직인 백호단의 단주를 강남삼절의 하나인 남궁석이 맡고 있다는 것을 보아도 알 수 있었다.

그런 형들의 그늘에 가려 남궁헌은 잘 드러나지는 않았으나, 무림에 오래 몸담은 사람들은 남궁헌이야말로 정말 무시운 검객이라는 사실을 알고 있었다.

그의 칼은 다른 형제보다 더욱 빠르고 더욱 냉정했다.

하지만 더욱 무서운 것은 그는 그 날카로움을 평상시에는 절대로 밖으로 드러내지 않는다는 것이었다.

그래서 처음 그를 대하는 사람들은 그의 사람 좋은 풍모에 그의 검에 대한 소문을 잊어버리곤 하였다.

지금도 남궁헌은 여전히 사람 좋은 웃음을 보이며 혁무외의 질문에 대답하고 있었다.

"하긴 저희 장문인께서도 원로원의 결정이라 어쩔 수 없다고 하더군요. 원로원에서 이런 번거로운 일을 결정하다니 참… 저희야 사문의 아이들을 보러 가는 것이니 그렇다 쳐도, 신오제 소속 문파가 아닌 곳의 장로들까지 동행시켰다는 것은 좀 무리가 아닙니까? 아무리 그 아이들이 신오제라 해도 나이 든 무림명숙으로 하여금 마중을 나가게 하다니……."

"혁 장로님, 그건 그렇지 않습니다."

"……?"

"저들도 이번 신오제 마중 길에는 기꺼이 따라나섰을 겁니다. 생각해 보세요. 신오제의 출현은 정의맹 내부의 역학 구도를 바꿀 수 있는 커다란 사건입니다. 그들은 아마도 그들의 눈으로 신오제의 실체를 보고 싶어했을 겁니다. 아마도 이번 길에 무림명숙들이 대거 포함된 것은 신오제 출신 문파 이외의 문파에서 더 강력하게 제안했을 겁니다."

남궁헌의 설명에 혁무외는 고개를 가볍게 끄덕였다.

"흠, 생각해 보니 그렇겠군요. 저들은 정말 그 아이들의 능력을 눈으로 확인해 볼 필요가 있었겠지요. 그 아이들의 능력이 과연 과거 오제에 이르렀는지… 아니면 무시해도 좋을 정도인지를."

"이렇게 되면 앞으로 정의맹 내부 구도는 신오제 출신 문파와 그 외 문파로 갈리게 되는 것인가요?"

"아무래도 그리되지 않겠습니까? 저들의 중심에는 아무래도 무당과 소림, 그리고 제갈가가 서겠지요. 그들이 기른 힘도 그리 가벼운 것은 아니라 들었는데."

"가벼울 리가 없지요. 천년소림에 대호무당입니다. 거기에 신산 제 갈가라… 그들이 길러온 후기지수가 어찌 신오제에 뒤진다고 장담할 수 있겠습니까?"

"그렇겠지요? 아무튼 이번 신오제 출현을 계기로 변화되는 역학 구도가 가급적 정의맹 전력의 상승을 이끌어내었으면 좋겠습니다."

"그러면 더 이상 바랄 게 없겠지요. 저들이 신오제의 존재를 순순히 인정해 주기만을 바랄 뿐입니다. 결국은 그 아이들 능력에 달렸겠지요."

어느새 배는 대양의 한가운데에 나와 있었다.

그들이 향하는 곳은 신오제가 기다리고 있는 구룡해협의 작은 섬이었다.

*   *   *

삼 년이라는 시간은 사람이 살아가는 동안 얼마만큼의 무게를 가지는 것일까? 어쩌면 그것은 각 개인이 그 시간 동안 경험한 것들의 합에 비례할 것이다.

그런 면에서 본다면, 단언컨대 이 구룡해협의 작은 섬에 기거하고 있는 아홉 사람에게 지난 삼 년은 그들 일생에서 가장 중요한 시간으로 기억될 것이다.

이곳에서 그들은 이전의 삶과는 전혀 다른 이후의 삶을 살아갈 무엇인가를 얻었던 것이다.

아홉 사람이 공지의 중앙에 있는 정자에 다시 모여 앉았다. 그들의 복장은 예전의 것이었으나 사람은 모두 예전의 그들이 아니었다.

오제비동에 든 사람들의 변화는 이미 예상했던 일이었으나 예상치 못한 변화를 보인 사람들도 있었다.

그들은 이 섬에 들어올 때 한 세가에 속한 잡부였으나, 이제는 비록 신오제에 비견할 수는 없지만 한 명의 단단한 무인의 눈빛을 가진 사람들로 변해 있었다.

진승과 오삼이었다.

처음 남궁인 등이 진승과 오삼을 대했을 때 그들은 이 섬에 또 다른 어떤 비전이 숨겨져 있었나 하는 생각조차도 하였었다. 그만큼 그 둘은 변화되어 있었다.

막여의 지원공은 이곳 바위섬에서 온전히 두 사람에게로 전수되었다.

두 사람의 재질이 가히 뛰어난 것은 아니었으나, 이 작은 섬에서의 할 일이라고는 하루 종일 무공 수련밖에 없었으니 그들의 성취는 당연한 것이었는지도 모른다.

거기다가 그들은 막여라는 절정고수를 사부로 두고 있었다.

막여의 가르침은 섬세하고 간단하여 체계적인 무공 수련을 하지 못한 두 사람에게도 아주 쉽게 지원공의 본체를 전수해 주었던 것이다. 과거 황벽에게 막여가 했던 것처럼.

그리하여 남궁인은 비동을 나온 지 하루 만에 그들에 대한 호칭을 변화시키는 것을 아주 자연스럽게 받아들였고, 나머지 사람들도 이제 막여의 정식 제자가 된 그들을 예전처럼 대할 수 없었다.

아마도 이 섬을 나가면 막여와 그 두 사람은 더 이상 남궁세가의 집사나 잡부로 남아 있지 않을 것이다.

아니면 벌써 그러한 신분에서 벗어나 있었는지도 몰랐다.

사람의 신분이 바뀌었어도 그들이 하는 일은 같았다.

오늘도 진승과 오삼은 야생초를 다린 차를 정자에 모인 사람들에게 가져다주고 있었다. 그리고는 정자의 한쪽 끝 막여의 뒤쪽에 자리를 하고 앉았다.

"어르신, 두 제자 분의 성취가 정말 남다릅니다."

"남궁 공자, 과한 말을 하는군. 자네들이 삼 년 동안 성취한 바를 아는데 그런 말을 하다니 혹 무공을 수련하며 안면공도 함께 수련했나 보네그려."

"하하하… 어르신도 많이 변하셨습니다. 과거에는 농을 안 하시던 분이셨는데. 그나저나 정말 두 제자 분의 성취는 무림에 드문 일일 겁니다. 나이들도 무공을 익히기에는 늦은 나이인데."

"하긴 저 녀석들 뼈가 좀 굳어 있긴 하더군. 하지만 지원공이라는 것이 뼈마디가 좀 굳어 있어도 크게 영향을 받지는 않는다네. 무공 자체가 좀 무식해. 내 도를 보았지 않는가?"

남궁인은 고개를 끄덕였다.

막여의 말처럼 지원공을 바탕으로 하는 그의 도법은 섬세함보다는 강함을 추구하였다.

과거 막여가 진회와 맞설 때에도 진회의 그 날카로운 협봉검에 막여는 무지막지한 파괴력을 보인 도법을 전개하여 맞섰던 것이다.

"이번에 귀환하시면 앞으로는 어찌하실지… 제 욕심으로는 계속 저희 남궁가에 남아주셨으면 합니다. 물론 두 제자 분도 이제는 한 명의 무인으로 남궁가에 머물러 주시기 바랍니다만."

모두의 시선이 막여에게로 모아졌다.

현 시점에서 막여의 거취는 상당히 중요한 의미를 내포하고 있었다.

막여의 진실된 무공이 드러나고 또한 절정에 이른 두 명의 제자를 길러낸 지금 그들이 남궁세가의 주 전력으로 남을 경우, 무림대전 이후 절정고수의 부족에 시달리고 있는 무림에서 남궁세가는 단연 앞서 나가게 될 것이기 때문이었다.

비록 신오제에 들지는 못하지만 남궁지인도 어느 정도의 성취를 보이고 있고, 신오제의 한 명인 남궁인은 말할 것도 없이 강남삼절이라 불리는 세 명의 절대고수까지 보유하고 있는 남궁세가였다.

"글쎄, 이곳으로 떠날 때 남궁가주께도 말씀드렸지만, 잠시 세가를 떠나야 할 것 같으이. 늘그막에 제자들을 얻었으니 잠시 이들과 여행이라도 해보고 싶네."

막여는 말을 마치면서도 황벽의 생각에 가슴이 아렸다.

'그놈만 살아 있다면… 휴, 어쨌든 이들과는 노룡촌에서 헤어지고 다시 구룡해협을 뒤져 봐야겠어. 명이 짧은 녀석은 아닌 것 같았으니.'

"어르신 뜻이 그러하시다면 아쉽지만 어쩔 수 없지요. 하지만 항상 남궁가에서 어르신을 기다린다는 것을 알아주시기 바랍니다."

아쉬움을 담은 남궁인의 목소리가 들렸다.

하지만 나머지 신오제들은 속으로 안도의 한숨을 내쉬었다. 비록 같은 정의맹 소속이라도 각 문파의 경쟁은 계속되고 있었고 그중 한 문파의 독주는 다른 문파로서 달갑지 않은 일이었던 것이다.

신오제라 불리우는 이들 다섯 명 남궁인, 고봉정, 능소개, 당정, 임혜련은 이곳 오제도에 들 때만 해도 젊음이 피어나는 나이였다. 그때 그들은 자신의 무공에 대한 열정으로 넘쳐 나고 있었다.

그러나 이제 그들 중 가장 나이가 적은 임혜련조차도 스물다섯을 넘기고 있었다. 이제 그들은 자신들의 문파를 생각할 나이가 된 것이었다.

"아, 이거 분위기가 왜 이래. 좋은 날 아닌가? 술이라도 한잔했으면 좋겠는데."

능소개였다.

사람들도 짐짓 표정을 밝게 하며 옆에 사람과 대화를 나누기 시작하였다.

"능 오라버니, 걱정 마세요. 지금 오고 있는 숙부님이 아마도 배 가득 술을 가지고 오실 테니 나중에 거기에 목욕이라도 하세요."

"오, 역시 나를 알아주는 건 지인 동생밖에 없다니까. 하긴 먹는 걸로는 지인 동생이 나와 겨룰 만하지."

"뭐예요? 제가 언제 능 오라버니처럼 게걸스럽게 음식을 먹었다 그래요? 능 오라버니는 대식가고, 저는 미식가일 뿐이라고요."

두 사람의 대화에 중인들의 웃음소리가 정자 안에 울려 퍼졌다. 그들의 웃음 속에는 한 단계 올라선 이들의 여유가 묻어나고 있었다.

"그래, 언제 도착할 것 같은가?"

막여가 남궁인을 돌아보며 물었다.

"보름 전에 노룡촌에서 배를 띄웠다는 전서구를 받았으니 아마도 오늘이나 내일 중으로는 도착할 것 같습니다. 한데……."

"한데 무엇인가?"

"오는 분들이 쉽지 않은 분들이라……."

"아니, 누가 오는데 그리 말하는 겐가?"

"일행을 전체적으로 이끌고 오는 분은 저희 둘째 숙부님과 화산의 혁무외 장로님이랍니다."

"흠, 그건 그리 이상한 일은 아니지 않은가? 모두 자네들 문파의 어른이시니 제자들의 성취를 축하하러 오는 것이 뭐 이상한 일은 아니지 않은가?"

"네, 그분들만이라면 그렇지만… 저희 오제비동과 관련된 당문과 아미, 개방의 어르신들 이외에 무당과 종남, 점창, 그리고 하북팽가와 제갈세가의 장로급 어른들이 함께 동행하신답니다. 저희들 문파의 어르신들이 오시는 것도 부담스러운 일인데……."

"흠, 그래……."

"괜히 맹에 복귀를 위한 도움을 요청한 것이 아닌지……."

"하지만 어쩔 수 없지 않은가? 삼 년 동안 저 흑선은 너무 낡았고, 어떻게 물에 띄운다 해도 저 낡은 돛으로는 항해를 할 수 없지 않은가?"

"그렇기는 합니다만……."

막여는 남궁인의 말을 듣자 안색이 어두워졌다.

한참 말이 없던 막여가 입을 열었을 때 그의 목소리에는 어떤 결심이 묻어나고 있었다.

"확실히 이번에 귀환하면 나는 잠시 남궁세가를 떠나야겠네."

"……?"

"이보게, 남궁 공자. 자네는 그 타 파의 장로들이 왜 함께 오고 있다고 생각하는가?"

"뭐, 저도 짐작 못하는 바는 아닙니다만, 너무 반응이 직설적이지 않습니까?"

"그렇지가 않아. 사실 지금까지의 정의맹은 소림과 무당, 그리고 제갈세가에 의해 좌지우지되었다고 할 수 있네. 거기에 자네의 남궁세가가 어느 정도 위치를 확보하고 있다고 해야겠지. 무림인들은 나름대로 이 구도를 수긍하고 있었다네. 일단 소림의 청렴함을 신뢰하는 것이겠지. 하지만 자네들의 출도는 이러한 정의맹 내부의 권력 구도를 근본부터 바꾸게 될 것이야. 그들은 아마도 소림과 무당 이외의 또 다른 강력한 문파의 대두를 달갑게 생각지 않을 것이네. 솔직히 자네들이 필요한 것은 패천맹과 전쟁을 치를 때이지, 지금 같은 휴전 기간 동안이야 경계의 대상이 되지 않겠는가?"

"네, 그러하겠지요."

"그들은 이미 자네들을 경계하고 있는 것이네. 일단 정의맹에 돌아갈 때까지는 가급적 자중하는 것이 필요할 것이야."

"네, 알겠습니다. 그런데 좀 전에 어르신의 거취에 대한 말씀은?"

"그들이 자네들을 의식한다는 것은 이제 내 무공이 드러난 상태에서 나의 거취도 의식한다는 것이 되지. 내가 남궁세가에 남아 있으면 그들은 남궁세가의 세력이 너무 두드러진다고 생각할 것이네. 그리고 정의맹이라는 이름을 걸어놓고 이따위 권력 싸움이나 하는 것은 역시 내 체질에 맞지 않는단 말이야. 그동안은 몸을 낮추고 있어서 견딜 만했네만… 역시 나는 떠나야겠어."

남궁인은 고개를 끄덕이면서도 마음속으로는 아쉬움이 남았다.

막여와 그의 두 제자는 남궁세가에 큰 힘이 될 수 있는 존재들이었다. 비록 그들의 존재로 다른 문파의 견제가 심해진다 하더라도 그들은 무림문파였다. 무림에서 힘은 모든 것에 우선했다. 정의맹의 이름도 힘이 없다면 지켜지기 힘들 것이었다.

만약 막여가 남궁세가에 남아 있는다면 남궁세가는 다음 대의 정의 맹주를 노려볼 만한 전력을 갖게 되는 것이었다.

그것은 곧 남궁세가가 소림, 무당을 능가하는 정의맹 최고의 문파로 자리잡는다는 것을 의미했으며, 자신의 입지가 그만큼 강해진다는 것을 의미했다. 그런 의미에서 막여의 이탈은 남궁인 자신에게도 큰 손실이었던 것이다.

"자자, 이제 그만들 일어나서 이곳을 정리하도록 하세. 자네들은 각자 오제비동을 정리하게. 너희들은 오두막을 정리하도록 해라. 이곳에 다시 올 일은 없겠지만, 그래도 사람은 자신이 있었던 자리는 깨끗이 하고 떠나야 하는 법이다."

막여가 신오제와 진승, 오삼에게 말을 건네자 사람들은 분분히 일어나 각자 자신이 생활하던 곳으로 발걸음을 옮겼다.

막여는 각자 자신이 무공을 연마한 비동으로 향하는 신오제를 바라보았다.

그들의 발걸음은 힘찼으며 그 걸음걸음에는 자신감이 배어 있었다.

"휴."

막여는 절로 한숨을 쉬었다.

비록 자신이 남궁인에게 그들이 정의맹에 귀환할 때까지 자중하라 했지만 아마도 그것은 쉬운 일이 아닐 것이다.

신오제는 기회가 된다면 자신들의 힘을 과시할 것이다. 이곳은 무림이었으며 그들은 아직 자신을 낮추기에는 너무 젊었고 너무 강한 힘을 가지고 있었다. 그들은 드러날 것이며, 드러난 것은 공격받을 것이다.

내부에서든 외부에서든…….

남궁헌 일행이 오제도에 든 것은 다음날 해가 완전히 떠오른 늦은 아침이었다. 그들이 몰고 온 배는 오제도의 작은 포구에 접안하기에는 너무 컸다.

따라서 남궁헌 일행은 비상용 배를 내려 오제도까지 들어왔다.

"숙부, 그리고 여러 장로님들, 문안드립니다."

오제도에서 지난 삼 년간 생활한 아홉 명의 인원이 모두 나서 그들을 마중했다. 각파의 장로들은 신오제의 그간의 노고를 일일이 손을 잡으며 치하했다.

그리고는 깨끗이 정리되어 있는 오제의 동혈을 찾아 돌아가며 배향했다.

배향을 마친 일행은 잠시 공지 여기저기에 흩어져 삼삼오오 짝을 지어 휴식을 취하였다.

"이보시게, 제갈 아우. 자네는 저 아이들의 성취가 어떠해 보이는가?"

하북팽가 팽우가 제갈운을 돌아보았다.

팽우와 제갈운은 각자 오대세가에 속해 있는 사람들이었고 어려서부터 교류가 있어 친형제처럼 말을 놓고 지내고 있었다. 팽우가 두 살 위이므로 비록 서로 형이니 아우니 예의를 차리기는 했지만 절친한 친구와 같은 사이였다.

"무공이야 팽 형님이 제게 물어볼 사항은 아니지요."

제갈운이 가벼운 웃음을 띠었다.

"이거이거, 자네 또 나쁜 버릇이 나오는군 그래. 자자, 어서 뜸 들이

지 말고 말해 보게. 무림계에 제갈가의 사람이 사람을 평하지 않으면 누가 사람을 평하겠는가? 아우, 나 성질 급한 거 알지?"

"하하하, 그럼 우리 팽 형님 숨넘어가는 걸 좀 구경이나 할까요."

"아니, 이 사람이 정말……."

"알았습니다, 알았어요. 제가 본 것을 말씀드리지요. 먼저 다섯 명 모두 저희보다 고강한 무공을 익혔다는 것은 의심할 여지가 없습니다. 그들의 발걸음을 보세요. 무의식 중에서도 저렇게 일정한 간격을 유지하며 진퇴가 고려된 걸음걸이이지 않습니까? 거기다가 그들의 발자국은 거의 남지도 않습니다. 그것은 이미 그들의 내공이 삼 갑자를 넘어섰다는 것입니다. 형님이나 저나 또는 이곳에 오신 장로님들도 이 갑자 아래위의 내공을 가지고 있을 뿐이지 않습니까? 거기다 과거 오제가 이름을 날린 것은 그 내공이 아니라 그들의 가문이나 문파에서 전해지는 초식을 완벽하게 수련, 그 초식의 한계를 넘어선 무도를 익혔기 때문인데 그런 진전을 이었다면 이제 정말 저들은 우리가 넘기 힘든 산이 되었다고 보아야지요."

제갈운의 말에 팽우와 주위 사람들이 고개를 끄덕였다.

"제갈 대협, 그럼 그들이 이제 무림 최고수라는 말씀이십니까?"

함께 동행한 점창파 장로 왕통이 제갈운을 바라보았다.

"글쎄요. 무림에서 제일을 논한다는 것은… 성운 진인께서는 어찌 생각하십니까?"

제갈운이 무당의 성운 진인 공손건에게 말을 돌렸다.

성운 진인 공손건은 이제 무당에 얼마 남지 않은 절정고수 중 한 명이었다. 그는 이번 신오제를 마중하러 정의맹에서 나선 인물 중에 최고수로 손꼽혔다.

그는 입이 무거운 사람으로 지금도 줄곧 제갈운과 나머지 장로들의 이야기에만 귀를 기울이고 있었는데 갑자기 제갈운이 말을 걸어오자 일순 말문이 막힌 듯 잠시 말을 꺼내지 않았다.

무언가를 곰곰이 생각하던 성운 진인은 천천히 입을 열었다.

"확실히 제갈 형께서 보신 바가 정확할 겁니다. 제갈 형의 눈을 따라갈 사람이 우리 중에 있겠습니까? 따라서 저들이 천하제일인에 도전할 만한 역량을 얻은 것은 분명합니다. 하지만 아직까지는 단지 그러한 가능성을 가지고 있다는 것뿐이지요. 무공이라는 것은 일단 손에서 펼쳐지기 전에는 단정하기 어려운 것 아니겠습니까? 또한 그들이 아무리 뛰어난 무공을 이었다고 하더라도 저희 사숙이나 소림의 성승을 능가하리라 보긴 어렵지요."

그는 현 정의맹주 장의현과 무림의 정신적인 지주, 성승이라 불리우는 소림의 영인 선사를 입에 올리고 있었다.

중인들은 침묵했다. 그들이 누구인가? 그들은 현 강호에서 손가락에 꼽히는 고수들이었다. 무림에는 무림대전 이후 사성(四星)이 등장하였다.

그들은 십 년의 무림대전을 통해 최고수로 인정받은 이들이었다. 누구든 천하제일이 되려면 사성의 아성을 넘어야 했다.

사성 중 정의맹에 속한 사람들이 바로 장의현과 영인 선사였다.

나머지 두 사람은 패천맹주인 천마궁주 양청길과 철마 이제현이었다.

패천맹에는 정의맹과 달리 어느 문파에 속하지 않고 혼자 활동하는 거마들이 많았는데, 그것은 아마도 마도인들의 특성상 한 집단에 속하는 것을 싫어하는 습성 때문일 것이었다.

이런 마도인들을 패천맹이라는 한 울타리에 묶어놓는 것은 결코 쉬운 일이 아니었다.

천마궁주 양청길의 지도력을 엿볼 수 있는 부분이었지만, 사실 그 계기는 바로 철마 이제현의 패천맹 가입이 결정적이었다.

철마 이제현의 패천맹 가입은 홀로 활동하던 사파거마들이 패천맹에 가입한 결정적인 계기가 되었을 만큼 그의 마도 내 영향력은 대단하였다.

그러던 그가 무림대전이 휴전에 이르자 이제 무림 최고수인 사성의 한자리를 차지하게 된 것이었다.

이제 삼십이 채 안 된 신오제라 불리우는 젊은이들이 사성과 같은 무림의 최고수들과 같은 등급에서 언급되고 있는 것이었다.

비록 공손건의 어투는 신오제가 사성에는 못미칠 것이라는 것이었지만 일단 비교의 대상이 된다는 것 자체가 어마어마한 일인 것이었다.

'사성에 버금가는 다섯 명의 고수라……'

"정말 어렵군요. 저들이 정의맹에, 아니, 무림에 어떻게 영향을 끼칠지. 부디 타 문파들과 충돌이 없어야 할 터인데."

공손건이 심각한 표정을 보였다.

"결국은 자신들 하기 나름이겠지요."

점창파 왕통의 말투에는 이미 시기와 경계의 기운이 묻어나고 있었다. 그의 말에 주위의 장로들은 고개를 끄덕였다. 그것을 바라보는 공손건의 마음은 무거웠다.

이미 그들의 마음속에는 신오제에 대한 거부감이 자리하기 시작한 것이었다.

"뭐, 아직 그들의 속도 모르는 것이고… 또 실전을 치러보기 전에야 무공도 속단할 수는 없는 것 아니겠습니까? 일단 이곳에서의 일은 마무리되었으니 빨리 맹으로의 귀환을 서둘러야겠습니다."

제갈운이 분위기를 돌리듯 말하자, 장로들도 분분히 걸음을 옮기기 시작하였다.

그러던 그들의 선두에서 걸음을 옮기던 팽우가 어느 순간 걸음을 멈추었다. 그의 뒤를 따르던 장로들 역시 걸음을 멈추었다.

그리고 그들의 시선은 팽우의 시선이 향한 곳, 절벽의 한곳을 바라보았다.

그리고 그곳에서 그들은 신오제의 이름이 결코 과장된 것이 아님을 발견할 수 있었다.

그 절벽에는 신오제가 지난 삼 년간 매 육 개월마다 시전한 무공의 흔적들이 남겨져 있었다.

머리카락보다 가느다란 검의 선들.
이십 장 높이에 반 자의 깊이로 찍혀 있는 열여덟 개의 발자국.
반경 십 장에 촘촘히 나 있는 암기의 흔적들.
한 자 깊이로 십 장여를 일직선으로 그어낸 검의 흔적.
절벽의 옆으로 그어낸 듯한 모습으로 난 검의 자국.

그들은 말을 잊었다.
신오제는 사성과 견줄 만하였다. 그 증거들이 그들의 눈앞에 나와 있었다.

비록 팽우의 도법이 전율스럽다 해도 한 자 깊이로 십 장을 그어낼 수는 없을 것이었다.

지금껏 말이 없던 종남의 유금이 고개를 갸웃거리며 옆으로 그어진 검의 흔적 앞으로 다가섰다.

유금은 강호에서 종남일선이라 불리우며 검에 관한 한 무림에서 열 손가락에 꼽히는 일대검수였다.

"이것은 좀… 뭐라고 해석해야 할지……. 검을 옆으로 휘둘러 생긴 것 같은데, 신오제가 공력을 주입해 옆으로 그었다고 보기에는 너무 간결하지 않습니까?"

"만약 절벽 앞에서 검을 쥐고 휘두른 흔적이라면 그렇겠지요."

"그럼 성운 진인께서 보시기에는 다른 방법으로 그어진 자국이라는 말씀이신가요?"

"제가 예전에 오제에 대한 이야기를 들을 때 남궁세가의 검제 남궁황에 대해 언뜻 들은 기억이 있습니다."

"어떤 것을 말씀하시는 것인지?"

"과거나 지금이나 검에 관한 한 검제 남궁황을 빼고는 이야기하기 어렵지요. 검제가 이곳 오제도에 은거하기 직전에 마지막으로 이기어검을 펼치는 것을 보았다는 사람이 있었지요."

"이기어검이오? 진인의 말씀은 그럼 저 남궁인이 이기어검을 이용하여 이 자국을 내었다는 말씀이십니까?"

"아마도 제 추측이 맞을 겁니다. 다른 무공의 흔적들을 보건대 이기어검이 나타난들 그렇게 놀라운 일이 아닐 것 같습니다. 무림은 정말 엄청난 젊은이들을 맞이하게 되었군요."

사람들은 성운 진인의 설명을 들으면서 신오제의 위력을 실감하고

있었다. 그들은 예상을 뒤엎는 신오제의 무공에 고개를 흔들며 신오제
와 그 문파 사람들이 모여 있는 곳으로 향했다.

"그래, 오제도를 둘러보신 소감이 어떻습니까, 장로님들?"

남궁헌이 웃으며 그들을 맞았다.

"명불허전! 이제 정의맹의 전력이 반석에 올라서게 되었으니 큰 홍
복입니다. 더군다나 남궁가의 젊은 소가주는 이기어검을 얻으신 것 같
으니 정말 감축드립니다."

제갈운이 남궁인을 돌아보았다.

"하하하! 오제지비를 얻은 것이 어디 저희들 문파만의 일이겠습니
까? 그 모든 게 우리 정의맹의 홍복이지요."

남궁헌의 말에 제갈운 등은 그늘진 미소를 지어 보였다.

그들은 해가 지기 전에 오제도를 떠나기로 하였다.

올 때는 각각 하나씩의 배가 삼 년을 격하고 오제도에 들었지만 나
갈 때는 두 개의 배가 동시에 떠났다.

막여와 그의 두 제자는 처음 그들이 오제도에 올 때 타고 온 작은 흑
선에 올랐다. 남궁헌 등이 가져온 새로운 돛으로 단장한 흑선은 힘차
게 바다를 달려나가고 있었다.

막여에 대한 소문은 이곳으로 온 장로들도 모두 알고 있는 사항으로
이제 그들은 막여를 한 문파의 장로급으로 대접하여 별도의 선실을 내
어주었다.

두 개의 배는 구룡해협의 동쪽을 향해 항해를 시작했다.

가장 빠르게 노룡촌으로 돌아가는 길은 남쪽으로 구룡해협을 빠져
나가 다시 서쪽으로 진로를 잡는 것이었지만, 일행은 화산파 혁무외와

고봉정의 요청으로 진로를 동으로 잡았다.

혁무외와 고봉정이 동쪽으로 배의 방향을 요구한 것은 혹시나 하는 마음에서였다.

그들은 삼 년 전 바다에 빠져 행방이 묘연한 설연을 잊지 않고 있었다.

동으로의 항해는 막여도 내심 바라던 바였다.

그는 노룡촌에서 일행과 작별하고 다시 배를 구해 구룡해협으로 황벽을 찾으러 돌아올 생각이었는데, 일행이 화산파의 요구로 설연의 행방을 찾기 위해 동쪽으로 빠져나가는 먼 항로를 택하자 내심 흡족한 마음이 들었다.

"스승님, 그런데 황 사형은 저희와는 다른 무공을 익혔다고 하지 않았습니까?"

"그래, 너희들이 익힌 것과는 다른 무공이지."

"어떤 무공을 익혔는지요? 그 무공을 삼 년간 익혔다면 지금은 어떻게 변했을까요?"

"글쎄다. 솔직히 내가 황벽에게 무공을 전수하기는 했다만 그 진전은 예측하기 힘들구나. 황벽은 신체적으로는 거의 완벽한 무골이었으니 정상적이라면 꽤 큰 진전을 이루었을 것이다. 하지만 그 무공이라는 것이 아직 아무도 검증하지 않은 것이라 나로서도 쉽게 예측하기는 힘들구나."

"황 사형이 익혔다는 무공은 어떤 것이었습니까?"

"너희 사조가 우연히 얻은 비급에 실려 있는 무공이었다. 하지만 그 무공을 익히려면 선천적인 체질적 특성을 가져야 하기 때문에 너희 사조님이나 나나 익히지 못하고 보관만 했던 것이지. 그런데 황벽은 체질이 맞았던 것이다. 어쩌면 그는 나나 너희들이 상상할 수 없는 진전을 이루었을 수도 있다."

"신오제만큼이나요?"

"신오제라… 그들은 확실히 뛰어난 무인이 되었다. 사실 이제 무림인 중에 신오제와 겨룰 수 있는 사람조차 열 손가락에 꼽을 것이야. 하지만 황벽이 만약 확실히 그 무공을 완성했다면 그 결과는 신오제를 능가할 가능성이 충분하다. 그 비급은 확실히 불가사의한 면이 있었으니까."

"정말 대단하군요! 빨리 황 사형을 만나보고 싶군요."

"나 또한 그렇구나."

막여가 앞에 놓인 찻잔을 들며 그리움이 섞인 말을 내었다.

"그나저나 사부님, 예전에 사부님께서 신오제에 대해 평하실 때 그 성격적 결함에 대해 이야기하신 적이 있지 않았습니까?"

"그렇다. 내가 그런 말을 한 적이 있었지. 그런데 그것이 왜?"

"네… 이제 그럼 신오제가 과거 오제의 진전을 모두 이어 무공을 완성했으니 그 성격적 결함을 극복한 것입니까?"

"이런이런, 멍청한 놈을 보았나. 그들이 삼 년간 동혈에서 한 것은 무공 수련이야. 그들에게 어떤 감정의 변화를 줄 만한 일이 발생한 일이 없는데 어떻게 그 결함들이 극복되었겠느냐. 단지 그것들을 감출 만큼의 능력이 그들에게 생겼을 뿐이다. 하나 만약 어떠한 급박한 상황이 된다면 그것들은 그 모습을 드러낼 것이다. 그것이 아마도 저들 중에서 천하제일인이 나오기 힘든 이유가 될 것이야. 천하제일에 근접하기는 해도 천하제일이 되지는 못하는 것이지. 아마도 그들과 필

적할 고수가 무림에 십여 명은 존재하겠지. 사성은 말할 나위도 없
고……."

진승과 오삼은 막여의 상세한 설명에 고개를 끄덕였다. 그러면서도
한편으로는 한숨이 새어 나왔다.

그들은 신오제의 무공을 천하제일이라 생각하고 있었다. 그런데 막
여의 말을 따르자면 그들도 천하제일의 자리에는 부족하다는 것이었
다. 그러면 도대체 무공의 끝은 어디란 말인가. 그리고 신오제에 한참
이나 모자라는 자신들은 얼마나 뒤처져 있는 것일까 하는 생각에 의기
소침하게 된 것이었다.

막여가 그런 그들을 보고 웃으며 입을 열었다.

"이 녀석들아, 뭘 그리 의기소침해하느냐. 너희들의 무공도 무림에
나서면 결코 뒤떨어지는 것이 아니니 그리 기죽지 말아라. 신오제와
같은 고수야 무림에 십여 명이 될까 말까 한데 너희들이 그들에 속하
지 못했다고 의기소침하는 것은 너무 큰 욕심이 아니겠느냐?"

진승과 오삼은 쑥스러운 듯 고개를 숙였다.

사실 그들의 현재 무공 수위는 결코 가벼운 것이 아니었다.

그들이 오제도에 들 때를 생각하면 그야말로 하늘과 땅의 차이를 보
이고 있었다. 그들은 그것에 충분히 만족하고 있었다. 그들은 막여의
말을 듣고는 잠시 욕심이 과했던 자신들이 부끄러워진 것이다.

막여는 얼굴을 붉히는 그들을 보며 빙그레 웃었다.

세상을 살면서 자신의 처지를 순순히 인정하는 것은 쉬운 일이 아니
었다. 현재 자신의 위치를 확실히 인식하고 받아들이는 것은 다음 단
계로의 진보를 위해 꼭 필요한 일이었다. 너무 높은 곳만을 보다가는
그 욕망에 결국 자신의 인생을 망치게 될 것이었다.

막여는 진승과 오삼의 그 순수한 받아들임이 기분 좋았다. 그렇다면 그들은 앞으로 더욱 발전할 수도 있을 것이다.

그는 겸손한 제자들을 얻은 것이다.

사제지간에 이어지던 대화는 어느 순간 잠잠히 잦아들더니 그들은 어느새 잠을 청하고 있었다.

삼 년간 생활한 오제도를 떠난 첫 밤이 깊어가고 있었다.

그리고 하루가 지나 다시 밤이 찾아왔다. 배는 이제 거의 구룡해협의 동쪽 끝에 와 있었다.

아마도 앞으로 하루만 더 지나면 그들은 구룡해협의 동쪽 바다로 나와 있을 것이었다.

어차피 그들은 이번 뱃길에 황벽과 설연을 찾으리라는 기대를 크게 하고 있지는 않았다.

황벽의 생존을 굳게 믿는 막여와는 달리 다른 이들은 황벽과 설연이 이 거친 해류 속에서 목숨을 구했으리라고는 믿기 힘들었다.

그들은 차마 화산파의 입장을 생각하여 이 항로를 거절치는 못했으나 삼 년 전에 헤어진 이들을 만날 것이라는 생각을 하는 이는 없었던 것이다.

그러므로 그들에게 어두운 밤 바다 먼 곳에서 깜박거리며 타오르는 불꽃을 발견했다는 선부들의 이야기가 전해졌을 때, 그들은 그것이 아마도 구룡해협 외곽을 돌아가는 선박에서 나온 빛일 것이라 생각하였다.

하지만 차차 날이 밝자 그들은 그 빛이 하나의 작은 섬에서 나오는 것이란 것을 알게 되었다.

그리고 처음으로 설연과 황벽의 생존을 생각하게 되었다.

배는 천천히 지난밤 불빛이 새어 나온 무인도를 향해 새벽처럼 다가
갔다.

제11장
회자정리(會者定離)

황벽이 멀리 검은 밤 바다 끝에서 반짝거리며 섬을 향해 다가오는 불빛을 발견한 것은 그가 꺼지려는 백사장 위의 모닥불에 마른 장작을 다시 한 번 넣으려던 새벽이었다.

지난 삼 년간 황벽은 이렇게 밤중에 일어나 신호용 모닥불을 꺼뜨리지 않기 위해 마른 장작을 한 번씩 더 넣어주곤 하였다.

요즘 황벽과 설연은 이 모닥불이 그들을 구해주리라는 기대를 거의 하지 않았지만, 그들만으로도 이 섬에서 행복했지만, 이렇게 누군가가 이 불빛을 보고 자신들을 세상으로 다시 끌어들이는 것을 결코 바라지는 않았지만 그들은 서로에게 그러한 마음을 드러내지 않았다.

그들은 여전히 오누이처럼 사이가 좋았고, 누군가가 그들을 발견하고 구해주기를 바라는 사람들처럼 그렇게 이 모닥불을 매일 밤 피워왔던 것이다.

그런데 이제 그 누군가가 그들을 발견하고 이리로 다가오는 것이었다.

순간 황벽은 가슴이 철렁 내려앉았다.

그들이 다시 세상으로 나간다는 것은 그와 설연의 관계를 다시 시골 뱃사람과 명문정파의 후기지수로 돌려놓는다는 것을 의미한다.

세상에서 그들 사이의 거리는 너무 멀었다.

비록 그 자신이 끝 모를 무공을 성취하고 있다고 하더라도 그들을 아무도 없는 이 무인도에서 그저 정겨운 오누이 사이로만 묶어놓았던 그들 사이의 보이지 않는 벽들이 실제로 그들 앞에 나타난 이상 그 거리는 쉽게 허물어질 수 없는 것이었다.

무림 명문 대화산파와 고봉정이라는 이름의 벽이었다.

황벽이 알 수 없는 이 감정의 소용돌이를 진정시키며 그들의 오두막에 다가갔을 때 설연도 이미 오두막 밖으로 나와 다가오는 배의 불빛을 바라보고 있었다.

그녀의 얼굴에도 뭐라 설명할 수 없는 표정이 드리워져 있었다.

"황 가가, 배가 오는군요."

"그래, 설매. 배가 오는군."

새벽의 빛과 함께 배의 실체가 보일 때까지 그들은 그렇게 그 자리에 서 있었다.

백사장에 나란히 서 있는 황벽과 설연을 가장 먼저 발견한 것은 고봉정이었다.

그의 옆에는 혁무외가 서 있었다.

"장로님, 설 사매입니다. 설 사매가 틀림없어요."

무림의 절대 위치 신오제에 오른 고봉정의 눈가에 언뜻 이슬이 보이는 듯했다.

“정말 설연이구나. 하늘이 도왔다. 이제 문주님의 걱정이 한 줌 덜어지겠구나.”

혁무외의 머리 속에는 정의맹을 떠나기 전 차마 자신의 조카딸 아이를 찾아봐 달라고 입 밖으로 소리 내어 부탁하지 못하던 설장벽의 간절한 노안이 떠올랐다.

혁무외가 굳이 가능성이 적은 일임에도 불구하고 이곳 구룡해협의 동쪽 항로를 고집한 데에는 그러한 설장벽의 안타까운 마음을 헤아렸기 때문이었다.

처음 설연의 실종을 전서구로 접한 설장벽은 별다른 반응을 보이지 않았었다.

그러나 그것은 한 문파 문주로서의 반응이었을 뿐, 아비 어미 없는 조카의 백부로서의 그의 마음은 보지 않아도 헤아릴 수 있는 것이었다.

그런데 그 설연이 이제 자신들의 눈앞에 모습을 드러낸 것이다.

두 배의 모든 일행이 배의 앞머리에 몰려들었다.

배가 어느덧 무인도의 내해에 접어들어 이제 대선으로는 더 이상 섬으로의 접근이 불가능해질 무렵 한 명의 인영이 배에서 바다로 뛰어내렸다.

그의 신형은 배의 십여 장 앞 바다에 떨어질 듯하더니, 바닷물을 가볍게 차고 다시 섬을 향해 날아올랐다.

그렇게 두 번의 숫구침을 한 그는 백사장에 사뿐히 내려서더니 순식간에 설연의 앞에 다가섰다.

“등평도수(登萍渡水).”

누군가의 입에서 낮은 신음 소리가 흘러나왔다.

바다를 가로질러 섬에 내려선 이는 고봉정이었으며, 낮은 신음을 낸 사람은 종남의 사마진이었다.

사람들은 신오제의 능력을 처음으로 접했다.

신오제의 능력은 그들이 상상한 그대로였다. 등평도수라니… 그것도 삼십여 장의 바다였다.

하지만 고봉정에게는 이러한 사람들의 놀람이 느껴지지 않았다. 아니, 지금 이 순간 아예 그는 다른 것에는 신경을 쓸 수가 없었다.

그의 앞에는 지난 삼 년간 한없는 그리움과 미안함의 대상이었던 사매 설연이 서 있었던 것이다.

설연의 표정은 배가 무인도의 내해에 들어설 때부터 차차 변하기 시작하였다. 그녀의 표정은 고봉정이 그녀 앞에 다가섰을 때에는 어느새 삼 년 전의 빙화로 돌아가 있었다.

“사매.”

고봉정이 설연의 두 손을 잡았다.

“사형, 오셨군요. 사형의 신위를 보니 대공을 성취하셨군요. 축하드려요.”

설연이 작은 웃음으로 고봉정을 맞이하였다.

그렇게 두 사람이 마주하는 사이 어느새 배에서 많은 인원들이 백사장으로 내려서고 있었다. 모두의 관심이 설연에게 집중되어 있던 사이, 세 인영이 황벽의 앞에 섰다.

진승과 오삼, 그리고 막여였다.

황벽의 시선은 고봉정이 배에서 바다로 뛰어들 때부터 지금까지 그에게 고정되어 있었다. 그리고 그와 설연의 재회를 알 수 없는 눈빛으로 바라보고 있었다.

"살아 있었구나. 그래, 네놈이 살아 있을 줄 알았다."

막여가 황벽의 어깨를 강하게 움켜잡았을 때에야 황벽은 서서히 막여에게로 시선을 돌렸다. 그리고는 현실이 인식되었다.

그는 구조된 것이다.

"어르신……."

"그래, 고생 많았겠구나."

황벽은 천천히 막여에게서 떨어져 조용히 모랫바닥에 엎드려 절을 올렸다.

그것은 바로 사부에 대한 제자로서의 예였다.

막여도 별말없이 담담히 웃는 낯으로 황벽의 절을 받았다. 이제 그도 더 이상 황벽이 자신의 제자임을 숨기고 싶지 않았던 것이다.

"사형, 인사드리오. 그간 고생하셨소."

진승이 황벽을 보며 고개를 숙이자 옆에 있던 오삼도 따라서 고개를 숙였다.

황벽은 얼떨결에 마주 인사를 하고는 막여를 돌아보았다.

"지난 삼 년간 심심하기도 해서 그 두 녀석에게 무공을 가르쳐 보았다. 다행히 그리 멍청하지는 않더구나. 비록 그들이 너보다는 모두 십여 세 위이지만 어쨌든 네가 내 첫 번째 제자이니 그들은 너의 사제가 되는 것이지."

황벽은 어이없다는 듯이 십여 세나 많은 두 사제를 바라보았다.

"사형, 앞으로 잘 좀 부탁드리오."

오삼이 능청스럽게 말을 건네왔다.

"오히려 제가… 아니, 내가 음… 그래, 앞으로 잘 지내보세."

황벽이 대답하자 진승과 오삼이 다시 한 번 허리를 숙였다.

"잘 부탁드립니다, 사형."

이렇게 삼 년간 서로 떨어져 지내는 사이 사부와 제자, 사형과 사제로 묶인 그들이 무인도의 백사장 위에서 만남을 가지고 있었다.

삼 년 만의 만남으로 흥분되었던 감정이 서서히 가라앉자 사람들은 천천히 섬 주변을 돌아보았다.

그리고 이 무인도의 아름다움에 모두들 감탄하였다. 그들은 황벽의 손때가 묻은 오두막 근처로 자리를 옮겨 황벽과 설연이 즐겨하던 야생차를 마시며 휴식을 취하였다.

그들은 이 무인도에서 하룻밤을 보내기로 하였다.

"그래, 무공 진전은 좀 있었더냐?"

막여가 황벽에게 물었다.

그들은 막 저녁 식사를 끝내고 백사장을 걷고 있었다. 사람들의 눈에는 단지 그의 눈이 깊어지고 맑아졌다는 느낌을 받았을 뿐, 황벽은 삼 년 전 그 모습 그대로였다. 막여로서도 황벽의 변화를 감지하기 어려울 만큼 황벽의 신체는 특별히 변해 보이지 않았다.

사실 황벽의 몸은 지난 삼 년간 변화를 거듭한 끝에 이제 다시 삼 년 전과 같은 평범한 모습으로 돌아와 있었다. 그 변화를 아는 사람은 오직 설연뿐이었다.

"어느 정도는……."

황벽이 대답을 하며 자신의 손을 내밀었다. 직접 보라는 것인가?

막여가 별말없이 황벽의 손을 잡았다. 순간 막여는 거대한 진기의 흐름에 깜짝 놀랐다.

황벽의 내공은 이미 밖으로 드러나지 않는 수준에 이르러 있었던 것이다.

황벽의 중단전과 하단전에는 거의 포화 상태의 진기가 형성되어 있었다.

"건곤신공을 모두 완성한 게냐?"

"앞의 네 부분은 모두 익혔다고 생각합니다."

"그래, 정말 그렇구나. 이제 공력만으로 무림에서 너를 당할 수 있는 사람은 거의 없을 것 같구나. 이제 초식만 익힌다면 넌 신오제를 능가할 것이야. 정말 놀라운 일이다. 건곤신공이 가볍지 않은 무공이라 생각은 했지만 이 정도일 줄이야."

"사부, 드릴 말씀이 있습니다."

"……?"

"사실 이곳에서 이 건곤신공의 비밀을 알게 되었습니다."

황벽은 막여에게 해동 태극문의 무명노인에 대해 이야기하였다. 또한 그가 무명노인에게서 절대오검이라는 절초를 얻었다는 것도 이야기하였다.

현재 황벽은 절대오검 중 삼초 환(幻)의 수련을 마무리하고 사초 망(網)의 단계에 접어들고 있었다.

"기연이로다, 정말 기연이야. 결국 건곤신공은 너의 것이었구나. 태극문이라… 옛부터 해동에는 선기를 쌓는 신비문파가 많기로 유명했지. 건곤신공이 바로 해동에서 유래된 것이었구나. 어쩐지 후반부의 구절이 선기를 내포하고 있더라니… 그래, 그 절대오검이라는 것은 어느 정도 익혔느냐?”

“네, 세 번째 초식 환(幻)까지는 모두 익혔고, 이제 네 번째 초식인 망(網)의 단계에 접어들고 있습니다.”

“한번 보여줄 수 있겠느냐?”

“네, 그런데… 여기서는 좀…….”

“아니, 왜?”

“사람들의 관심을 끌까 해서…….”

막여는 황벽이 망설이자 더 더욱 절대오검에 대한 궁금증이 일었다.

“그들이 모르게 펼칠 수 있는 초식은 없느냐?”

“그러하시면 제가 첫 번째 초식을 펼쳐 보겠습니다. 첫 번째 초식은 발검을 위주로 쾌속함을 추구하는 것이라, 사람들의 눈에 띄지는 않을 것입니다.”

황벽은 가볍게 고개를 숙여 보인 후 막여로부터 십여 장 떨어진 곳으로 걸어갔다.

그리고 가볍게 손짓하자 모랫바닥에 놓여 있던 주먹 반만한 조약돌이 황벽의 손으로 빨려 들어갔다.

‘격공섭물이라…….’

막여가 고개를 끄덕였다.

황벽이 잠시 숨을 고르더니 손에 쥔 조약돌을 가볍게 허공에 던졌다.

던져진 조약돌이 십여 장 밖으로 날아갔다. 순간 번쩍이는 하나의 빛이 나타났다 사라졌다.

황벽은 다시 십여 장 밖에 떨어진 조약돌을 손으로 끌어들였다. 그리고는 신형을 돌려 막여에게 다가와 가만히 조약돌을 내보였다.

황벽이 내보인 조약돌에는 작은 구멍이 나 있었다.

"대단하구나. 그 발검의 빠름도 빠름이거니와, 이 작은 조약돌에 구멍을 내는 정교함이라니. 진기를 자유롭게 운용할 수 있어야 가능하겠지?"

막여의 질문에 황벽은 묵묵히 고개를 끄덕였다.

"되었다. 더 보지 않아도 너의 진전을 알겠다. 부디 네가 검을 뽑을 일이 없기를 바랄 뿐이다."

"제가 검을 뽑는 일이야 생기겠습니까? 저는 무림과는 아무래도 거리가 있는데."

"아니야, 아니야. 세상일은 이상해서 너에게 그런 무공이 주어졌다는 것은 또한 어딘가에 그 무공을 쓰라는 것일 테지."

황벽이 고개를 끄덕였다.

"제 무공이 저들과 비교하면 어떻습니까?"

황벽이 멀리 오두막 근처에 모여 술잔을 기울이며 담소를 나누고 있는 신오제를 가리키며 물었다.

"음… 어려운 질문이구나. 무공이라는 것은 상대적인 것이라… 하지만 최소한 네가 저들에게 뒤지지는 않는다고 말할 수 있다. 너의 내공과 방금 보인 그 초식의 정교함을 본다면… 그리고 아마도 너는 내 앞이라 조금 겸손함을 보인 것일 테고. 하하."

막여는 기분 좋게 웃었다.

그가 확인한 황벽의 무공은 신오제를 능가하는 것이었다. 단지 황벽에게 지나친 자신감을 줄 것을 우려해 신오제에 뒤지지 않는다는 말 정도로 표현했을 뿐이었다.

막여는 자신의 제자가 신오제를 능가하는 무공에 이르렀다는 것에 내심 무척이나 흥분해 있었다.

"자자, 이제 우리도 그만 가서 술이나 한잔하자."

막여가 황벽을 일행이 모여 있는 곳으로 이끌었다.

일행은 오두막의 마당 한가운데 모닥불을 피워놓고 그 주위에 빙 둘러앉아 있었다. 사람들 중간중간에 술상이 차려져 있어 가까운 곳의 술상 위에 있는 술을 따라 마셨다.

술은 충분했다. 남궁헌 일행이 노룡촌에서 출발할 때 진무외의 선심으로 충분한 술과 먹을거리를 실을 수 있었던 것이다.

막여와 황벽은 진숭과 오삼이 자리잡은 마당 한 켠에 앉았다.

오두막의 마루 위에서는 신오제와 설연이 앉아 있었다. 항상 함께하던 여인이 다른 사람들과 섞여 있는 모습을 보자 황벽은 가슴이 답답해져 오는 것을 느꼈다.

비록 십여 장에 불과한 거리였으나 황벽에게는 도저히 좁힐 수 없는 거리로 느껴졌다.

황벽은 앞에 있는 술잔을 들어 단숨에 들이켰다.

삼 년 만의 술이었다. 뜨거운 기운이 식도를 타고 넘어갔다.

그때 막 남궁인의 말소리가 들려왔다.

"설 낭자께서는 비록 오제도에 들지 않았으나, 어째 그 무공이 저희보다도 더욱 뛰어나 보이십니다. 이 섬에서 무슨 기연이라도 얻으셨는지요?"

남궁인의 물음에 설연은 순간 황벽을 쳐다보았다. 황벽과 설연의 눈빛이 마주쳤다.

설연은 황벽을 바라보며 입을 열었다.

“기연은요… 그저 황 가가의 도움에 약간의 성취를 얻었을 뿐입니다.”

“호~ 그러면 저 황 형의 무공이 그렇게 뛰어나단 말씀입니까? 대화산파의 빙화 설연께 가르침을 줄 정도로요?”

당정이었다.

그는 처음부터 황벽을 일개 뱃사람 이상으로 취급하지 않았다. 한데 평소 마음에 두고 있었던 설연이 황벽을 황 가가라 부르며 높여 말하자 가슴속에 질투심이 일었던 것이다.

당정의 속마음과는 다르게 다른 사람들도 황벽을 향해 궁금한 듯 고개를 돌렸다. 사람들은 이곳 무인도에서 황벽과 빙화가 지난 삼 년간 어떻게 지내왔는지 설연을 통하여 들었지만, 황벽의 무공에 대한 설연의 태도에는 의아함을 가지고 있었던 것이다.

황벽은 그들과 헤어질 때 겨우 막여에게서 호흡법을 배웠을 뿐이었다.

그렇다면 지난 삼 년간 이 무인도에서 무공을 연마했다 하더라도 그 진전을 크게 기대하기는 어려운 일인 것이다.

비록 설연의 도움을 받았다 하더라도 크게 달라질 일은 없었다.

그런데 설연은 황벽의 도움을 언급하고 있는 것이다. 설연은 비록 그들에게 태극문에 대한 비밀을 말하지 않았고, 앞으로도 황벽이 말하지 않는 이상 자신도 말할 생각은 없었지만, 신오제를 포함한 일행이 황벽을 무시하는 것을 보자 반발심이 일었다.

“황 가가의 무공은 최소한 제 아래는 아니지요.”

설연의 싸늘한 말투에 사람들은 다시 한 번 놀랐다.

“아니, 그게 정말이오? 그럼 그가 혹 화산파의 무공을 익힌 것이오?”

당정이 빈정거리듯 말을 받았다.

"황 가가께서는 막 어르신의 제자이십니다. 막 어르신을 보시면 황 가가의 무공을 알 수 있는 것 아니에요?"

설연의 음성이 높아지자 고봉정이 나섰다.

"사매, 그저 그렇다는 것이지, 왜 언성을 높이느냐? 좋은 자리이니 자중하거라. 또 당 형으로서도 황 형의 무공 진전이 궁금해서 그런 것 아니겠느냐?"

설연은 고봉정의 말에 더 이상 말을 하지 않고 입을 다물었다.

하지만 당정은 설연이 황벽을 두둔하자 화가 치밀어 올랐다. 그리고 그 화는 황벽에게로 이어졌다.

"황 형, 그동안 무인도에서 설 낭자를 보살피느라 수고 많으셨다지요. 내 술 한잔 올리리니 사양치 마시오."

당정이 자신의 앞에 있는 잔에 술을 따랐다.

"당 형……!"

고봉정은 당정을 말리려 했으나, 순간 옆에서 남궁인이 고봉정의 소매를 잡았다. 일행도 설연이 칭찬하는 황벽의 무공이 궁금했던 것이다.

당정이 술이 가득 든 술잔을 십여 장 떨어진 황벽을 향해 던지듯 밀어냈다. 순간 곧 땅에 떨어질 것 같던 술잔은 술 한 방울 흘리지 않고 황벽에게 천천히 날아들었다.

사람들은 당정의 심후한 내공에 감탄하며 황벽을 주시했다.

비록 천천히 날아오고 있지만 잔에는 당정이 주입한 막대한 공력이 실려 있었다. 사람들은 황벽이 그동안 무공에 어느 정도 성취를 이뤘다 하더라도 당정의 술잔을 받아 들 수는 없을 것이라 생각했다.

무리하게 공력을 일으켜 술잔을 받으려면 술잔은 산산조각이 날 것이다. 또한 술잔을 보호하기 위해 공력을 감소시키면 당정이 술잔에 가한 공력에 술잔을 잡지 못하고 몸이 뒤로 넘어질 것이었다.

그러나 가끔 세상에는 예외라는 것이 있고, 또한 뜻밖의 일이라는 것이 존재한다.

"고맙소."

황벽이 한마디 말과 함께 슬쩍 날아오는 술잔을 바라보고는 아무렇지도 않게 술잔을 잡아 한입에 마셔 버렸다.

중인들은 경악했다.

당금 무림에서 당정의 일신진기가 서린 술잔을 저렇게 아무렇지도 않게 받아낼 수 있는 사람은 많지 않을 것이다. 그렇다면 황벽의 무공은 설연의 말대로 설연을 뛰어넘었다는 것인가?

그중에서도 당정은 얼굴이 시뻘겋게 달아올랐다.

설연의 말에 상한 기분을 황벽에게 풀어보려던 것이 오히려 황벽의 위세만 세워준 꼴이 되었던 것이다. 더군다나 바로 앞에서는 설연이 빙그레 미소를 짓고 있었다.

순간 당정은 오기가 치밀어 올랐다.

"황 형의 무공이 정말 대단하오. 이제 그럼 나에게도 한잔 건네주지 않겠소?"

다시 중인들의 호기심이 일기 시작했다.

술잔을 받는 것은 어쩌면 나름의 금나술이나 기지를 발휘하여 받을 수도 있을 것이나, 허공을 격하고 술잔을 보내는 것은 최소한 격공섭물의 능력이 없으면 불가능한 것이었다.

당정이 아무렇지도 않게 펼친 무공은 기실 무림에서 몇 명만이 시전할 수 있는 절기였던 것이다.

황벽은 어떤 한 수를 보일 것인가?

모든 이들의 시선이 황벽에게로 향했다. 설연조차도 기대에 찬 눈으로 황벽을 바라보고 있었다.

순간 황벽은 불쾌한 기분이 들었다.

자신이 마치 많은 사람들의 구경거리가 된 느낌이었고, 또한 그러한 상황을 연출한 신오제에 대한 반발감이 들었다.

황벽이 조용히 일어섰다.

그리고는 가만히 당정을 노려보더니 툭하고 한마디를 던졌다.

"당문에서는 어떤지 몰라도 난 술잔이나 던지려고 무공을 익히지는 않았소. 당 형, 미안하지만 술이 드시고 싶으면 옆에 있는 것을 따라 드시구려."

그리고는 등을 돌려 밖으로 나가 버렸다.

예상치 못한 상황에 사람들이 잠시 말을 잊었다. 그러다 누군가의 입에서 숨죽인 웃음소리가 새어 나왔다.

능소개와 남궁지인이었다.

"어째 오늘은 당 형이 당한 듯하외다. 술잔이나 던지려고 무공을 익히지 않았다라… 맞는 말이지, 맞는 말이야. 누가 술잔이나 던지려고 무공을 익혔겠나? 하하하!"

드디어 능소개가 참았던 웃음을 터뜨렸다.

중인들도 모두 실소를 흘려냈다. 비록 당정의 체면을 보아 능소개 이외에는 큰 웃음을 내지는 않았지만 모두들 실소를 자아내고 있었던 것이다.

"이보게, 당 공자. 내 체면을 보아 이만 넘어가도록 하세나. 허허허."

막여가 당정을 보며 입을 열었다.

당정은 붉어진 얼굴을 가라앉히며 입을 열었다.

“뭐, 넘어가고 말고 할 거나 있습니까? 그저 농 한번 했을 뿐인데요. 하하하.”

“그리 생각해 주니 고맙구만 그래. 자자, 내일 출발하려면 오늘은 이만 자리를 파하도록 합시다.”

막여의 말에 모두들 자리를 털고 일어났다.

하지만 일어서는 당정의 주먹은 힘줄이 드러날 정도로 꽉 쥐어져 있었다.

‘내 이놈을 언젠가는 반드시……!’

당정에게 한마디 하고 자리를 벗어난 황벽은 사람들이 자리를 파하고 일어났을 때 다시 백사장에 나왔다. 멀리 설연이 혁무외, 고봉정과 함께 자신의 방으로 들어가는 것이 보였다.

아마도 오랜만에 만난 문파 사람들끼리 달리 할 말이 있는 듯하였다.

설연의 방 문이 닫히는 것을 본 황벽은 다시 고개를 들어 바다를 바라보았다.

“그녀와 정말 아무 사이도 아닌 것이냐?”

막여였다. 막여는 어느새 황벽의 곁에 와 있었다.

“휴… 아무 사이도 아니라 생각했지요. 그저 좋은 동생이 생겼다고. 한데…….”

“한데……?”

막여가 대답을 재촉했다.

"그녀가 아무 사이가 아니라면 아무 사이가 아니겠지요."

한참을 생각한 황벽이 짧게 말하고는 다시 입을 닫았다.

"그래, 너희들의 문제는 너희들이 풀거라. 그런 것은 남이 뭐라 해서 될 일은 아니지. 하지만 내 한마디만 하마."

"……?"

"세월은 그리 길지 않단다. 지나고 후회할 일은 만들지 않는 것이 좋아. 나는 네가 시간이 지나고 나서 오늘의 일을 후회하지 않을 행동을 하길 바랄 뿐이다."

후회하지 않을 행동, 황벽은 잘 알 수가 없었다.

오늘 그녀에게 자신의 마음을 고백하지 못한 것을 시간이 흐른 후 후회할지, 아니면 지금 그녀에게 자신의 마음을 고백하여 그나마 오누이와 같은 사이도 오늘로서 끝나 버리게 되면 그때 자신의 마음을 보인 것을 후회할지.

막여가 옆에서 고개를 절레절레 흔들었다.

'젊다는 거겠지, 아직은.'

"그나저나 황벽아, 내가 보기에 네 무공은 아직 완성된 것이 아닌 모양이구나."

"네, 그렇습니다. 아직 절대오검의 네 번째와 다섯 번째 초식을 익히고 있는 중인데 진전이 잘……."

"아니, 아니. 내 얘기는 건곤신공을 말하는 것이다."

"……?"

"내 얘기를 들어보아라. 너는 지금 하단전과 중단전에 진기로 가득 차 있겠지?"

"예, 마치 더 이상 진기를 쌓으면 몸이 견디지 못할 것 같은 느낌이들 정도입니다."

"하지만 너는 한번 진기를 사용할 때 그중 하나만을 사용하겠지?"

"네, 그렇습니다. 근데 그걸 어찌……."

"내 아까 네 맥을 잡을 때 두 개의 강한 진기를 느꼈다. 하단전과 중단전에 있는 진기이겠지. 그런데 그 두 진기가 섞이지 못하는 것 같더구나. 그것은 곧 네가 그 두 개의 진기를 함께 사용할 수 없다는 말이겠지."

"사부님께서 보신 것이 정확합니다. 사실 저도 몇 번 두 진기를 함께 사용하려 했지만 그때마다 내공이 흐트러져 실패했습니다. 제 생각에는 건곤신공의 마지막 부분을 깨달아야 두 진기를 동시에 사용할 수 있을 것 같습니다. 그리된다면 아마도 절대오검 최후의 초식인 멸(滅)을 펼칠 수 있겠지요."

"그래, 내 생각도 그렇다. 두 개의 진기를 함께 사용한다면 넌 아마도 천하제일에 가장 근접한 사람이 될 것이다. 하지만 너무 서두르지는 말거라. 지금의 너로도 무림에서 부족한 것은 없다. 깨달음이란 꾸준히 탐구하다 보면 어느 한순간에 오는 것이지, 욕심을 부린다고 얻어지는 것은 아니다."

"네. 명심하겠습니다, 스승님."

"그래, 그럼 됐다. 난 이제 그만 들어가 쉬어야겠다."

"그럼 편히 쉬십시오, 사부."

"그래, 너도 그만 쉬도록 하여라."

"…네 사부."

막여가 휘적휘적 황벽이 살던 오두막의 방으로 들어가자 이제 백사장에는 오직 황벽만이 남았다.

한참 동안을 검푸른 바다를 바라보던 황벽의 눈에 달빛을 받아 백사장에 길게 드리워지는 그림자가 눈에 띄었다. 황벽은 천천히 신형을 돌렸다.

고봉정이었다. 훤칠한 키의 고봉정에게서 황벽은 무인의 냄새를 맡았다. 그것은 마치 엽강이 바다 속으로 작살을 가지고 들어가기 전의 그 순수한 기운과 흡사했다.

"사매에게 얘기 많이 들었소. 그간 사매를 보살펴 주어 고맙소, 황형."

황벽은 다시 한 번 가슴이 아려오는 것을 느꼈다.

그에게 설연이 이제는 보살펴 주어 고맙다는 인사를 받아야 하는 존재가 되어버린 것이다. 조금 더 그녀와 멀어진 듯한 느낌에 황벽은 말없이 고개를 까딱이고는 다시 바다로 시선을 돌렸다.

"솔직하게 말씀드리리다. 난 이번에 화산으로 돌아가면 설매에게 청혼할 생각이오."

쿵!

황벽의 가슴 깊은 곳에서 커다란 울림이 들려왔다.

"두 사람의 관계가 어떤 것인지, 설연의 말처럼 그저 오누이와 같은 사이인지는 솔직히 잘 모르겠소. 하지만 분명한 것은 있소. 나는 설매를 마음에 두고 있고, 청혼할 것이란 사실이오."

'오누이라⋯⋯.'

황벽은 고봉정의 다음 말이 귀에 들어오지 않았다.

"황 형의 생각을 듣고 싶소."

긴 침묵이 흘렀다.

그리고 황벽이 입을 열었다.

"그녀가 오누이라면 오누이겠지요……."

황벽의 대답에 고봉정은 다시 한 번 입을 열려다가 황벽의 공허한 눈동자와 마주치자 입을 다물었다. 사람은 입으로만 말하는 것은 아니다. 가끔 눈빛으로도 말한다.

고봉정은 황벽의 눈빛에서 그의 대답을 알 수 있었다.

"그럼 이만. 다시 한 번 설매를 보살펴 준 데 감사드리오. 그럼 내일 뵙시다."

고봉정이 몸을 돌려 다시 오두막 쪽으로 걸어갔다. 그러나 몸을 돌린 고봉정의 표정은 일그러져 있었다.

방금 전에 본 황벽의 눈빛을 그는 설연에게서도 보았던 것이다.

'하지만 결코 그녀를 포기할 수는 없어. 그들에게 삼 년의 세월이 있었지만 시간이 모든 것을 해결해 줄 것이야.'

걸음을 옮기던 고봉정이 다시 몸을 돌려 황벽을 먼발치에서 바라보다가 큰 소리로 외쳤다.

"황 형, 무공은 술잔을 던지기 위해 익히는 것이 아니라는 말은 나도 동의하오!"

황벽은 또 가볍게 고개를 숙여 답을 대신했다.

고봉정은 다시 몸을 돌려 이번에는 돌아보는 일 없이 빠르게 오두막으로 걸어갔다.

무인도의 밤은 깊어갔다. 작은 파도 소리가 들려왔다.

'역시 함께 떠나지 말아야겠어.'

빈 바다에 홀로 남아 있던 황벽이 무언가를 결심한 듯 몸을 일으켜 오두막으로 걸어갔다.

빈 바다만이 그 자리에 남았다.

다음날 아침 황벽의 말을 들은 막여는 잠시 얼굴을 찡그렸다. 그리고는 황벽을 빤히 바라보았다. 마치 그의 생각을 읽으려는 듯.

"그래서 넌 이곳에 남겠다는 것이냐?"

"네, 사부. 좀 더 혼자만의 시간을 가졌으면 합니다. 절대오검의 완성도 필요하고……."

"진정 그것이 네가 이곳에 남으려는 이유냐?"

"사부……."

막여는 말을 멈추고 한숨을 내쉬었다.

삼 년 동안 애태우며 기다린 제자가 이제 함께 중원을 여행할 기대에 찬 사부에게 이 무인도에 남겠다고 말하고 있는 것이다.

'휴.'

막여는 한숨을 내쉬었다. 황벽의 마음을 어렴풋이 짐작할 만하였던 것이다.

다시 황벽을 바라보았을 때 막여는 어쩔 수 없다는 것을 알 수 있었다. 황벽과 같은 사람은 평소에는 자신의 주장을 그리 내세우지 않지만 한 번 결심을 하면 태산이 무너져도 변하는 법이 없다.

"휴~ 정말 어쩔 수 없구나. 그래, 여기서 아주 늙어 죽을 생각은 아닐 테고, 얼마나 있을 생각이냐?"

"그리 오래 있지는 않을 겁니다. 길어야 육 개월 정도… 그 후 사부님을 찾아뵙겠습니다."

"그래그래, 어차피 남기로 하였다면 너무 서두르지는 말아라. 사람

마음이라는 것이 그리 쉽게 정리되는 것은 아니다."

황벽은 자신의 마음을 알아차린 막여에게 달리 할 말이 없었다.

막여는 황벽의 설연에 대한 마음을 짐작하고 있었고, 둘 사이의 벽도 정확히 알고 있었다. 하지만 막여는 굳이 자신이 나서서 둘을 연결시켜 주려 하지 않았다.

그는 오히려 설연에 대한 황벽의 마음이 정리되기를 바랐다. 그는 황벽이 무림의 한 문파, 그것도 정의맹의 중추인 화산과 연결되는 것이 싫었다. 화산과 연결된다면 좋으나 싫으나 무림의 일에 관여해야 할 것이다. 마치 자신이 남궁세가에 엮인 것처럼.

그것은 그가 황벽에게 바라는 일이 아니었다. 그는 황벽이 가급적 무림에서 멀리 벗어나 자유로운 삶을 살기를 바랐다.

'어쩌면 이런 아픔도 한 번은 겪는 것이 이 녀석을 위해 좋을지도… 그래, 남기는 게 좋겠어.'

막여는 다시 황벽을 바라보며 입을 열었다.

"네 생각이 그렇다면 내 굳이 말리지는 않겠다. 오삼을 여기에 남기겠다. 그와 함께 있어라. 그리고 일행에게 얘기하여 저 작은 흑선을 남겨놓겠다. 네 말대로 빠른 시간 안에 볼 수 있었으면 좋겠구나. 섬을 나와 나를 찾으려면 정의맹 총단으로 오도록 하려므나."

"감사합니다, 사부. 하지만 오삼 사제를 남긴다는 것은……."

"아무 말 말아라. 옛부터 실연으로 자살한 놈이 한둘인 줄 아느냐?"

황벽은 막여의 말에 움찔하며 머리를 숙였다.

"자자, 살면서 그런 것이야 누구나 겪는 일이니 너무 부산 떨지 말거라. 넌 그저 네 무공을 완성시킬 시간을 좀 더 얻은 것으로 생각하거라. 어이, 오삼아!"

막여가 멀리 떨어져 있던 오삼을 불렀다.

일행이 모두 배에 탔을 때야 설연은 아직 섬에 남아 있는 황벽과 오삼을 보았다.

그리고 그들이 탈 것이라 생각한 흑선의 닻도 올려지지 않은 것을 보았다. 그녀는 급히 막여를 돌아보며 입을 열었다.

"어르신, 황 가가는요?"

"내가 이곳에 좀 더 남아서 무공을 닦으라고 했다. 이곳에서 오삼과 함께 몇 개월 있을 것이다. 저 작은 흑선을 남겨놓았으니 돌아올 일은 걱정하지 않아도 되겠지."

설연의 표정이 일그러졌다.

그 순간에도 백사장에서 손을 흔들고 있는 오삼과 황벽의 배웅을 뒤로하며 배는 천천히 바다로 나아가고 있었다.

설연은 몸을 돌려 선미로 달려갔다.

그녀와 황벽의 시선이 마주쳤다. 막 소리쳐 황벽을 부르려던 그녀는 입을 열지 못했다. 그녀의 시선에 닿은 황벽의 눈에서 그녀는 저린 슬픔을 본 것이다.

'나 때문이야. 나 때문인 거야.'

그녀의 눈가에 물기가 서렸다. 그녀가 큰 소리로 소리쳤다.

"황 가가, 섬에서 나오시면 꼭 저를 보러 오셔야 해요!"

황벽이 웃으며 고개를 끄덕였다.

"꼭이요. 기다릴게요."

둘 사이의 시선이 다시 엉켰다. 그리고 그들은 서로를 보며 웃었다. 웃음에는 슬픔이 배어났다.

누군가를 기다리겠다는 것은 아주 많은 의미를 담을 수 있다.

설연의 기다림은 어떤 의미를 가지고 있는 것일까?

그날 그렇게 삼 년 만의 만남과 삼 년 만의 헤어짐이 무인도에서 일어났다.

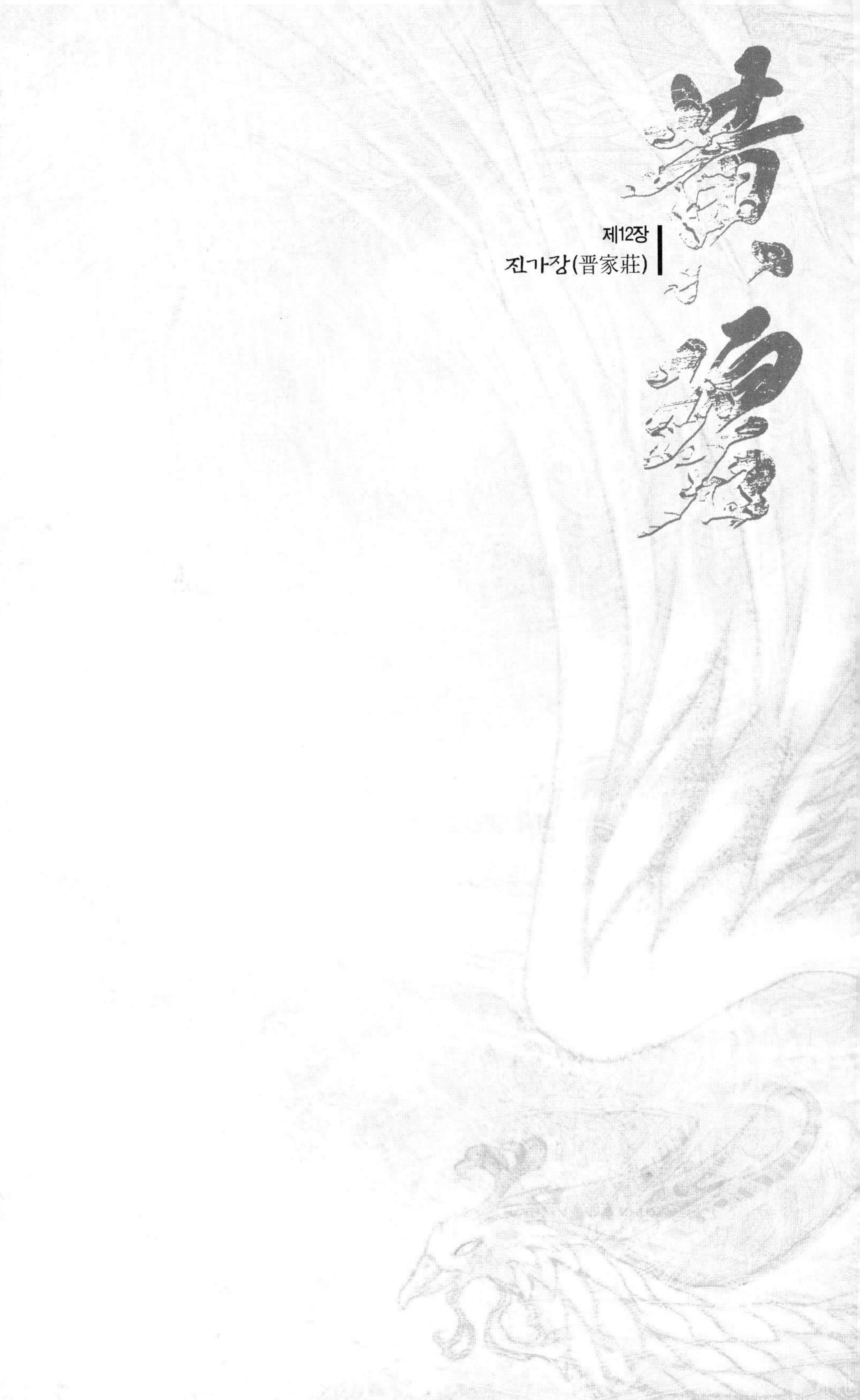

제12장
진가장(晋家莊)

노룡촌에서 상해의 중심으로 들어가는 길목에 오
래된 장원이 하나 있다. 상해 인근에서는 제법 큰 장원이라 알 만한 사
람은 그곳이 무림문파 진가장이라는 것을 모두 안다.

상해는 중원에 속해 있으면서도 동쪽으로 치우쳐 거대 무림문파가
들어오는 경우가 드물었다.

최근에 들어서는 오직 진가장만이 유일하게 현판을 걸고 있었다.

가문에 전해지는 초보적인 심법과 과거 현 진가장주 진무외의 오대
조가 무당에서 잠시 거할 때 얻었다는 검법만으로도 다른 문파가 없는
까닭에 일대에서 어깨에 힘깨나 주고 있었다.

하루에도 수많은 문파가 생겨났다 사라지는 무림에서 진가장이 무
림대전을 치러낸 것은 거의 기적에 가까운 일이었다. 전체 무림으로

보았을 때 진가장은 문도 수가 백이 채 안 되는 작은 문파에 속하기 때문이다.

그런 진가장이 무림대전을 치러낸 것은 그 지리적 이점과 함께 별로 무림에 영향을 끼칠 일이 없는 작은 문파였기 때문이다. 한마디로 진가장은 정의맹이나 패천맹의 수뇌부들 입장에서 보자면 별 볼일 없는 작은 문파였던 것이다.

이런 진가장이 최근 들어 갑자기 분주해지기 시작했다.

삼 년 전 정의맹의 후기지수를 바다로 내보낼 때 한몫했던 진가장은 이번에는 정의맹의 고위 간부들을 바다로 내보내는 일을 성공적으로 마침으로써 진가장주 진무외는 자신이 이제 정의맹 고위 인사들에게 깊은 인상을 심어놓았다고 자부했다.

그리고 그것에 대해 뿌듯한 마음을 가지고 있었던 것이다.

더구나 그 일행 중 우두머리인 남궁헌이 바다로 나가며 한 말은 진무외의 가슴을 떨리게 했다.

"진 장주, 이번에 이렇게 편의를 보아주시니 정말 고맙습니다. 염치 불구하고 한 가지 부탁을 더 드리겠습니다. 저희의 일정이 한 달 정도 걸릴 텐데 돌아오는 길에 진가장에서 하루 정도 쉬어갈 수 있으면 좋겠습니다. 내 맹에 이번 진 장주의 노고를 잊지 않고 전하겠소이다."

그날 이후 진무외는 다시 돌아올 일행을 맞을 준비에 전력을 쏟았다. 몇몇 쓰지 않는 방들은 목수를 불러 다시 깨끗하게 수리하고, 상해의 가장 좋은 주루에서 오래된 여아홍을 준비하기도 하였다.

또 집 안 전체적으로 기풍을 높이기 위해 평소에 관심없는 글과 그림을 상해의 고서점에서 비싼 값을 들여 구입하기도 하였다.

또한 언제 올지 모르는 일행을 위해 상해 일대에서 이름난 숙수를 한 달간 고용하여 집에 머물게 하였던 것이다.

오늘도 진무외는 직접 집 안 여기저기를 돌아보며 손님 맞을 채비에 여념이 없었다.

"이봐, 이봐, 진 아우. 이리 좀 와봐."

진무외가 집안 살림을 총괄하는 자신의 아우 진무근을 불렀다.

"이것 봐, 아우. 정원에 왜 이리 꽃이 없어? 정의맹 사람들이 왔을 때 집 안이 환하고, 기분 좋게 보이려면 여기 정원에 꽃이 가득해야 할 것 아니야. 이 사람이 지금 정신이 있는 거야? 이번 일이 얼마나 중요한 것인지를 몰라? 이번 일만 잘되면 우리 진가장이 드디어 정의맹의 총단에 진출할 수 있는 기회가 생긴단 말이야. 좀 똑바로 해."

"참, 형님도. 무림세가에 무슨 꽃입니까? 그리고 우리가 언제 꽃이나 보며 살았습니까? 형님, 그냥 있는 대로 맞이합시다. 지금까지 들어간 돈만 해도 우리 진가장 일 년 예산이 넘습니다."

"이런이런, 답답한 인사를 보았나? 우리가 언제까지 이 상해 한구석에서 썩어야 한단 말인가. 이럴 때 정의맹 고위 인사들과 확실한 친분을 맺어놓는다는 게 우리 문파의 앞날에 얼마나 큰 기회인지를 모른단 말인가? 아이고, 답답해. 이렇게 사람이 없어요, 이렇게 사람이 없어. 그러니 내가 무슨 큰일을 도모하겠어."

진무외는 한쪽으로 물러서는 진무근을 노려보며 소리쳤다.

"쓸데없는 소리 말고 시키는 대로 해! 여기, 여기, 여기, 그리고 저기, 꽃으로 가득 채워. 알아들었어?"

"알았수, 알았어. 원 성질하고는."

　진무근이 더 이상 진무외의 잔소리가 듣기 싫은지 잽싸게 자리를 떠났다.
　진무외는 그런 진무근을 다시 한 번 노려보고는 집 안으로 몸을 돌렸다.
　이제는 손님들이 묵을 각 방을 점검해야 하는 것이다.

　"안에서 맞겠소, 밖에서 맞겠소?"
　진가장이 한눈에 내려다 보이는 오른쪽 동산 정상에 세 명의 인영이 서 있었다.
　두 명은 흑의를 입은 중년 사내이고, 한 명은 같은 흑의를 입었으나 얼굴까지 검은 복면을 뒤집어쓴 인물이었다.
　입을 연 것은 두 명의 흑의인 중 한 명이었고, 향한 곳은 복면인에게로였다.
　"안을 접수하고 정원에서 맞도록 하겠소."
　"그건 림주 좋을 대로 하시오. 그리고 너무 무리하지 말도록 하시오. 목적은 저들의 실력을 판가름하는 것이니 굳이 혈림 식구들의 목숨까지 걸 필요는 없소이다. 적의 본 실력을 끌어내는 것만으로도 청부는 완수한 것으로 하겠소."
　"알겠소이다. 그런 조건이라면 굳이 이렇게 많은 식구를 동원할 필요까지는 없었을 텐데……."
　"그렇다고 너무 쉽게 생각지는 마시오. 저들은 정의맹 수뇌부와 신오제라 불리는 자들이니 자칫하다가는 혈림이 큰 손해를 볼 수도 있소이다."
　"흐흐… 걱정 마시오. 혈림이 손해 보는 일은 결코 없으리다. 그럼 난 이만. 일이 끝나면 그때 봅시다.”

복면인이 말을 마치고는 어둠 속으로 사라졌다.

“조장님, 저들이 잘해낼 수 있을까요?”

두 사람의 대화를 듣고 있던 또 한 명의 흑의인이 입을 열었다.

“괜찮을 거야. 혈림이라는 이름이 거져 생긴 것은 아니니. 자, 그럼 우리도 자리를 잡고 어디 신오제의 솜씨를 구경해 보도록 할까?”

“그러지요.”

말을 마친 두 흑의인의 신형도 곧 작은 동산의 정상에서 사라졌다.

정의맹과 패천맹으로 나뉘어져 있는 무림에 그 두 개의 맹과는 별도로 존재하는 집단이 몇 곳 있었다. 그들은 무림대전 시 어느 쪽의 편에도 서지 않고 중립을 지킴으로써 자신들의 문파를 보전할 수 있었다.

정의맹이나 패천맹도 굳이 그들을 자신들의 세력으로 끌어들이려고 하지 않았다.

그것은 각기 그들에게는 세인의 이목에서 자유롭지 못한 결점이 있었으며, 또한 하나의 맹에 속하기에는 그들의 개성이 워낙 강했기 때문이다. 그리고 그들을 관리하는 것 자체도 힘들었다.

또 그들은 철저하게 자신들을 숨기고 있었으므로 그들의 실체를 파악하는 것조차 쉽지 않았다.

하오문과 낭인대, 그리고 혈림이 그러한 조직이었다.

혈림은 무림에서 몇 안 되는 살수문이다. 비록 패천맹에도 혈사대라는 살수 조직이 있었으나 혈림과는 그 근본이 달랐다.

혈사대는 일정한 수준에 오른 무인을 뽑아 적의 요인을 암살하기 위해 패천맹이 구성한 특별 조직이었지만, 혈림은 어려서부터 살수로 길러져 돈을 받고 사람을 죽이는 살문이었다.

혈림은 대가만 있다면 그 대상을 가리지 않고 살수를 뿌렸다.

그리하여 무림에서도 살문은 정사 양쪽도 모두 꺼려했고, 필요 시 그들을 이용할지언정 자신들의 세력으로 흡수하지는 않았던 것이다.

하오문이나 낭인대도 혈림과 마찬가지로 정의맹이나 패천맹에서 자신들의 세력으로 흡수하기에는 꺼려지는 집단임으로, 하오문의 정보나 낭인대의 무력을 가끔 돈을 주고 이용할 뿐 굳이 자신들의 세력으로 끌어들이지는 않았다.

그 혈림이 오늘 이곳 진가장에 나타난 것이다.

자정을 넘긴 깊은 밤, 덩그러니 떠 있는 보름달이 왠지 모르게 쓸쓸해 보였다.

어느 순간 둥근 달 속에 검은 그림자들이 나타나는가 싶더니 이내 수십 명의 인영이 진가장의 담을 넘었다.

정의맹 중앙에 진출할 꿈에 부풀어 있던 진무외는 지금 일어나고 있는 일이 꿈만 같았다.

한참 단잠에 빠져 있던 그는 누군가가 발끝을 툭툭 건드리는 통에 잠에서 깨어났다. 그리고는 채 자신을 건드린 사람을 보기도 전에 목덜미를 잡혀 침대에서 일으켜져 방 한구석으로 내동댕이쳐졌다.

'누구냐.'

물음은 입속에서만 맴돌았다. 가슴에 강력한 주먹이 파고든 것이다. 입 밖으로 나오려던 말은 목구멍을 타고 넘어갔다.

그는 단지 곧 튀어나와 땅에 떨어질 것 같은 눈망울로 자신을 이 상태로 내몬 사람을 쳐다보았다.

그는 온몸에 검은 천을 두른 복면인이었다.

"네가 진무외냐?"

낮고 거친 음색에는 죽음의 냄새가 풍겼다.

진무외는 생각할 여유도 없이 고개를 끄덕였다.

"이제부터 이곳은 우리가 접수한다. 반항하지 않는다면 목숨은 살려 준다. 자, 네가 있고 싶은 곳을 말해 봐라."

진무외는 입을 열 수 없었다.

아직도 가슴에 통증이 남아 있었던 것이다.

"호~ 말이 없는 걸 보니 저승에라도 가고 싶은가 보지? 사양할 나도 아니다."

복면인이 허리춤에 있던 칼을 뽑아 들려는 순간 진무외의 말문이 트였다.

"창고에! 장원 뒤에 있는!"

진가장의 전 식솔이 장원 후원에 있는 창고에 쓸어 담겼다.

평소 지나는 곳마다 피를 뿌리던 혈림의 행사치고는 한 명의 사상자도 내지 않은 이번 일은 특이한 일이었다.

고개를 들어 의문을 표하는 부림주에게 혈림주는 낮게 중얼거렸다.

"저들은 고수야. 피를 뿌리면 살기를 느낄 것이다."

부림주는 말없이 고개를 끄덕였다.

그런 부림주를 보며 다시 혈림주가 입을 열었다.

"자, 이제 우리도 손님 맞을 준비를 해야지?"

부림주는 가볍게 고개를 숙여 보이고는 창고 앞에 집결해 있는 사십여 명의 복면인들에게 손짓을 했다.

복면인들이 허리를 숙여 보이고는 각자 빠르게 신형을 날렸다.

"퇴로를 잘 확보해. 이번 일은 만만치가 않아. 정의맹 장로급 고수만 해도 십여 명에 신오제라……. 다시 말하지만 퇴로를 잘 확보해."

부림주가 다시 한 번 고개를 끄덕였다.

"그리고 진가장 식솔 몇몇을 뽑아서 내일 정문에 세워놓아. 그래서 장원을 찾는 이들을 돌려보내도록 해."

어제 낮까지만 해도 활기가 넘쳐흐르던 진가장은 그날 밤 다시 절망으로 가득 찼다.

설연 일행이 노룡촌 포구에 다다른 것은 해가 중천에 뜬 한낮이었다.

비록 무림에서 이름을 날리는 고수들이었지만, 오랜 항해는 그들을 지치게 하였다.

몇몇은 땅 위에 올라서자 땅 멀미를 하기도 했다.

"이곳에서 간단히 요기를 하고 진가장으로 갑시다. 진가장주가 우리가 편히 묵을 수 있도록 준비를 해두었을 것이오."

일행은 남궁헌의 말에 따라 노룡반점으로 들어갔다.

작은 어촌인 노룡촌의 유일한 주루 겸 음식점인 노룡반점은 이 일단의 무림인들의 방문을 받고 북적이기 시작하였다.

그래서 반점에서 일하던 꼬마 점소이가 그들의 행색을 유심히 살피고는 소리없이 사라지는 것을 신경 쓰는 사람은 아무도 없었다.

식사를 마친 일행은 서둘러 길을 재촉했다.

진가장은 상해 외곽에 위치해 있었는데, 그곳은 노룡촌에서 상해로

들어가는 초입이었다.

관도에는 상해와 노룡촌을 오가는 사람들이 간간이 눈에 띄었으므로 일행은 굳이 경공을 사용하지 않고 걸었다.

경공을 사용하면 반 시진이 안 걸릴 거리를 사람들은 한나절을 걸려 걸어가고 있었던 것이다.

그래서 일행이 진가장이 멀리 보이는 곳까지 왔을 때, 이미 해가 저물어 긴 산 그림자가 관도를 지나간 지 오래였다.

어둑한 시간에 진가장의 정문에는 불이 밝혀져 있었다. 그리고 횃불 주위에서 두 인영이 대문을 지키고 있었다.

"좀 이상하군요. 너무 조용한 것 같은데요."

남궁헌의 곁에서 함께 발걸음을 옮기던 남궁인이 입을 열었다.

"뭐, 저녁이니까 일찍들 일을 마쳤나 보구나. 어서 가도록 하자. 한나절을 쉬지 않고 걸었으니 다들 피곤할 거야."

남궁헌은 대수롭지 않게 말을 받으며 발걸음을 재촉했다.

"어디서 오는 사람들이오?"

대문 앞에서 번을 서던 두 장한 중 한 명이 큰 소리로 다가오는 일행을 맞이했다.

"나는 남궁세가의 남궁헌이라 하네. 진 장주와 이미 얘기가 되어 있으니 들어가 고하시게."

"알겠습니다. 급히 전하겠습니다."

장한의 표정이 바뀌며 공손히 허리를 굽혀 인사하고는 급히 장원 안으로 들어갔다. 장한은 들어선 지 일각이 지나지 않아 다시 밖으로 나왔다.

"장주께서 어서 들라 하십니다. 어서 드십시오."

장한은 공손히 말하며 대문을 좌우로 활짝 열어젖혔다.

남궁인 등은 살짝 이마를 찌푸렸다.

장주가 직접 나오지 않고 하인을 시켜 들라 이르다니, 이것은 지방의 작은 문파가 정의맹의 원로를 맞는 예가 아니었다.

중인들도 언짢은 기분이 들기는 하였으나 남궁헌을 따라 대문 안으로 들어섰다.

어둠이 깃든 마당 이곳저곳에서 꽃 향기가 가득 풍겨왔다.

순간,

"조심!"

하는 소리와 함께 아미의 임혜련이 앞으로 날아들며 검을 휘둘렀다. 짜자작, 싸리나무 부러지는 소리가 임혜련의 주위에서 일어났다. 그녀의 주위에 부러진 화살이 수북이 떨어져 있었다.

"이것이 어찌 된 일이냐?"

남궁헌이 고개를 돌려 정문을 지키던 장한들을 찾았을 때, 이미 그들의 모습은 사라지고 없었다.

그 대신 정면에 있는 본청 건물 지붕 위에서 음산한 목소리가 흘러나왔다.

"흐흐흐, 과연 신오제로군. 어서들 오시오. 기다린 지 오래외다."

목소리의 임자는 모습을 드러내지 않았다.

"누구냐! 모습을 드러내라!"

남궁인이 손에 검을 잡아 들었다.

"하하하. 비천한 것이 어떻게 정의맹의 고수 분들 앞에 나타나리까. 그저 약소하게 환영 인사나 드리고 물러갈까 하오이다."

암중인의 말이 끝나는가 싶은 순간 다시 지붕 위에서 검은 덩어리

두세 개가 빠른 속도로 날아왔다.

"진천뢰다! 피해라!"

누군가 경고음을 발했으나, 검은 덩어리가 날아오는 속도는 그들에게 피할 시간을 주지 않았다. 진천뢰는 곧 그들의 발 앞에 떨어져 내렸다.

그때 한 인영이 모습이 보이지 않을 정도의 빠른 속도로 일행 앞으로 나서는가 싶은 순간, 땅에 막 닿으려던 진천뢰가 담 너머로 날아갔다.

그리고 잠시 후 '쾅' 하는 폭발음이 담장 밖에서 울려왔다.

"어, 센데."

능소개였다. 능소개의 전율적인 경공이 시현된 것이었다.

"이, 쥐새끼 같은 놈! 밖으로 나서지 못하겠느냐?"

능소개가 지붕 위를 향해 소리쳤다.

"명불허전. 말로만 듣던 개방의 능 형이구려. 과연 과연 신오제는 나를 실망시키지 않는구려."

"정말 숨어만 있겠단 말이냐?"

능소개가 다시 소리치며 앞으로 나가려는 순간 고봉정이 그의 어깨를 잡았다.

"능 형, 그냥 두시오. 안 나오겠다면 나오게 하면 되지. 당 형, 뒤를 부탁하오."

당정이 차가운 눈을 빛내며 고개를 끄덕였다.

고봉정은 천천히 등 뒤로 얽어맨 검을 뽑아 들고는 한 걸음씩 앞으로 나섰다.

"멈춰라! 안 그러면 진천뢰의 맛을 다시 보게 될 것이다!"

지붕 위에서 조금 다급해진 음성이 터져 나왔다.

"그러든지."

말을 마친 고봉정의 신형이 빨라졌다 싶은 순간, 그의 검이 지붕을 통째로 가를 듯이 휘둘러졌다.

시퍼런 검기가 십여 장 밖의 건물을 향해 날아들었다 싶은 순간, 천둥 소리와 같은 굉음과 함께 지붕의 반이 갈라져 내렸다.

"이런 무식한 놈! 모두 피해라!"

순간 지붕 위에 숨어 있던 인영들이 사방으로 몸을 날렸다.

"어딜!"

고봉정의 행동을 지켜보던 당정이 재빠르게 고봉정의 머리 위로 날아오르며 소매를 떨쳐 냈다.

순간 검은 암기들이 흩어지는 인영들의 머리 위로 구름처럼 날아갔다.

"만천화우!"

절망적인 목소리가 인영들 사이에서 터져 나왔다.

그리고 허공으로 솟구치던 복면인들이 땅으로 처박혔다. 오직 우두머리로 보이는 한 명만이 비틀거리며 장원의 동쪽에 난 담을 향해 몸을 날리고 있었다.

하지만 그도 결국은 자신의 동료들과 함께 저승행에 선택되었다.

그가 막 담을 넘으려는 순간 하나의 검이 멀리서부터 날아와 그의 목을 베고는 다시 주인의 손에 들어갔다.

남궁인이었다.

"이기어검!"

순간 놀람에 찬 음성이 이곳저곳에서 터져 나왔다.

중인들은 처음으로 신오제의 무공을 견식한 것이다. 신오제의 무공은 경악스러웠다. 임혜련의 섬세한 검, 능소개의 빠른 발, 고봉정의 막강한 일검, 당정의 만천화우, 거기에 남궁인의 이기어검까지……

중인들은 자신들의 앞에서 펼쳐진 이 전율스러운 무공에 잠시 말을 잊었다. 그리고 그 침묵은 뒤뚱거리며 멀리 후원에서부터 뛰어나오는 진가장주 진무외의 음성이 들릴 때까지였다.

"아이고, 어르신. 어서 오십시오. 이런 꼴을 보여 드리다니 죽을죄를 지었습니다. 모든 게 소인의 잘못이니 저를 벌해주십시오."

진무외는 뛰어나오자마자 남궁헌의 발밑에 엎드렸다.

"어찌 된 일이오?"

"저도 잘 모르겠습니다. 어젯밤 갑자기 일단의 복면인들이 장원을 습격하여 점령당했습니다. 있는 힘껏 저항했으나 역부족으로 그만……"

그러나 말하고 있는 진무외에게서는 있는 힘껏 저항한 흔적이 보이지 않았다.

남궁헌은 고소를 날리며 입을 열었다.

"알겠소. 우리 일행으로 인해 진가장이 낭패를 보았소이다그려. 내 맹에 이야기하여 복구 비용을 보내도록 하겠소."

"아이고, 되었습니다. 그저 편히 모시지 못해 송구할 따름입니다. 그만 후원으로 드시지요. 후원의 건물은 쉬실 만할 것입니다."

"모두 들어갑시다."

남궁헌의 말에 일행은 묵묵히 진무외를 따라 장원의 뒤편으로 돌아갔다.

발걸음을 옮기는 중인들의 마음은 둘로 갈라져 있었다. 신오제 문파의 장로들은 이번에 견식한 신오제의 무공에 한껏 고무되어 있었고, 나머지 문파 사람들은 앞으로 다가올 신오제의 파괴력을 가늠하느라 정신이 혼란스러웠다.

그날 밤 그들은 본청이 부수어진 진가장에서 하루를 묵었다.

한바탕 소란이 지나간 진가장을 멀리서 주시하는 사람들이 있었다. 혈림이 진가장을 접수하기 전 만났던 두 명의 흑의인이었다.

"혈림의 전멸이라니… 거기에 이기어검까지……."

"정말 대단하군요. 오제지비, 오제지비 하기에 얼마나 대단한가 했더니. 역시 명불허전입니다."

"흠, 이번 일에 우리 혈사대가 직접 개입하지 않은 것이 천만다행이야. 만약에 혈사대가 직접 부딪쳤다면 그 피해가 적지 않았을 거야."

"아무래도 그렇겠지요. 조장님, 그럼 이대로 귀환하는 것입니까?"

흑의인 한 명이 고개를 끄덕였다.

"그래, 일단 모든 조원을 이끌고 귀환하도록. 이번 귀환은 부조장에게 일임하겠네. 난 좀 알아볼 게 있어서 하루 이틀 늦게 귀환토록 하겠네. 대주께는 그리 전해주게."

"알겠습니다, 조장."

이들은 패천맹 혈사대 제일조였다.

진회의 실종과 혈사대의 확충으로 혈사대는 다섯 개의 조로 나뉘어졌다.

그리고 각 조장에는 지난날 혈사대원들 중 일호에서 오호까지가 임명되었다. 조장이라 불리우는 이 흑의인은 과거 혈사대 제일호였던 인물이었다.

"아무래도 그와 흡사하단 말이야. 그가 살아 있는 것인가?"

멀어지는 부조장을 바라보며 혈사대 제일조장은 작은 소리로 중얼거렸다.

그는 어제 낮에 노룡촌에서 그가 알던 누군가를 본 듯한 것이다. 그는 이제부터 자신이 본 사람이 그가 알던 그 사람인지를 확인해 볼 생각이다.

만약 자신의 짐작대로 그가 본 인영이 그라면 자신과 과거의 혈사대원들은 그 순간부터 어둠 속으로 숨어야 할 것이다.

천천히 혈사대 제일조장의 신형이 노룡촌을 향해 움직이기 시작하였다.

제13장
갚아야 할 것

　　노룡반점의 어린 점소이 노삼이 남궁인 일행을 보고 땀을 흘려가며 달려간 곳은 바닷가에 접해 있는 엽강의 집이었다.

　　엽강은 초가집 한쪽에 있는 우물가에 앉아 숫돌로 작살의 날을 세우고 있었다. 엽강의 작살은 많이 변해 있었다. 그것은 이제 작살이라기보다는 창에 가까운 모습을 하고 있었다.

　　작살이 변한 만큼 사람도 변해 있었다. 우물가에 아무렇게나 앉아 있는 것으로도 엽강에게서 알 수 없는 기운이 흘러나왔다. 그래서 그를 보는 사람으로 하여금 자신도 모르는 사이에 움츠러들게 하였다.

　　"저기유, 아저씨."

　　"노삼이냐? 네가 웬일이냐?"

　　엽강이 헐떡이며 숨을 쉬는 노삼을 보고 자리에서 일어났다. 엽강이 일어서자 노삼의 머리는 엽강의 가슴에 머물렀다. 노삼은 엽강을 올려

다보며 급히 입을 열었다.

"아저씨! 왔어유, 왔어."

"아니, 인석아! 뭐가 왔다는 거야? 천천히 말하거라. 숨넘어가겠다."

"아, 있잖아유. 그 옛날에 황벽 아저씨랑 떠난 그 사람들이유. 왔어유, 오늘 반점에서 봤어유."

순간 엽강의 눈가에 번개 같은 빛이 어렸다.

"그게 정말이냐? 틀림없지?"

"아 글쎄, 틀림없다니까유. 그 사람들하고 한 달 전에 떠난 그 무림인들하고 같이 왔다니까유?"

"그래… 화, 황벽은 있더냐?"

엽강의 물음에 노삼은 갑자기 기운이 빠진 듯 어깨를 축 늘어뜨리고는 고개를 저었다.

"아니유. 없었어유, 황 아저씨는……."

엽강의 얼굴에 잠시 일었던 희망의 빛이 사라지고 그 자리에 굳은 살기가 대신 들어섰다.

"알았다. 이제 그만 가보거라. 수고했다."

"헤헤, 아니에유. 아저씨, 그럼 이제 저한테 작살질 가르쳐 줄 거쥬?"

"그래그래, 이놈아. 아저씨가 일 끝나면 작살질 가르쳐 주마. 그러니 이만 돌아가거라. 늦으면 혼나겠다."

"알았어유. 아저씨, 그럼 나중에 봐유."

노삼이 올 때와 같은 속도로 다시 노룡반점을 향해 달려갔다.

엽강은 노삼이 간 후에도 한참 동안 작살을 버렸다.

한참 후에 작살의 날을 들어 손끝으로 그 날을 집어본 엽강은 작살을 들고 초가집 한쪽에 있는 부엌으로 들어갔다.

아직 저녁은 이른 시간이었지만, 엽강의 오두막 굴뚝에서는 밥 짓는 연기가 피어올랐다.

한상 가득 차려진 이른 저녁상을 앞에 둔 진회는 숟가락을 들다 말고 엽강을 바라보며 물었다.

"가볼 생각이냐?"

"가야지요."

"뭐 하러?"

"목숨 값은 목숨으로."

단호한 엽강의 목소리가 어금니 사이로 비집고 나왔다.

"그렇다면 나를 먼저 베어야 할 텐데?"

"노인장은 다녀와서 봅시다."

진회가 피식 웃음을 지었다.

"그래도 함께 산 정이 있다고 봐주는 거냐? 아서라. 나를 베려면 지금 베고 가거라. 아니면 나를 벨 기회조차 없을 거야."

"……?"

"그들이 누구인지 아느냐? 그들이 돌아왔다는 것은, 곧 그들이 오제의 무공을 얻었다는 것을 뜻한다. 거기다 그들 다섯에 정의맹의 여러 고수들까지 붙어 있다. 내 장담컨대 너의 지금 실력으로는 그들 중 하나와 붙어 살아남기만 해도 다행이다. 그러니 네가 그들에게 간다면 나를 벨 기회는 영영 없게 되는 것이지."

"좋겠수, 오래 살아서. 명대로 오래오래 살다 가쇼."

"가지 마라. 가더라도 나중에 찾아가거라. 신단만 완성된다면 적어도 그들에게 죽임을 당하지는 않을 것이니.”

“난 앞뒤 재는 재주는 없소. 단지 받아내야 할 것은 받고, 갚아야 할 것은 갚을 뿐. 그리고 지금 그들을 보내면 언제 다시 그들을 볼 수 있겠소? 그것도 한자리에서.”

“정녕 가겠다는 것이냐? 그곳이 곧 네 무덤이 될 터인데도?”

“…적어도 한 놈은… 솥에 밥이 가득 있으니 한 이틀은 먹을 거요. 그 이후는 노인이 알아서 해 먹으슈.”

말을 마친 엽강이 자리에서 일어났다.

한가득 담긴 밥그릇에는 손도 대지 않은 상태였다.

“가더라도 먹고나 가든지.”

“배부르면 몸이 느려진다지 않았소. 가겠소!”

엽강이 부엌 입구에 세워둔 작살을 들고 오두막을 떠났다.

그의 등에 대고 진회가 큰 소리로 외쳤다.

“살아만 있어라! 숨만 붙어 있다면 내 너를 다시 태어나게 해주마!”

남궁인 일행이 진가장을 나선 것은 다음날 이른 아침이었다. 어제저녁에 일어난 혈림과의 격투 흔적은 씻은 듯이 사라지고, 오직 정확히 반으로 갈린 본청 지붕만이 흉물스레 새벽빛 아래 그 모습을 드러내고 있었다.

“그럼 어르신들, 먼 길 편안히 가시고 언제든지 이곳에 오시면 들러 주십시오. 저희 진가장은 정의맹의 상해 분타로서…….”

“알았소. 이번에 진 장주께서 수고가 많았소. 기억하리다.”

남궁헌이 진무외의 끝이 없는 작별 인사를 중간에서 잘랐다.

일행은 진가장에서 준비한 말을 타고 정의맹 총단을 향해 출발하였다. 일행의 뒷모습이 보이지 않을 때까지 진무외는 허리를 굽히고 있었다.

상해에서 정의맹 총단이 있는 하남 석산까지 가는 육로는 말로 한 달 남짓 걸리는 거리였다. 일행은 이제 달리는 말의 걸음을 멈추고 천천히 걷고 있었다.

상해에서 중원으로 뻗은 서쪽 관도는 대체로 상해의 풍부한 해산물과 해동이나 동영에서 오는 무역 상품들의 운송로로 이용되었으므로 잘 정돈되어 있었다.

단지 상해를 막 벗어나려는 곳에 양쪽 험한 협곡으로 이루어진 곳이 있었는데, 그곳만 지나면 그때부터는 평탄한 길이 이어져 있었다.

사람들은 그 협곡의 오른쪽 위에 꼭 말 머리같이 생긴 바위가 있어 그곳을 마두곡이라 불렀다. 마두곡을 지나는 관도는 관도치고는 그 폭이 좁아 겨우 마차 한 대가 지나갈 정도였다.

일행은 어느새 멀리 마두곡이 보이는 곳까지 다가서고 있었다.

"숙부, 그들은 아무래도 혈림이겠지요?"

"그래, 맞다. 혈림의 살수들이었다."

"그들이 왜 우리를 공격했을까요? 특별히 혈림과 문제가 있었던 것도 아니고… 혈림에서 전 살수를 동원해 우리를 공격할 이유가……?"

"청부를 받았겠지."

"청부를요? 누구에게?"

"글쎄다. 그들이 우선 너희 신오제만을 향해 화살을 날린 것을 보면 두 가지로 생각할 수 있겠지. 하나는 패천맹의 사주를 받았다고 보는 것이다. 패천맹의 비마대는 그 정보력이 뛰어나니 아마도 너희들의 출도를 알고 있었을 것이다. 또 하나는 정의맹 내부의 소행일 수도……."

"그럴 리야 있겠습니까. 아무리 그래도 같은 정파 아닙니까?"

"때로는 밖의 적보다 안의 적이 더 무서운 법이다. 하지만 이번 일은 아무래도 패천맹의 소행이 맞는 것 같구나. 그들은 아마도 너희들을 살상할 생각은 없었던 것 같아. 만약 살상할 생각이었다면 정의맹 고수들이 몰려 있는 곳에 혈림만 보내지는 않았을 테지."

"그럼 그들이 혈림을 시켜 저희를 공격한 목적이……?"

"아마도 그들은 너희들의 실력을 떠보려 했을 것이다. 아직 정의맹과 패천맹이 휴전 중이므로 직접 나설 수는 없었을 테지. 그래서 혈림에 청부를 넣은 것이고, 아마도 어딘가에 모습을 감추고 어젯밤의 격투를 지켜본 자들이 있었을 게다."

남궁인은 남궁헌의 말에 고개를 끄덕였다.

그들이 말 위에서 어제의 격투에 대해 이야기를 나누는 사이 그들은 어느새 마두곡에 접어들고 있었다.

일행의 선두에는 능소개와 당정이 앞서 나가고 있었다.

"자, 이제 이 마두곡만 지나면 길이 평탄하니 서둘러 다음 마을까지 갑시다. 노숙은 섬에서 할 만큼 했으니 가급적 어느 객잔에라도 들기로 합시다."

남궁헌이 일행을 재촉했다.

일행이 남궁헌의 말에 따라 길을 재촉하려는 그때, 무엇인가 '번쩍' 하면서 섬전 같은 빛살이 일행의 선두에 날아와 꽂혔다.

부르르르.

작살이었다.

날이 시퍼런 작살이 협곡 사이로 이어진 관도에 한 자 깊이로 날아와 박혔던 것이다.

"누구냐?"

당정이 날카로운 소리로 사방을 돌아보며 소리쳤다.

"잠깐 좀 봅시다."

맞은편에서 낮게 깔린 음성이 들리며 키가 훤칠한 사내가 햇빛을 등지고 관도 위에 나타났다.

사내는 천천히 걸어와 관도 위에 꽂힌 작살을 잡아 빼며 일행을 노려봤다. 그의 눈에서는 시퍼런 살기가 줄기줄기 뻗어 나오고 있었다.

"누구냐?"

다시 한 번 당정이 물었다.

일행은 삼 년 전 황벽과 함께 있던 엽강을 본 적은 있지만 그를 기억하는 사람은 없었다.

"뭐, 내 이름을 듣는다고 나를 알 것도 아니고… 당신 말고 거기 당신! 나 좀 봅시다."

엽강은 남궁헌과 함께 서 있는 남궁인을 가리켰다.

남궁인은 엽강이 자신을 가리키자 한편으로는 어이없기도 하고, 한편으로는 궁금증이 일기도 했다.

하지만 궁금증이 먼저였다.

"나 말인가? 우리는 서로 안면이 없는 것 같은데, 나를 아나?"

"남궁가의 남궁인 공자가 아니오?"

"맞다. 내가 바로 남궁인이다. 한데 나에게 무슨 볼일이 있는 것이냐? 내 기억에 없는 얼굴인데……."

"기억을 못하는 것은 머리 나쁜 당신 탓이고, 난 당신에게 받아야 할 게 있고, 당신은 내게 갚아야 할 게 있소."

남궁인은 정말 궁금하다는 표정을 지었다.

"그 말은 곧 내가 당신에게 빚을 졌다는 이야기인데, 난 누구에게도 빚진 기억이 없는걸?"

"당신은 빚이 있고, 나는 그것을 받을 것이야. 바로 네 목으로."

엽강의 말이 거칠어졌다.

엽강은 천천히 작살을 들어 올려 그 끝을 남궁인을 향해 겨누었다.

"이자, 피를 봐야 눈물을 흘릴 놈이군. 혈림의 잔졸이냐?"

남궁인이 화가 난 듯 검을 뽑으며 물었다.

"혈림은 무슨… 이거나 받아라!"

말을 마치는 동시에 엽강이 들고 있던 작살을 앞으로 쭉 내밀었다.

순식간에 작살 끝이 여러 가닥으로 갈라지며 남궁인의 전신을 노리고 달려들었다.

별로 강할 것 같지 않던 엽강의 작살에서 강한 진기가 엄습하자, 남궁인은 한 발 물러서며 검을 휘둘렀다.

검과 작살이 부딪치며 불꽃이 튀었다.

꽈광!

불꽃 뒤로 천둥 같은 울림이 따라왔다.

남궁인과 엽강은 각자 세 걸음씩 뒤로 물러섰다.

중인들은 놀람으로 커진 눈으로 엽강을 바라보았다. 그들은 처음 엽강이 모습을 드러냈을 때 혈림의 잔당이라고 생각했었다. 그들이 오제도에 들어 신오제와 함께 출도한 이래로 그들과 부딪친 적이라고는 오직 혈림뿐이었기 때문이다.

그리고 혈림이라면 기습이 아닌 정면 대결에서 결코 남궁인과 맞설 수 없을 것이다. 한데 저 작살을 든 자는 남궁인의 검과 일 초를 교환하고도 손해를 보지 않았다.

비록 그가 공격하고 남궁인이 방어한 후 동일한 거리를 물러섰다는 것은 남궁인의 공력이 강하다는 것을 보여주었지만, 남궁인은 신오제라 불리는 절정고수였다.

그가 혈림의 사람이라면 이번 일격에 피를 토하고 물러났어야 했다. 그만큼 남궁인의 검에는 강한 진기가 실려 있었던 것이다.

"호, 제법인걸?"

남궁인이 의외라는 듯 엽강을 바라보았다.

"너도 제법이구나. 그 제법인 실력을 쌓으려고 사람을 죽였나?"

"이거 도통 무슨 말인지 알아들을 수가 없네. 도대체 내가 빚졌다는 사람이 누구냐?"

"흥! 모르겠다? 모르면 가르쳐 주마. 너희들이 그 알량한 무공을 익히겠다고 끌고 가서는 개처럼 버리고 온 황벽이 바로 네가 갚아야 할 빚이다."

말을 마치는 동시에 엽강이 이번에는 작살을 머리 위로 들어 후려치듯 남궁인을 내려쳐 왔다.

이번 공격은 일반적인 것이 아니었다. 일반적으로 작살이나 창과 같은 무기는 찌르기를 주로 하는 병기였다. 그러나 엽강은 마치 도를 휘두르듯 작살을 휘두르는 것이다.

"이런!"

남궁인은 '황벽'이라는 말을 듣는 순간 상황을 파악했으나, 빠르게 다가드는 엽강의 작살을 맞아 검을 내밀 수밖에 없었다.

"잠깐! 기다려요!"

황벽이라는 말을 듣는 순간 설연은 작살을 든 사람이 누구인지 알 수 있었다.

큰 키에 거친 말투, 그리고 작살은 황벽이 그녀에게 항상 말했던 엽강이라는 황벽의 죽마고우라는 것을 설연에게 말해 주는 것이었다.

그러나 설연의 외침 속에 하나의 작살과 칼이 허공에서 엉컸다. 첫 번째 격돌에서 튕겨져 나갔던 두 사람은 이번에는 붙은 듯 서로 밀려 나지 않았다.

검과 작살은 붙은 듯 허공에서 정지했다.

서로의 기가 맞선 것이다. 한쪽이 밀리면 밀리는 쪽은 치명상을 입을 것이다.

"오해예요. 황 가가는 살아 있어요."

뒤에서 설연의 외침이 들려왔다.

황벽이 살아 있다는 말에 엽강의 얼굴이 일그러졌다.

'이런, 젠장. 이놈의 급한 성질 때문에… 처음부터 물어나 볼걸.'

하지만 지금은 남궁인이나 엽강이나 진기를 거두어들이기가 어려웠다.

사람들의 마음이 다급해졌다. 이대로 계속 가다가는 한 사람은 크게 다칠 것이기 때문이다. 하지만 두 사람 사이를 갈라놓을 방법이 쉽지 않았다.

두 사람이 동시에 진기를 물리고 물러서거나, 다른 고수가 그들의 사이를 비집고 들어가야 하는데 그러려면 신오제 이상 가는 고수라야 했다.

두 사람이 동시에 진기를 물리는 것도 불가능에 가까웠다. 한 치의 오차만 있어도 한 사람이 위험하기 때문이었다.

모두들 이러지도 저러지도 못하고 있을 때 설연이 앞으로 나섰다.

그리고 조용히 검을 뽑아 들었다.

"사매, 무리다. 오히려 네가 위험해진다."

고봉정이 두 사람 사이로 검을 밀어넣으려는 설연을 말렸다.

"사형, 걱정하지 마세요. 괜찮을 거예요. 제게 생각이 있어요."

"하지만 설매, 그건 저들보다 월등한 공력이 있는 사람만이 가능한 일이야."

걱정하는 고봉정을 뒤로하고 설연이 천천히 두 사람에게로 다가섰다. 그리고는 자신의 검을 뽑아 두 사람이 일으키고 있는 진기의 사이를 갈라갔다.

순간 소리도 없이 설연의 검이 두 사람 사이로 들어갔고, 두 사람이 일으키고 있는 진기가 양 옆으로 갈라졌다.

꽝!

폭음이 일어났다.

진기가 먼저 갈리고 그 진기의 파장이 나중에 일어난 것이었다.

엽강과 남궁인은 각각 두세 걸음씩 뒤로 물러났다. 엽강의 입에서 피가 흘러나왔다. 남궁인의 얼굴도 창백하게 변했다.

절대오검의 제이초 절(切)이었다.

설연의 행동은 사람들을 경악시켰다. 한 명의 신오제와 신오제에 버금가는 사람의 진기를 갈라놓은 설연의 검이라는 것은… 사람들은 생각할 수 없었다.

그렇다면 설연은 신오제보다 강하다는 것인가?

사람들이 설연의 검에 의문을 가지고 있을 때 설연은 엽강에게로 다가갔다.

"엽강… 엽 대협, 괜찮으세요?"

엽강은 입가에 흐르는 피를 소매로 쓱 닦으며 설연을 바라보았다.

"괜찮소. 한데 황벽이 살아 있다는 것이 사실이오?"

"네, 분명한 사실이에요. 제가 지난 삼 년간 황 오라버니와 함께 지냈어요."

"하면 왜 함께 오지 않은 것이오?"

설연은 엽강의 물음에 대답하기를 망설였다.

황벽은 왜 오지 않은 것인가? 말로야 절대오검의 완성을 보겠다고 했지만 현재의 무공으로도 황벽은 중원의 그 누구에게도 뒤지지 않을 것이다.

그런 그가 과연 절대오검의 완성을 위해 남았을까? 설연은 배를 타고 떠나는 자신을 슬픈 눈으로 바라보던 황벽이 떠올랐다.

'저 때문이에요.'

설연은 마음으로 대답했다. 하지만 차마 그 말을 입 밖으로 낼 수는 없었다. 설연이 대답을 망설이고 있을 때 그들의 뒤에서 나이 지긋한 목소리가 들려왔다.

"벽이는 무공을 완성하려 섬에 남았네."

막여였다.

엽강은 고개를 돌려 막여를 바라보았다.

처음 보는 얼굴이다. 과거 노룡반점으로 남궁인 등이 찾아왔을 때 막여는 동행하지 않았기 때문이다.

누구냐는 표정이 엽강의 얼굴에 떠올랐다.

"황 가가의 사부님이에요. 황 가가는 막 어르신께 무공을 배웠어요."

설연이 막여를 대신해 엽강의 궁금증을 풀어주었다.

엽강은 막여가 황벽의 사부라는 말을 듣고는 자세를 바로 하였다.

"인사드립니다. 황벽의 친구, 엽강이라 합니다. 앞뒤 분간 못하고 어르신들의 행차에 끼어들었습니다. 용서하십시오."

엽강이 하는 말 같지 않게 정중한 말투였다.

"허허허. 그 친구⋯ 용서는 무슨, 오해가 있었던 것을. 남궁 공자, 이 친구가 오해를 한 모양이니 이번 일은 나를 보아 그냥 넘어가 주시게나."

막여가 한쪽에서 기식을 조절하는 남궁인을 돌아보며 입을 열었다.

남궁인은 아직 엽강에 대한 화가 풀린 것은 아니었으나 막여의 부탁을 거절할 수 없었다.

"어르신이 그리 말씀하시니 이번 일은 없던 것으로 하겠습니다."

"남궁 공자가 그리해 준다니 정말 고맙네그려. 이보게, 엽강이라 했는가? 이제 오해가 풀렸으니 남궁 공자에게 그만 사과하게."

막여의 말에 엽강이 남궁인의 앞으로 다가갔다.

"사과드리겠소. 원래 내 성격이 급해 그만 실례를 범했소이다."

"괜찮소."

남궁인의 대답에는 싸늘함이 섞여 있었다.

그는 사람들의 앞에서 자신이 이름없는 무부와 손을 섞어 동수를 이룬 것에 기분이 상했다.

남궁인의 차가운 응대에 아랑곳하지 않고 엽강은 가볍게 고개를 숙여 보인 후 막여와 설연이 있는 곳으로 돌아왔다.

"어르신, 괜찮으시다면 제가 오늘 저녁을 모시고 싶습니다만."

"자네가 사는 곳이 노룡촌이 아닌가?"

"예, 그러합니다."

“그렇다면 이거 아쉬운걸. 우리는 이미 하남으로 향하는 길이니 다시 돌아가기는 어렵겠네. 내 자네의 호의는 받은 걸로 하지.”

엽강이 아쉬운 표정으로 대답했다.

“사정이 그러하시다면 더 이상 말씀드리지 않겠습니다. 그나저나 황벽은 언제쯤이나 나올까요?”

“그리 오래 걸리지는 않을 게야. 늦어도 세 달 안에는 나올 것이야.”

막여도 황벽이 무인도에 오래 머물러 있지는 않을 것이라는 걸 알고 있었다. 그가 절대오검을 완성하든 안 하든 그는 곧 섬에서 나올 것이다.

그가 섬에 남은 이유는 절대오검이 아니었기 때문이다.

“자, 그럼 이제 우리는 그만 가보아야겠네. 벽이가 섬에서 나오면 그때 함께 찾아오게나.”

“예, 어르신. 그럼 나중에 다시 뵙겠습니다. 설 소저도 안녕히 가십시오.”

엽강이 한쪽으로 비켜서자 일행은 다시 말에 올라 길을 마두곡의 관도로 들어갔다.

일행의 끝이 마두곡의 입구로 거의 다 들어갔을 때 한 명의 인영이 일행의 뒤쪽에서 급히 빠져나왔다. 설연이었다.

일행의 뒤로 빠져나온 설연은 의아한 시선으로 바라보는 엽강에게 다가와 급히 입을 열었다.

“엽 대협, 황 가가가 출도하면 꼭 저를 한 번 찾아와 달라고 하세요. 정말 꼭이에요. 기다린다고 꼭 전해주서야 해요!”

“아, 알았소. 내 꼭 전하리다. 걱정 마시오, 소저.”

“그럼 엽 대협만 믿겠어요. 그럼 이만.”

설연은 말 머리를 돌려 다시 급히 일행에게로 달려갔다.

"거참, 나만큼 성격이 급한 낭자로구만. 그나저나 황벽이 자식과는 어떤 사이지? 어째 보통 사이가 아닌 것 같은데… 이거이거, 혹시 그렇고 그런 사이 아냐? 저렇게 예쁜 소저를 낚다니 역시 황벽 이놈은 천상 어부라니까. 이번에 제대로 낚은 것 같아."

"이놈아, 뭘 그리 혼자 중얼거리냐?"

엽강은 때 아닌 호통 소리에 얼굴을 찡그리며 고개를 돌렸다. 그가 아는 목소리였던 것이다.

"영감, 여기는 웬일이오? 집 안에 조용히 있지 않구?"

진회였다.

"송장이라도 걷어가려고 왔다. 근데 송장으로 있을 줄 알았는데 어찌 된 일이냐? 네가 신오제를 다 이겼을 리는 없고."

"뭐… 좀 내가 성급했나 보오이다. 아 글쎄, 황벽이가 살아 있다잖아요. 한참 싸우는데."

"그래, 그것참 잘됐구나. 이제 네놈에게 더 이상 구박은 안 당하겠군."

"아아, 그동안 실례 많았소… 사부."

"됐다. 사람이 살아 있으면 그걸로 족하지. 그나저나 신오제랑 붙기는 해보았느냐?"

진회가 궁금한 듯 얼굴을 들이댔다.

"거, 정말 세긴 셉디다. 신오제인가 뭔가 하는 작자들 말이오. 남궁인이라는 자하고 겨루었는데 도저히 공력으로 안 되겠던데요."

"졌냐?"

"지긴요. 비겼죠!"

엽강은 말을 하면서도 자신의 가슴을 한 손으로 쓸었다. 남궁인과의 결투에서 내상을 입은 것이다.

"졌네. 내상을 입었다면 진 거지."

진회는 한눈에 엽강의 내상을 알아봤다.

"까짓거, 졌다면 진 걸로 합시다. 근데 그게 내 잘못이오? 우리 뇌문의 무공이 모자란 탓이지."

"이놈! 뇌문의 무공을 무시하지 마라. 네가 진 것은 단지 아직 공력이 그에게 못미쳤기 때문이지, 뇌문의 무공이 약한 것은 아니다. 어서 돌아가자. 내 이제 네가 공력으로도 신오제에 뒤지지 않게 만들어주마."

"어, 그럼 그 환약이 다 만들어진 거요? 삼 년을 끌어오더니만."

"아직은 아니야, 이놈아. 한 두세 달 더 있어야 해. 그리고 이놈아, 환약이 아니고 신단이야, 신단. 뇌정신단."

"신단은 약 아니오? 따지기는. 어서 갑시다. 배고파 죽겠소."

"그러게 숟가락이나 뜨고 가라니까."

"이렇게 허무하게 끝날지 누가 알았소? 어서 갑시다. 날 어두워지겠소."

두 사람은 그렇게 투닥거리며 노룡촌으로 향했다.

*　　　　　*　　　　　*

"원 참, 황 사형도. 무공이 저렇게 빗속에서 청승을 떨어야 익혀지는 것인가?"

무인도에 여름 장마가 시작되고 있었다.

설연이 떠난 지 이 개월이 지나고 있었다.

대양으로부터 밀려드는 비구름은 마치 폭포와도 같은 비를 쏟아 부었다. 그리고 그 빗속에 한 명의 사내가 서 있었다.

황벽이었다.

황벽은 무명노인이 남긴 중검을 들고 빗속에 몇 시진째 서 있었다.

그런 황벽을 오두막 마루에 걸터앉은 채로 오삼이 지켜보며 혀를 차고 있었다.

"야, 이거 정말 미치겠네. 무슨 놈의 인간이 움직일 생각을 않네. 도대체 몇 시진째야. 아침부터… 배고파 죽겠는데."

오삼의 옆에는 이미 때가 지나 식어버린 밥상이 놓여져 있었다.

오삼이 먼저 숟가락을 들까 말까를 심각하게 고민하던 그때 황벽의 몸이 움직였다.

황벽의 몸이 빗속을 뚫고 하늘로 솟구쳤다. 어느새 검집에서 나온 검이 황벽의 손에 들려 있었다.

그리곤 섬광처럼 검이 그어졌다.

순간 오삼의 눈에 폭포수처럼 쏟아지는 빗줄기 속에 둥근 검로가 흰 빛을 발하며 형성되는 것이 보였다.

그리고 검이 지나간 길을 따라 빗줄기들이 튕겨져 나갔다. 황벽의 검은 반경 오 장 안을 진공 상태로 만들고 있었다. 진기에 의해 형성된 그 구체 안에는 한 방울의 빗줄기도 들어오지 못했다.

황벽이 진기로 형성된 구체 안에서 다시 검을 들어 바다를 향해 내리그었다.

엄청난 괴성이 검으로부터 터져 나왔다.

순간 파도에 요동치던 바다가 두 갈래로 갈라지는 듯하였다. 하지만 그뿐 바다는 다시 원래의 상태로 돌아갔다.

황벽은 다시 빗속에 서 있었다.

첫 번째 황벽이 펼친 것은 절대오검 중 사초 망(網)이었다. 망은 검의 진기로 검막을 형성하는 것으로 절대오검에 속한 방어 초식이었다.

황벽의 망은 완벽했다.

그를 중심으로 반경 오 장 안으로 한 방울의 빗방울도 들어서지 못했던 것이다.

두 번째로 황벽이 펼친 것은 절대오검의 오초식인 멸(滅)이었다.

하지만 황벽은 오초식을 모두 펼칠 수 없었다. 검이 바다를 가르려는 순간 중단전의 진기가 끊어진 것이었다.

'역시 하단전의 진기를 함께 사용할 수 있어야 하나?

절대오검의 오초식 멸(滅)은 검을 초월한 초식이었다.

만약 완벽하게 익힌다면 그것은 하나의 나무로 또는 장이나 권으로도 펼칠 수 있을 것이다.

멸은 베거나 찌르는 검 고유의 특성에서 벗어나 순간적으로 거리를 격하고 터뜨리는 진기의 덩어리라 할 수 있었다.

예전부터 검환 같은 것이 무림에 화제가 되어왔었는데 멸(滅)의 원리는 그와 비슷하였지만 그 위력은 무림에 알려진 검환 그 이상이었다.

아마 황벽이 멸을 익힌다 하더라도 그가 무림에서 멸을 사용하는 일은 없을 것이다.

그의 검은 절대오검 중 사초 망(網)에서 이미 완성되었다고 할 수 있었다.

멸은 어쩌면 단지 진기의 유용한 이용이라 표현할 수 있을 것이었다.

검술로서는 사초 망이 끝이었다.

하지만 황벽은 멸에 집착하고 있었다.

설연과 헤어지고 난 후 황벽은 자신의 몸에 쌓여 있는 모든 것을 발출하고픈 욕망에 시달리고 있었다.

그러한 상태의 황벽에게 자신의 모든 것을 폭발시킬 수 있게 하는 것이 바로 멸(滅)이었다. 하지만 중단전과 하단전의 진기를 한 번에 토해내지 않는 이상 황벽에게도 멸은 요원하였다.

결국 건곤신공에 그 해답이 있는 것이었다.

황벽은 다시 한 번 건곤신공의 후반부 구절을 생각하며 오두막으로 돌아왔다.

오두막에 들어선 황벽은 마치 괴물을 보는 듯한 오삼의 눈빛을 받아야 했다. 오삼의 입장으로는 황벽이 펼치는 완전한 망(網)과 불완전한 멸(滅)과 같은 무지막지한 검법을 본 적이 없었다.

반경 오 장을 진공으로 만드는 망이며, 바다를 가르려는 멸은 오삼이 생각하는 무공의 한계를 뛰어넘고 있는 것이었다.

"아직 안 먹었소? 늦으면 사제 먼저 먹으라지 않았소."

황벽이 퉁명스레 입을 열었다.

"이런 젠장. 이것 봐요, 사형. 도대체 사람이 밥 때가 되면 제때제때 들어와야지, 무슨 놈의 무공을 그리 요란스럽게 익힌단 말이오. 내 보니 이제 더 이상 익힐 것도 없어 보이누만. 그만하면 사형의 무공은 천하제일이오. 뭘 더 익히려 그 난리요, 난리가. 그것도 이 지랄같이 쏟아지는 빗속에서……."

막 숟가락을 뜨려던 황벽이 오삼의 핀잔에 한마디 내뱉었다.

"사제, 밥 안 먹을 거요? 배고프다며?"

그리고는 밥상에 고개를 처박고 우적우적 밥을 먹기 시작하였다.

"제길, 내가 말을 말아야지."

오삼도 황벽의 맞은편에서 밥을 먹기 시작하였다.

두 사람의 밥 먹는 시간은 짧았다. 그들은 마치 밥을 그릇째 퍼넣듯이 먹고는 옆에 놓인 냉수를 들이켰다.

"사형, 언제 나갈 거요?"

오삼이 입을 열었다.

그들이 무인도에 남은 지 이미 두 달이 지나고 있었다.

"무공을 완성하면, 그때."

"아참, 그 양반. 사형, 내가 아까도 말했지만 사형이 더 이상 익힐 게 뭐가 있느냔 말이오. 지금 나가도 어떤 놈도 사형 앞에서는 꼼짝을… 어어, 사형! 어디 가요?"

말을 하던 오삼은 이미 검을 들고 빗속으로 나서는 황벽의 등에 대고 소리쳤다.

황벽은 어깨 너머로 가볍게 손을 들어 흔들고는 대답없이 오두막을 나섰다.

"에이 참, 에라 모르겠다. 난 낮잠이나 자야겠다."

오삼은 그대로 밥상을 옆에 둔 채 마루에 드러누우며 빗속으로 소리질렀다.

"사형, 그래도 밥 때는 알아서 돌아오슈! 늦지 않게."

오삼의 말을 뒤로하고 황벽이 향한 곳은 서쪽에 높다랗게 솟아 있는 절벽 위였다. 과거 설연과 함께 처음 오를 때는 근 반나절이 걸리던 곳이 이제는 반 시진도 걸리지 않아 정상에 오를 수 있었다.

황벽의 경공도 이제는 일정한 수준에 올라 있는 것이다.

정상에 올랐을 때 빗줄기는 가늘어져 있었다. 황벽은 등에 얽어맨 검을 풀어 바위 위에 내려놓았다. 그리고 심호흡을 하며 멀리 구룡해협을 바라보았다.

폭풍우가 치는지 구룡해협 중앙에는 검은 구름이 잔뜩 몰려들어 있었다. 가끔 내리 꽂히는 벼락에 아홉 개의 섬 봉우리가 보였다 사라지곤 하였다.

황벽은 무인도에 오삼과 함께 남은 뒤에는 오직 검에만 매달려 있었다. 검에 집착함으로써 그 순간만큼은 설연을 잊을 수 있었다.

하지만 또 이렇게 그녀와 함께했던 곳을 지나칠 때마다 그녀의 모습은 항상 새롭게 그에게 다가섰다. 그러면 어느 정도 무디어졌다고 생각했던 감정들이 폭발하듯 일어나 그의 앞에 들이닥쳤다.

황벽은 바위의 한곳에 자리를 잡고 가부좌를 틀었다.

바닥은 비에 젖어 있지만 그는 상관하지 않았다. 그는 곧 긴 침묵의 공간으로 빠져들었다.

바람이 그의 귓가를 스치듯 지나쳤다.

황벽은 건곤신공을 운용하여 진기를 끌어올렸다. 그의 하단전과 중단전에서 도도한 진기의 덩어리가 느껴졌다. 그는 그 진기들을 차례로 운기하다가 어느 순간 동시에 두 개의 진기를 사지로 흩뿌렸다.

순간 강한 반탄력이 두 진기 사이에 형성되었다.

하단전은 기해혈을 기반으로, 중단전은 중정혈을 기반으로 각자 혈도를 따라 돌다가 항상 천추혈에서 부딪쳤다.

그러면 극심한 통증이 황벽의 전신을 파고들었다.

황벽은 진기를 가라앉히며 다시 참구에 들었다. 시간이 흘러 황벽이 좌선에 든 지 어느덧 두 시진이 지나고 있었다.

불현듯 황벽의 머리 속에 엽강과 허승의 얼굴이 떠올랐다. 황벽의 얼굴에 빙그레 웃음이 찾아들었다. 좋지 않은 징조였다. 좌선 중에 딴 생각이 들다니 심마의 전조였다.

하지만 황벽은 그것을 알 수 없었다. 다시 황벽의 머리 속에 막여와 여러 얼굴들이 지나쳐 사라지고는 마지막으로 설연의 얼굴이 떠올랐다.

설연의 마지막 모습이 눈앞에 있는 듯 떠올랐다.

"가지 마라, 설매."

황벽은 무의식 중에 입을 열었다.

진득한 아픔이 황벽의 가슴속에 일어났다. 그리고 다음 순간 그녀를 자신에게서 빼앗아간 모든 것들, 즉 화산, 무림, 그리고 자신의 무력함에 대한 분노가 가슴속에서 불길처럼 일어났다.

순간 중단전과 하단전에 숨죽였던 진기들이 들끓기 시작하였다.

황벽은 깜짝 놀라 진기를 다스리려 했으나 한번 일어선 진기들은 황벽의 통제를 거부했다.

순식간에 강력한 진기가 그의 몸에 가득 차 올랐다.

황벽의 얼굴이 벌겋게 달아올랐다.

두 개의 진기는 그의 천추에서 강하게 부딪쳤다. 황벽의 신형이 벼락 맞은 나무처럼 흔들렸다.

'주화입마.'

깨어질 듯한 통증이 천추혈을 강타했다. 황벽은 기를 쓰고 두 개의 진기를 다스리려 했으나 이미 두 개의 진기는 고삐 풀린 망아지처럼 제멋대로 날뛰고 있었다.

어느 순간 황벽은 더 이상 진기의 흐름에 저항할 수 없다고 느꼈다.

그리고 그 순간 황벽은 진기의 끈을 놓아버렸다.

'그래, 가고 싶은 대로 가거라. 가고 싶은 대로······.'

황벽이 삶의 끈을 놓듯 진기를 놓아버리는 순간 건곤신공의 마지막 구절이 황벽의 머리 속에 떠올랐다.

문득 고개를 들어 먼 산 흰구름을 바라본다.

보이는 모든 것은 한 조각의 구름이려니.

만 개의 강물은 하나의 바다로 모여든다.

저 푸른 산 흰구름은 오직 하나의 법이로다.

그리고 불현듯 황벽에게 어떤 생각의 끈이 잡혔다. 그러자 건곤신공의 풀리지 않던 후반부가 순간적으로 그의 머리 속에서 실타래 풀리듯 풀려 나갔다.

황벽은 건곤신공의 후반부에 선시와 연결된 혈도의 나열에 따라 자신의 진기가 흐르는 것을 느꼈다. 그리고 어느 순간 청량한 기운이 머리 속을 감싸며 하단전의 진기와 중단전의 진기가 상단전에서 서로 자연스럽게 섞여 들어가는 것이었다.

황벽의 신형은 천천히 정상으로 돌아왔다. 자연스럽게 섞인 두 개의 진기는 이제 하나의 진기로 변해 전신에 고루 퍼져 나갔다.

그의 몸이 한 자 정도 바위에서 떠올랐다. 그러나 황벽 자신은 그것을 느낄 수 없었다.

그는 이미 무아의 경지에 든 것이었다.

옛부터 무림에 임맥과 독맥의 타동에 관한 이야기가 내려온다. 또한 환골탈태에 관한 이야기도 내려온다.

하지만 보통 임독양맥의 타동과 환골탈태는 격심한 고통을 그 대상
자에게 준다.

그런데 황벽은 청량한 기운에 의해 이러한 현상이 일어났다.

'태극문의 선기는 과연 남다른 것인가?'

황벽은 비록 주화입마에 들 때는 고통을 느꼈지만 임독맥 타동, 아
니, 이것이 임독맥의 타동인지조차도 확실하지는 않지만, 그의 상단전
이 개방되면서 중단전과 하단전에 모인 진기들이 하나로 섞여들 때는
고통보다 하나의 희열을 느꼈던 것이다.

'결국 모든 것은 태극문으로 귀결되는군. 과연 동방의 선기는 알 수
가 없구나.'

황벽은 자신이 태극문의 여러 도인들이 다다른 우화등선의 경지에
오른 것이 아니라는 것을 알고 있었다.

그에게는 아직도 여전히 설연에 대한 그리움이 남아 있었다.

바뀐 것이라면 이제 설연을 찾아갈 용기가, 그녀를 얻기 위한 노력
을 할 용기가 생겼다는 것이다. 아니, 어쩌면 그는 바뀐 것이 아니었는
지도 몰랐다.

정확하게 보자면 그는 노룡촌의 황벽으로 되돌아간 것이었다.

삼 년 전 황벽은 무림인들과 부딪치면서 그들의 무공에 위축되어 있
었다. 자신과는 다른 삶을 사는 무림을 동경하였으며, 그곳에 섞이지
못하는 자신이 초라하였다.

그리하여 설연에 대한 감정도 자신있게 그녀에게 고백하지 못했던
것이다. 그것으로 인해 그는 애초부터 그가 가지고 있던 그 여유로움
과 호탕한 기운을 많이 잃어버렸었다.

하지만 이제 하나의 깨달음을 얻으면서 그는 그 자신 본래의 색을

찾을 수 있었다.

그는 이제 자신이 하고 싶은 것을 하고, 자신이 좋아하는 사람을 찾을 것이다. 그는 거친 바다를 자유롭게 헤치고 다니던 노룡촌의 황벽으로 되돌아온 것이다.

황벽이 다시 백사장에 있는 오두막에 내려왔을 때 오삼은 여전히 마루 위에서 자고 있었다.

어느새 장마가 끝나가는지 비가 내리던 날씨도 개어가고 있었다.

황벽이 오삼의 다리를 툭툭 건드리며 오삼을 깨웠다.

"사제, 사제, 어서 일어나시오."

오삼은 얼굴을 찡그리며 일어서다가 황벽이 앞에 서 있는 것을 보곤 입을 열었다.

"허, 오늘은 어쩐 일이오, 사형? 벌써 내려오다니?"

"빨리 밥이나 해 먹읍시다. 오늘은 저녁을 일찍 먹고 빨리 잠자리에 듭시다. 내일은 바쁠 것이니."

"내일 무슨 일이라도 있소?"

"떠날 것이오."

"떠난다구요? 뭍으로 간다는 말씀이오? 하면 무공은?"

황벽이 오삼을 보며 씨익 웃었다.

"어느 정도는. 자, 어서 밥이나 해 먹읍시다. 오늘은 내가 맛있는 요리를 해보겠소. 사제는 밥이나 지으시오."

"흐흐흐, 오랜만에 입이 호강하겠군. 사형의 음식 솜씨는 정말 기막히지. 사형, 우리 뭍에 가서 할 일 없으면 주막이나 차립시다. 사형이 요리하고 내가 손님을 맞을 터인즉……."

“그것도 한번 생각해 보지. 이제는 먹여 살려야 할 늙은 사부도 생겼으니… 하하. 자, 서두릅시다.”

말을 마친 황벽이 부엌으로 걸음을 옮겼다.

그런 황벽을 물끄러미 바라보던 오삼이 혼자 중얼거렸다.

“거참, 사람이 한나절 만에 바뀌다니… 저 사람이 원래 저렇게 쾌활했나?”

노룡촌 시절의 황벽을 모르는 오삼으로서는 황벽의 변화가 의아스러웠던 것이다.

내일 그들은 무인도를 떠날 것이다.

그리고 그리운 사람들이 있는 곳으로 돌아갈 것이다.

그날은 유난히 밤이 빨리 오고 장마에 찌들었던 하늘도 개어 달이 밝게 떠올랐다.

제14장
상련 총순찰(商聯總巡察) 후보

*상련*은 단일 조직이 아니었다. 중원의 각 성에는 각 성을 대표하는 상인들의 모임인 성회(省會)가 있었다. 그리고 그 성회에서 대표를 뽑아 상련을 구성한다.

허승이 노룡촌을 떠날 때 허승은 상해가 속해 있는 절강성 성회 순찰 신분이었다. 각 성회의 순찰은 비록 성회 회주에 미치지는 못하지만 상당히 중요한 직책이었다.

각 성회에서는 젊고 유능한 상인을 뽑아 성회의 순찰로 임명했는데, 순찰은 상인 간의 연락이나 분쟁 조정에서 막중한 역할을 하는 직책이었다.

허승이 상련의 총단이 있는 낙양으로 향할 때 그의 직책이 절강성 상회 순찰 신분이었다는 것은 그가 이미 절강성에서는 이름이 알려진 상인이라는 걸 말해 주는 것이다.

"해서 이번 상련의 총순찰에는 절강성 성회의 순찰인 허승을 그 후보로 올리도록 하겠소. 허승 총순찰 후보는 규약대로 련주부에서 마련한 하나의 시험을 통과해야만 정식으로 총순찰에 임명될 것이오."

호화롭게 꾸며진 거대한 석실에 수십 명의 사람들이 모여 있었다.

그들의 앞에 중인들을 마주 볼 수 있게 세 개의 태사의가 놓여져 있고, 거기에는 나이가 육십이 넘어 보이는 세 노인이 앉아 있었다.

그리고 그들 앞에 허승이 무릎을 꿇고 있었다. 방금 입을 연 것은 세 노인 중 오른쪽에 있는 마른 노인이었다.

마른 노인의 말이 끝나자 가운데 살이 넘쳐흐르는 듯한 거구의 노인이 자리에서 일어섰다. 그가 바로 과거 정사대전의 확전을 도모하고 또한 그 휴전을 이끌어낸 상련주이며 중원의 중심 낙양의 거상인 금적산이었다.

사람들은 그를 낙양거상이라 불렀다.

낙양거상은 무림과 관부 양쪽에서 모두 큰 영향력을 행사하는 인물로, 돈으로 귀신도 부린다는 말에 가장 잘 어울리는 사람이었다.

그는 무림대전 확전을 이용해 거대한 돈을 끌어 모았으며 그 돈을 다시 정의맹과 패천맹에 일부 지출함으로써 무림대전에서 자신들이 주도한 일들에 대한 양해를 얻어냈다.

"이번 허승 총순찰 후보에게 내려지는 시험은 우리 상련의 존폐와도 밀접한 관계가 있는 아주 중요한 것이오. 해서 그 내용은 비밀로 하며, 나를 포함한 여기 두 분의 부련주께서만 알고 있는 것으로 하겠소."

"허승은 즉시 상련을 떠나 이 밀지의 내용을 수행하고, 올해가 가기 전에 완성하라. 하면 상련은 총순찰이라는 직책으로 그에 보답할 것이다.”

“알겠습니다. 반드시 상련주님 이하 여러 회주님들의 기대에 부응하겠습니다.”

몸을 일으킨 허승은 금적산에게서 하나의 봉인된 서찰을 받아 들고는 정면에 앉아 있는 세 사람에게 허리를 숙여 보였다.

그리고는 다시 뒤로 돌아 각 성의 회주들에게 허리를 숙여 보인 후 석실을 빠져나왔다.

허승이 석실을 나가자 각 회주들도 분분히 자리에서 일어나 석실을 빠져나갔다.

“그 아이가 이번 일을 잘해낼 수 있겠습니까?”

“그 아이라면 어려움은 있겠지만 잘해내리라 생각합니다.”

“흠, 총순찰에 오르는 시험으로는 너무 과한 것이 아닌지… 차라리 경험 많은 회주들에게 이번 일을 맡기는 게 어땠을까 합니다만.”

세 노인은 작은 방에 모여 앉아 차를 마시며 이야기를 나누고 있었다.

방은 황제의 방이 부끄러울 만큼 호화로웠다.

그들은 바로 조금 전 석실에서 허승에게 하나의 임무를 내린 상련주 금적산과 두 명의 부련주였다.

두 명의 부련주 중 마른 노인은 호남성에 기반을 둔 사공저라 하였고, 사람 좋아 보이는 노인은 이미 상계의 실무에서는 은퇴한 기리계였다.

두 사람은 이미 무림대전 초기부터 상련의 부련주로 일해왔다.

특히 사공저는 무림대전을 장기화시키는 데 그의 지략을 십분 발휘하여 상련의 이익을 최대한 끌어낸 인물로 평가받고 있었다.

　"이미 각 성의 회주들은 정의맹과 패천맹에 노출되어 있소. 그들이 만약 이번 일을 안다면 결코 가만 있지는 않을 것이오."

　"하지만 그들이 우리 상련의 행사를 노골적으로 방해할 수는 없지 않겠습니까?"

　"무림에는 꼭 그들만이 있는 것은 아니지요. 하오문과 낭인대 같은 돈만 주면 언제든지 동원할 수 있는 집단이 존재하지 않습니까? 이번 상해에서 혈림이 신오제에게 몰살당한 일을 보세요. 신오제이니까 그들을 이겨냈지, 우리 상련에는 혈림의 살수와 같은 집단이 공격했을 때 막아낼 수 있는 무력이 없습니다. 그러니 가급적 비밀리에 이번 일을 해내야 합니다."

　금적산이 길게 이번 일의 배경을 설명하였다.

　"련주, 그럼 이번 일이 성공하면 우리가 어느 정도 양 세력을 견제할 수 있겠습니까?"

　"휴… 이번 일은 사실 배수진이라 할 수 있습니다. 저들이 지난 무림대전에서 상련의 행위를 가지고 꾸준히 상련의 일에 개입하는 이유는 우리 상련이 더 이상 자신들에게 위협적인 존재로 크는 것을 방관하지 않겠다는 것이지요. 그들은 언제든 무력을 동원해 이곳 상련 총단을 공격할 수 있습니다. 지금이야 서로 견제하느라 한쪽이 행동을 취하지 못할 뿐이지요. 하지만 작금의 상련의 상황은 사상누각입니다. 그래서 이번 일이 꼭 성공해야 하고, 허승이 무사히 일을 마친다면 최소한 상련 총단의 방어만큼은 자신할 수 있습니다. 어떤 무력으로부터도."

　"일단 총단만 안전하다면… 장기전이야 돈이 좌우하는 것이니……."

"그렇지요. 그래서 총단의 안전이 가장 중요합니다."

"한데 련주, 도대체 허승 총순찰 후보에게 거래하라고 한 것이 무엇입니까? 이제 저희들에게는 말씀하셔도 되지 않을까요?"

"죄송합니다, 사공저 부련주. 이번 일은 아무래도 저만 알고 있는 것이 좋겠습니다."

"허, 도대체 어떤 물건이기에 이리 련주께서 말씀을 안 하시는 것인지……. 알겠습니다. 련주께서도 나름대로의 고민이 있으시겠지요."

"이해해 주시니 감사합니다, 사공저 부련주."

"한데 련주님, 허승에게는 누구를 붙였습니까?"

잠시 차를 들던 기리계가 입을 열었다.

"매난국죽의 사 인을 포함해서 이십 명의 호련사를 붙여주었습니다."

"흠, 그들이라면 최소한 자신들의 몸은 건사할 수 있겠군요."

"그러길 바랍니다."

이때 사공저가 자리에서 일어났다.

"저는 그만 일어나야겠습니다. 호남에서 연락이 와 있어서요."

"오늘 수고 많으셨습니다. 사 부련주, 그럼 내일 다시 뵙지요."

"련주, 편히 쉬십시오."

등을 돌려 방을 나가는 사공저를 금적산과 기리계가 눈여겨보고 있었다.

이때 돌아선 사공저의 눈에는 불만의 빛이 가득 차 있었다. 금적산의 앞에서 지었던 표정과는 너무 다른 사공저의 표정이었다.

문을 열고 나간 사공저의 발소리가 점점 멀어졌다.

잠시후 기리계가 입을 열었다.

"그가 과연 움직이겠습니까?"

"움직일 겁니다. 이번 기회에 그들에 대한 정확한 정보를 얻어내야할 텐데."

"그나저나 허승이 걱정입니다. 자칫 목숨을 잃을 수도 있을 텐데……."

"그 아이의 운을 믿어볼 수밖에요. 둘 중 하나는 반드시 성공해야할 텐데… 물건이든지 정보든지……."

허승이 자신의 거처로 돌아왔을 때 세 명의 남자와 한 명의 여자로 구성된 네 명의 알지 못하는 얼굴들이 그를 기다리고 있었다. 설명을 바라는 표정으로 허승이 바라보자 한 사람이 앞으로 나섰다.

"인사드리오. 호련사 가밀(賈謐)이라 합니다. 이번에 총순찰을 보필하게 되었습니다. 성심을 다하리다."

묵직한 무게가 그 사람으로부터 느껴졌다. 그의 소매에 작게 대나무가 수놓아져 있었고, 그 옆에 죽(竹)이라는 글씨가 새겨져 있었다.

"인사드리오, 호련사 왕연이오."

"인사드리오, 호련사 조찬이오."

"총순찰께 인사드려요. 호련사 유하라 합니다."

그들의 소매에도 각각 난초[蘭], 국화[菊], 매화[梅]가 그려져 있었다.

이들이 바로 상련 비밀 호위 조직인 호련사의 매난국죽 사 인이었다.

상련의 호위 조직인 호련사는 비록 정의맹이나 패천맹의 최정예 무력에는 미치지 못하나 그 개개인의 무공이 일류고수에 이른 사람들로 구성되어 있었다.

그중에서도 이 매난국죽 사 인은 절정을 바라보는 호련사 최고의 무사들이었다.

"이번 일에 여러분의 도움을 받게 된 허승입니다. 아직 정식으로 총순찰이 된 것이 아니니 총순찰이라는 호칭은 좀 어색하군요."

"총순찰, 개의치 마십시오. 어차피 이번 일은 총순찰이라는 직책을 감안하여 내려진 일입니다. 총순찰에 대한 예로 모시겠습니다."

이번에도 죽이었다.

이들 호련사 사인방 중에 죽이 그 우두머리를 맡고 있는 듯했다.

"한데 총순찰, 이번에 맡으신 일이 어떤 것인지?"

"아! 아직 나도 밀지를 보지 못했소. 음, 죄송하지만 이 밀지는 일단 나만 보는 것으로 하라는 련주의 당부가 있었소."

"알겠습니다."

말을 마친 허승이 련주에게서 받은 밀지를 뜯어 읽었다.

밀지를 읽던 허승의 얼굴이 어두워졌다.

'련이 어려움에 처했나 보군. 이런 위험한 거래를 시도하다니.'

허승의 낯빛이 변하자 호련사들도 이번 일이 쉽지 않을 것이라는 걸 짐작했다. 허승은 읽고 난 밀지를 접어 촛불을 당기고는 밀지를 태워 버렸다.

그리고 천천히 매난국죽 사 인을 돌아보았다. 그의 입에서 무거운 음성이 흘러나왔다.

"여러분, 이번 일은 결코 쉽지 않을 것이오. 아마도 목숨을 걸어야 할 듯하오이다."

"총순찰을 도우라는 명을 받을 때 이미 목숨에 대한 값을 따로 받았습니다. 저희들은 이미 각오가 되어 있으니 너무 걱정 마십시오."

허승은 입가에 미소를 띠며 고개를 끄덕였다.

"여러분이 옆에 있으니 마음이 든든하구려. 자, 아무래도 내일은 련을 나가야 할 것 같소. 가밀 호련사께서 마차 두 대와 말을 준비해 주시구려. 한 대에는 약간의 짐을 실을 것이고, 한 대에는 우리가 탈 것이니 그리 아시오. 그리고 나머지 호련사들은 각자 출발하여 상해 노룡촌의 내 집으로 모이도록 해주시오. 마부도 둘 준비해 주시고… 아마도 먼 길이 될 듯하외다."

"알겠습니다, 총순찰. 그리 준비하겠습니다. 그럼 저희들은 이만 물러가겠습니다. 내일 다시 뵙지요."

허승이 고개를 끄덕이자 네 사람이 허승의 방에서 물러 나갔다.

혼자 남은 허승은 깊은 상념에 빠졌다.

'아무래도 쉽지 않은 일이야. 관의 눈을 피하고 정의맹과 패천맹의 방해를 받지 않으려면 관도나 수로를 이용할 수는 없을 것이니… 거친 길이 되겠군. 흠, 거기다 암중 세력이라… 정말 쉽지 않군. 그나저나 이거 이 년 만의 귀향인가? 황벽은 돌아왔으려나? 신오제의 귀향이 들려오던데……. 엽강은 얼마나 변했을까? 아무래도 이번 일에는 엽강의 도움이 필요할 것 같군. 나도 상련 내에서 무력이 필요한 상태이니……. 내부의 적이 드러나야 할 텐데…….'

허승은 창을 열고 하늘 높이 떠 있는 보름달을 바라보았다.

그 시각 상련 내의 한구석에서는 네 사람의 암중인이 조용한 대화를 나누고 있었다.

"그 새파란 촌녀석이 총순찰이라니… 난 도저히 동의할 수 없습니다, 부련주."

삼십대 중반의 사내가 사공저에게 불만을 토해내고 있었다.

"허, 그럼 어쩐단 말이냐. 련주의 눈에 든 것을……. 기리계도 동의하였으니 나만 반대할 수는 없지 않느냐?"

"이럴 게 아니라 대책을 세워야 하지 않겠습니까, 부련주님? 비록 그가 총순찰의 후보에 올랐다고는 하나 아직 총순찰이 된 것은 아니니 말입니다."

"어찌하면 되겠느냐?"

"우리가 대놓고 그의 행사를 방해할 수는 없습니다. 상련의 눈은 천하에 보지 않는 곳이 없으니 우리가 그의 행사를 방해하면 즉시 발각될 것입니다. 하니 다른 곳을 이용해야지요."

"다른 곳이라면?"

"일단 총순찰이 맡은 일을 알 수 없으나 무림에 중요한 영향을 끼치는 일일 것입니다. 작금에 패천맹이나 정의맹에서 상련에 대한 간섭을 자주하는데, 련주 입장에서야 이것이 달가울 리 없을 겁니다. 그렇다고 부딪치자니 양 맹의 무력을 당해낼 수도 없고. 이번 일은 이런 구도를 깨기 위한 일이 아닌가 합니다."

"그렇겠지."

"그렇다면 이번 일에는 패천맹과 정의맹도 많은 관심을 가질 수밖에 없을 것입니다. 그러니 우리가 미리 그들에게 허승의 일을 은밀히 전하면 그 다음은 그들이 알아서 하겠지요."

"좋은 생각이다. 그들도 상련에서의 영향력을 잃을 수 있는 일이라면 결코 좌시하지는 않겠지."

"바로 그겁니다. 만약 허승의 행사에 그들이 의문을 품고 조사한 뒤,

자신들에게 위협이 될 만한 일이라면 그들이 나서서 막겠지요. 그러면 허승의 일은 실패할 것이고, 그때 부련주님께서 우리 셋 중에 하나를 총순찰로 강력히 추천해 주시면…….”

“만약 그 모든 것을 극복하고 허승이 일을 성공한다면?”

“그럴 리야 없지만 그리된다면… 휴, 어쩔 수 없이 직접 우리 손으로 그를 없애든지… 그건 그때 결정할 수밖에요. 물론 그런 일이야 없겠지만 말입니다.”

“그럼 그렇게 하지.”

세 사람이 방에서 나가고 한 사람이 남았다. 사공저였다. 사공저는 창밖의 보름달을 바라보았다.

‘흠, 이번 일은 어쩌면 회에서 논의해야 할지도 모르겠군. 일단은 회에 보고를 해야겠어. 어차피 정의맹이나 패천맹에도 회의 사람들이 있으니 알아서 허승을 견제하겠지. 그나저나 련주가 나에 대해 눈치를 챈 것일까? 이번 일을 나에게조차 비밀로 하다니…….’

이렇게 상련 내에서 두 명이 같은 보름달을 바라보며 서로 다른 생각을 하고 있었다.

*　　　*　　　*

정의맹 주작단에 출처를 알 수 없는 문서가 접수된 것은 허승이 상련주에게 임무를 부여받은 지 이틀이 지난 후였다. 문서는 곧 제갈의현에게 전달되었다.

제갈의현은 탁자에 문서를 놓고 깊은 생각에 빠져들었다.

‘상련에서 어떤 움직임을 보이리라고는 생각했지만 이건 의외인걸?

이렇게 젊은 아이에게 일을 맡기다니… 속임수인가? 아니면 이 아이가 정말 능력이 뛰어난 걸까?

제갈의현이 앞에 있는 찻잔을 집어 들어 입으로 가져갔다.

'어쩔 수 없군. 비록 이목을 흐리기 위한 기만술이라도 따라붙을 수밖에. 흠… 가뜩이나 신오제의 출현으로 머리가 아픈데 저쪽에서는 어찌할려나? 역시 하오문을 붙여야겠군. 주작단이 움직이면 역시 상련도 알아챌 테니……'

제갈의현이 머리를 한쪽으로 돌려 창밖으로 시선을 돌렸다.

'막아야 한다면… 역시 낭인대박에는 없겠군. 드러내고 정의맹 무력을 동원할 수야 없지. 음, 저쪽에 양해를 구해야겠어.'

제갈의현이 문밖을 향해 입을 열었다.

"여봐라, 거기 아무도 없느냐?"

"예, 총군사. 대령했습니다."

"가서 주작일호를 불러와라."

"예, 알았습니다."

명령을 내린 제갈의현이 작은 양피지를 꺼내 세필로 무엇인가를 적었다. 그리고 자신의 방 한쪽에 있는 전서구에 양피지를 매단 후 창을 열고 하늘로 날려 보냈다.

전서구는 제갈의현의 숙소를 한 바퀴 돈 후 밤하늘을 뚫고 날아갔다.

"총군사, 일호 대령이오."

주작단에서는 이름이 있더라도 이름을 사용하지 않았다. 그들은 일호부터 이백호까지 번호로 구분할 뿐이었다.

"들라."

제갈의현의 명에 방문이 열리며 사십대 중반으로 보이는 주작일호가 들어왔다.

"일호는 지금 즉시 하오문에 선을 대 상련의 신임 총순찰 후보인 허승에게 사람을 붙여달라 하게. 그리고 낭인대에도 선을 대보도록!"

"알겠습니다, 군사."

"참, 이번 일은 극비이니 일호 이외에는 아는 사람이 없어야 할 거야."

"예, 군사."

"그럼 그만 나가보게나."

주작일호가 고개를 숙여 보인 후 제갈의현의 방을 나섰다.

제갈의현이 날린 전서구는 서쪽을 향해 날아 어느 방 창가에서 한 사람의 손에 들어갔다.

그는 전서구에서 양피지를 떼어낸 후 자신의 책상으로 가지고 갔다.

"흠, 같은 내용이로군. 그렇다면 역시 그냥 있을 수는 없겠는걸."

그가 한 손으로 턱을 쓸며 생각에 잠겼다.

"아무래도 그래야겠군. 흠… 비마대를 움직여 허승을 쫓고 무력은 혈사대와 녹림에 맡겨야겠어. 여봐라, 혈사대주를 들라 해라."

그는 패천맹 총군사 혈뇌자였다.

총군사 혈뇌자를 만나고 나온 혈사대주 염장은 속으로 쾌재를 불렀다. 그에게 이번 출격 명령은 하늘의 도움이나 마찬가지였다.

며칠 전 신오제를 염탐하러 노룡촌에 파견한 혈사대 일조 조장이 가지고 온 소식을 들은 후 그는 제대로 잠을 이룬 적이 하루도 없었다.

일조 조장이 가져온 소식은 충격적이었다.

전 혈사대주 진회 생존 확인.

염장으로서는 심장이 멎을 듯한 소식이었다.

진회가 살아 있다. 과거 혈사대 전력의 반을 차지했던 진회였다. 그가 생존해 맹에 귀환한다면 그를 암격한 자신의 미래는 눈에 보듯 뻔한 것이었다. 앉아서 그를 맞이하느니 도망을 갈까도 수없이 고민하였다.

하지만 잠시 흥분했던 그는 냉정하게 상황을 분석해 보았다.

진회는 살아 있으면서도 지난 삼 년간 패천맹에 복귀하지 않았다. 이것은 아주 중요한 사실이다.

그렇다는 것은 그가 맹에서 마음이 떠났거나, 아니면 복귀하지 못할 이유가 있는 것이다. 그는 예전부터 자신의 살행에 대해 별로 마음에 들어하지 않았다. 그런 그의 성격으로 보아 자신이 죽은 것으로 알려진 지금이 맹을 떠날 가장 좋은 기회였을 것이다. 또 다른 이유라면 그는 아마 심각한 부상을 입어 맹으로 돌아올 수 없을 경우. 패천맹에서 무력만큼 우선시되는 판단 기준은 없었다.

'어떤 경우든 상관없지. 일단 이번에 맹을 나가면 깨끗이 정리하고 오면 된다. 다행히 출격 지역도 상해 인근이니 잠시 시간을 낼 수 있을 것이야. 혈사대 조장 오 인에 과거 혈사대원, 그리고 나까지 가세한다면 그가 비록 무공을 잃지 않았다 하더라도 우리를 당해낼 수는 없을 것이다.'

숙소로 돌아온 염장이 숙소를 지키던 혈사대원에게 말을 건넸다.

"넌 지금 즉시 가서 각 조장들을 모두 내 방으로 오라 일러라. 지금 즉시!"

명령을 받은 혈사대원이 바람같이 사라졌다.

'흐음, 역시 하늘은 내 편이군.'

염장은 느긋하게 자신의 의자에 몸을 파묻었다. 지난 며칠간의 고민이 씻은 듯이 사라지고 아늑함이 염장을 찾아들었다.

*   *   *

자신의 행사에 온 무림이 관심을 기울이고 있다는 것을 아는지 모르는지 허승은 매난국죽 사 인과 함께 두 대의 마차를 몰고 자신의 고향 상해 노룡촌으로 향했다.

그들이 노룡촌에 도착한 것은 낙양을 떠난 지 보름이 지날 무렵이었다. 허승은 상해에 위치한 절강성회에 들러 여러 가지 협조를 구한 후 노룡촌으로 돌아온 것이었다.

멀리 노룡촌이 내려다 보이는 고갯마루에 올라섰을 때 허승은 깊은 감회에 빠져들었다.

'이 년 만이로구나. 많이들 변했겠지? 떠날 때 내 운을 시험하려 한 것에 비하면 나는 성공한 것인가? 아직은 아니지. 이번 일이 끝나면 그때 그 말을 생각해 보자. 그나저나 엽강 그 친구 대단하군. 신오제의 한 명인 남궁인과 맞붙어 동수라니… 역시 진 노인이 평범한 노인이 아닌 게야.'

"자, 어서 가자. 저기가 우리가 가려는 목적지이다."

허승의 말에 마부들이 속력을 내기 시작하였다. 두 대의 마차가 노룡촌을 향해 먼지를 일으키며 달려 내려갔다.

허승이 매난국죽 사 인을 자신의 옛집에 머물게 하고는 낙양에서 가

저온 질 좋은 용정차 꾸러미와 술 한 병을 가지고 엽강의 집을 찾았을 때, 진회는 마루에 앉아 한낮의 햇빛을 즐기고 있었다. 엽강은 마당 한쪽에서 잡아온 생선에 소금을 쳐 말릴 준비를 하고 있었다. 그런 모습이 눈에 들어오자 허승은 빙그레 미소를 지었다.

그의 친구는 떠날 때 그 모습 그대로 그 생활을 하고 있는 것이었다. 누군가 항상 그 모습으로 남아 있어 준다는 것이 얼마나 소중한 일인지 허승은 이제 알았다.

"이보게, 엽강!"

허승의 우렁찬 외침에 엽강과 진회가 같이 돌아보았다.

"아니, 이거, 승이 자네가 아닌가? 언제 왔어?"

엽강이 생선을 만지던 손을 바지춤에 쓱쓱 닦으며 달려와서는 허승의 손을 덥석 잡았다.

"어허, 손 치우게. 이거 더럽게 생선 냄새 나는 손으로 어딜."

허승이 짐짓 눈을 부라렸다.

"에라, 이 친구야. 자네가 그래 봐야 안 속아. 승이 자네, 이 냄새가 그리웠지?"

하면서 엽강이 손을 허승의 얼굴에 대었다.

허승은 웃으면서 엽강의 손을 잡아 내렸다.

"그래그래, 정말 그리웠네. 자네는 변한 게 없구만."

"변할 게 뭐 있나? 어촌 생활이야 다 똑같지."

"이런, 내 정신 좀 보게."

허승이 엽강을 밀치며 얼굴에 너그러운 웃음을 보이고 있는 진회 앞으로 다가갔다.

"어르신, 그간 평안하셨습니까? 저는 이 년 전에 떠난 허승입니다."

"그래그래, 내 알지. 자네 신수를 보니 출세한 모양이구만 그래."

"출세는요. 집 떠나면 다 고생이지요. 자, 여기 상품 용정차를 좀 준비해 왔습니다. 어르신 달여 드세요."

"아이구! 이거 고맙네, 고마워. 이거, 저 녀석이 매일 끓여주는 생녹차는 떫어서."

"아 사부, 이 시골에서 그것도 얼마나 구하기 힘든지 아쇼? 그럼 앞으로는 안 마실 거요? 그 용정차가 얼마나 갈지 봅시다."

"아, 이 녀석아, 말이 그렇다는 것이지. 저렇게 속이 밴댕이니 여자가 없지."

허승은 둘의 농을 웃으며 바라보았다.

그러다 한 손에 들린 술병을 흔들며 엽강을 바라보았다.

"한잔해야지?"

엽강의 눈에 반가운 기색이 어렸다.

"이보게, 승이. 그거 좋은 술인가?"

"그럼! 이 술 한 병 값이 자네 집 한 달 쌀값은 될걸."

"오, 그래그래, 자네가 떠나니 비싼 술을 먹을 수가 있어야지. 역시 자네가 있어야 돼. 자자, 내가 금세 안주를 마련하겠네."

엽강은 정말로 순식간에 안주를 마련해 왔다. 안주라 해야 살짝 데친 시금치에 약간 간을 한 것이었다.

세 사람은 마루에 둘러앉아 술을 한 잔씩 마셨다.

"야, 이 술 정말 좋은데."

"이게 바로 사천에서 나는 노교주(老蕎酒) 중에서도 가장 좋은 것을 고른 것이네. 내 특별히 낙양에서 구해온 거야."

"아, 그래? 나는 절강의 소흥주가 가장 좋은 줄 알았는데……."

"술이야 각 지방마다 하나씩의 명주는 있지."

"그래그래, 언제 한번 그것들을 다 먹어봐야 할 텐데."

"하면 이번에 나와 함께 가려나? 내 온갖 술을 다 먹여줄 테니."

"그래, 그거 좋……."

말을 하던 엽강이 슬쩍 진회의 눈치를 살폈다.

"괜찮다. 내가 네놈 없으면 굶어 죽냐?"

"하하하. 천천히 생각해 보게나. 내 여기서 한 달은 머물 테니."

허승이 웃으며 말을 했다.

셋은 아까운 듯 아주 천천히 술을 마시고 있었다.

좋은 술은 그 향기가 그윽하다더니 엽강의 오두막 마당에 어느새 주향이 가득 찼다.

"이보게, 엽강. 자네, 남궁인하고 한판했다며?"

"어, 자네가 그걸 어찌 아나?"

"내 상해 성회에서 들었지. 그나저나 대단허이. 남궁인이면 이제 신오제라 불리며 전 무림을 울리는 인물들 중의 하나인데, 그와 맞서다니."

"에이, 소문이 헛났어. 사실은 내가 약간 손해를 보았다네. 원, 배운 게 영 없어서."

엽강이 슬쩍 진회를 돌아봤다.

"이놈아! 배운 게 없기는! 제놈이 실력없는 것은 탓하지 않고, 네놈이 열심히만 익혔어도 지지는 않았다니까!"

"아, 공력이 달리는 걸 어떻게 해요! 그 환단인지 뭔지는 언제 먹여줄 거요?"

"글쎄, 이제 거의 다 됐다니까. 한 달이면 완성되니 기다리거라."

"이런 젠장. 밥도 몇 각이면 뜸이 드는데 그놈의 약은 왜 그리 뜸이 오래 드는지 원."

허승은 다시 한 번 두 사제의 농에 웃음을 지었다.

잠시 웃고 떠들던 허승이 엽강에게 진지하게 입을 열었다.

"황벽 소식은?"

"어? 아직 내가 말 안 했나? 아, 잘 있대. 지금 무인도에서 무공 수련 중인가봐. 야, 근데 황벽, 보통이 아니던걸."

"아, 그래? 정말 살아 있단 말이지? 잘됐네, 정말 잘됐어! 근데 보통이 아니라니?"

"내가 그 남궁인 일행하고 한판할 때 황벽의 사부라는 사람하고 이거를 봤거든."

엽강이 새끼손가락을 들어 보였다.

"뭐, 정말? 누군데?"

"글쎄, 늙은 사부 말로는 화산의 설연 같다던데… 아무튼 엄청 예쁘더군."

허승은 순간 얼굴이 어두어졌다.

'하, 설연이라… 이거 정말 어렵군. 대화산파의 설연이라… 거기다 화산검룡 고봉정과 혼사 이야기가 있는 것으로 아는데… 그래서 남았나?'

엽강은 허승의 얼굴이 갑자기 어두워지자 어리둥절하여 물었다.

"이보게, 승이. 왜 그러나?"

"이보게, 엽강. 빙화 설연은 화산파 사람이야. 그리고 검룡 고봉정과 혼사 이야기가 있네."

"검룡? 그게 누군데?"

"그도 신오제 중 한 명이지. 설 낭자의 사형이야. 근데 자네 그 설 낭자와 황벽의 사이는 어찌 알았나?"

"설 낭자가 그러던걸. 지난 삼 년간 함께 있었다고. 그녀의 무공도 정말 대단하더군. 그리고 가면서 나에게 신신당부했네. 황벽이 섬에서 나오면 꼭 자신을 찾아달라고 전하라구 하더군. 그래서……."

허승은 고개를 끄덕였다.

섬에서 함께 있었다면 어쩌면 단순히 친한 사이일 수도 있었다. 허승은 부디 그런 정도의 사이이기를 바랐다. 그는 황벽이 상처받는 것을 원하지 않았다.

"그나저나 자네는 여기 웬일인가?"

엽강이 허승을 보며 물었다.

"음, 사실 거래를 할 게 좀 있어서. 아마 한 달 내에 이루어질 것인데. 그 때문에 자네에게 부탁도 좀 하고 싶고……."

"말하게, 자네 일이라면 내가 못 들어줄 게 없지."

"뭐, 지금은 말할 계제가 아니고, 일이 돼가는 것을 보아가며 천천히 이야기하겠네."

"그래, 그러든지."

그때 두 사람의 대화를 조용히 듣고 있던 진회가 끼어들었다.

"자네, 상련에 들었나?"

허승이 망설이다가 입을 열었다.

"네. 그렇습니다, 어르신."

"직책은?"

"…현재는 총순찰 후보일 뿐입니다."

역시 허승이 망설이다가 입을 열었다.

"총순찰이라… 출세했구만. 그간 상련에 총순찰이라는 직책이 없었는데… 이제 생기는 것을 보면 련주가 자네를 후계자로 생각하나 보구만."

"그럴 리가요. 각 성회에 쟁쟁한 회주들이 있는데."

"아니야. 상련주는 무서운 사람이지. 결코 총순찰이라는 직책을 거져 만들 사람이 아니야. 그나저나 자네 이제 조심해야겠어. 상련 총순찰이라는 직책은 안에서나 밖에서나 적을 만드는 신분일세. 이번 일도 위험하겠지?"

허승이 진회의 말에 수긍하듯이 고개를 끄덕였다.

"엽강을 데려가게. 적어도 자네 한 사람은 지켜낼 거야. 내 걱정은 말고."

"어르신, 감사합니다. 하지만 아까도 말했듯이 아직 한 달의 시간이 있으니 저도 준비할 것은 하고, 그래도 힘들다면 그때 엽강을 부르겠습니다."

"그래, 그리하게나."

세 명은 남아 있는 술을 모두 비우고 허승이 자리에서 일어나자 함께 일어섰다.

"아, 오늘 정말 기분 좋게 마셨네. 엽강, 오늘은 이만 가보아야겠네. 내 조만간 다시 들르지."

"그래, 먼 길을 오느라 피곤할 테니 오늘은 그만 가서 쉬게나."

허승은 진회에게 고개를 숙여 보이고 엽강에게 손을 흔들고는 몸을 돌려 엽강의 오두막을 떠났다.

"허허, 그 친구 정말 거물이 되었군."

떠나는 허승을 바라보며 진회가 중얼거렸다.

“아니, 허승이 정말 그렇게 출세한 거요?”

“대단한 출세이지… 그는 머지않아 중원의 모든 부를 주무르게 될 거야.”

“아니, 정말이오? 와! 그럼 정말 이제 나 이 짓 때려쳐도 먹고살겠는 걸?”

“인석아, 사람은 다 자기 자리가 있게 마련이야! 괜히 딴생각은 말아라. 단지…….”

“단지 뭐요?”

진회가 어두운 낯빛으로 입을 열었다.

“네가 작살을 쓸 일이 조만간 생길지도 모르겠구나.”

노룡촌에 어둠이 내리고 있었다.

『황벽 제1권 끝』

청 어 람 신 무 협 판 타 지 소 설

최고의 신무협 작가 『설봉』의 최신작!

사자후(獅子吼) / 설봉 지음

깊게 깊게 빠져드는 몰입의 세계!
온몸을 전율케 하는 찌를 듯한 강렬함을 느낀다!

그에게서는 묘한 악취가 풍겼다. 그가 창을 겨눴을 때……

화염이 이글거리는 눈동자를 보았을 때……

비로소 악취의 정체를 짐작해 냈다.

피와 땀이 켜켜이 쌓여 자연스럽게 뿜어져 나오는 살인마의 냄새.

그는 허명(虛名)을 좇아 비무를 즐기는 낭인(浪人)이 아니라 야성(野性)이 살아서 꿈틀거리는 진짜 살인마였다.

투지가 끓어올라 활화산처럼 꿈틀거렸다.

그의 눈길을 정면으로 맞받으며 묘공보(妙空步)를 밟기 시작했다.

우리의 첫 만남은 그렇게 시작되었다.

- 환봉개(幻棒丐)의 회고록(回顧錄) 中에서 -